이 땅의 무명교사에게
이 책을 바치며 응원합니다.

후생가외(後生可畏)
후배로 난 사람은 두려워할 만하다.

강호의 고수를 꿈꾸는
무명교사에게

사명
-하늘이 부여한 일-

누구든 태어나 자기의 역할을 하며 산다.
그것을 하늘이 부여한 사명이라고 부른다.
사명은 사람을 행복하게 만들고 진리를 추구하게 한다.
누구든 사명을 수행하면 정의를 실천하는 것이고
모두가 성공할 수 있다.

그러니 시험, 대학, 서열 중심에서 벗어나
자기 위치에서 소질과 적성을 계발하고
최선을 다해 노력한다면
자기 능력을 최대한 발휘할 수 있고
변화와 성장을 할 수 있는 것이다.

나의 사명은 무엇일까?
내가 할 일은 무엇인가?
하늘은 나에게 무엇을 요구하고 있나를
곰곰이 생각해 볼 필요가 있다.

사명은 쉽게 발견되기도 하지만
또 평생을 두고 찾아야 하기도 한다.
찾았다가 잊어버리기도 하고,
잊어버렸다가 다시 찾기도 한다.
주변에서 찾아주기도 하고
영영 찾지 못하기도 한다.

어른의 역할은 아이에게서 희망을 보는 것이며,
길을 찾아 헤맬 때 스스로 찾을 수 있도록 교육하는 것이다.
교사와 부모는 다른 이름 한 마음이다.
교사와 부모는 다른 장소 한 뜻이다.
자식이 잘 되기를 바라듯이
제자가 잘 되기를 바라는 마음은 다름이 아니다.

하늘이 부여한 사명 멀리 있지 않고,
바로 우리 안에 있다.

"사람은 유창한 말에 움직이지 않고, 진심이 담긴 말에 움직인다." 저자를 오랫동안 지켜보면서 그는 사람을 대할 때나 교육을 실천할 때나, 삶에 진심을 담아 실천하고자 노력하였다. 학창시절부터 글쓰기를 좋아하던 그가 무명교사로부터 강호의 고수로 성장하기까지의 과정을 쓴 이 책은 한 편의 무협지를 보듯 흥미롭다. 강호의 고수가 되기 위한 이야기 속에는 초보 교사 시절엔 긴장감과 보호자의 마음을 느끼게 하며, 중수 시절 이야기 속엔 안타까움과 함께 하고 싶음을 느끼게 한다. 이야기가 끝날 즈음 제자 양성과 새로운 도전의 꿈을 다지는 그는 이미 강호의 고수이며, 그의 길을 응원하게 된다. 새로운 강호의 길을 끝없이 추구하는 그가 진심이 담긴 말과 행동으로 펼칠 때 새로운 고수가 탄생하기를 기대하는 바이다.

- 강정진, 경인교육대학교 교수

저자는 기다려줄 줄 아는 여유를 가진 교사이다. 항상 바삐 움직여 무언가를 만들어내야 하는 교사가 아닌, 아이들의 눈높이에서 기다려줄 줄 아는 여유를 가진 멋진 교사이다. 후배 교사들의 눈높이에서 함께 고민하고 토닥여주며, 용기를 북돋아줄 줄 아는 멋진 선생님이다. 학생이 중심이 된 바로 선 교육! 이 책 속에 저자의 오랜 고민과 생각들을 담백하게 읽을 수 있다. 국가의 교육정책이나 무명교사의 교육실천은 모두 아이를 향해야 한다는 점에서 동일하다고 생각한다. 지금껏 걸어온 길처럼, 앞으로 저자가 꿈꾸며 걸어갈 그 길에 강호의 멋진 고수와 같은 많은 후배, 동료교사들이 늘 그의 곁에 함께 할 수 있기를 기원해 본다.

- 방희중, 교육부 학교혁신정책과 연구관

현재 학교는 다양한 문제로 몸살을 앓고 있다. 이러한 학교 상황에서 진솔함과 솔직담백함, 지치지 않는 열정으로 학생들에게 청량감을 주는 유머와 레크리에이션 활동 전개, 끊임없는 학생지도 방법 탐구 등을 실천하며 오늘도 아이들과 유쾌·통쾌·상쾌한 동행을 하고 있는 곽주철 선생님의 교직이야기는 아이들과 함께 행복을 꿈꾸는 학교를 만들어 가고 싶은 무명교사들에게 큰 힘과 격려를 줄 것이다. 학생 지도를 진지하게 고민하는 모든 교사들에게 적극 권하고 싶다.

- 김경호, 수원영덕초 교장

27년간 가까이서 지켜보았는데 저자는 예나 지금이나 똑같이 바른 교육, 옳은 생활, 신념과 열정을 두루 갖추었다. 늘 한결같다. 곽주철이라는 이름을 떠올릴 때 定石(정석)이 가장 어울릴 텐데, 그가 이번에 내 놓은 저서는 "우리 시대 교육의 定石(정석)"이라 부름이 마땅히 옳다. 저자의 생각과 실천을 글로 그대로 표현하였으며, 진정한 교사의 삶이 이 책에 투영된 것이다. 대한민국 교육 현장이 여러 흔들림으로 교육의 걱정거리가 많은 요즘, 가히 교육에 대한 희망을 공유할 수 있는 멋진 책이다.

- 김광수, 인천가림초 교사

"나는 오늘도 고민하고 성장할 것이다. 내가 좋은 사람이 되면 결국 좋은 세상을 만들 수 있음을 확신한다."(본문 중에서). 최고의 선생님은 내 삶을 그대로 아이들에게 보여주며 느끼고 체험하며 배우게 하는 분이다. 선생님이 가치 있게 여기는 것이 아이들에게 영향을 미치기 때문에 어떤 것을 가치 있게 여기며 살아가는가가 중요하다. 저자는 가치가 담긴 교사로서의 삶을 이 책에 주옥같은 글로 담아냈다. 이 글을 읽는 많은 선생님들께서 아이들에게 어떤 가치를 심어줄지, 자신의 삶이 어떻게 아이들에게 영향을 미칠지를 고민하고 성장해가길 바란다. 이 책은 교사라면 한 번쯤 고민하고 생각했던 것들을 글로 녹여냈기에 우리나라 학교 현장에 가장 적합하다고 확신하며, 다시금 나 자신을 되돌아보게 해주었다. 저자에게 감동과 감사를 함께 전한다.

- 김상화, 용인 언남초 수석교사

교육의 목적은 학생의 행복이다. 학생이 교실을 떠난 순간부터 교육의 효과는 드러난다. 아이가 스스로 행복한 삶을 살아가는지를 보면 된다. 사회에서 자신이 맡은 일을 다하며 사는지, 가족과 화목한지, 주변 사람들과 사이좋게 지내는지를 보는 것이다. 어떻게 아이들의 미래를 예측할 수 있을까? 논에 벼를 심기 전에 모를 키운다. 사회에 나오기 전에 학교에서 자란다. 학교는 사회에서 살아갈 힘을 기르는 곳이란 뜻이다. 곽주철 선생님의 책은 온전히 학생 스스로 자신의 행복을 구축하는 힘을 기르는 교육을 말하고 있다. 오늘도 교실에서 아이들을 마주하는 교사들과 함께 읽고 싶다.

- 천경호, 〈리질리언스〉저자, 성남서초 교사

학교라는 무림의 화두는 언제나 아이!

강호에 찬바람이 가득하다. 열악한 산골을 찾아 무예를 익혀 혼란과 불의에 맞서 싸우다 보니 어느새 강호의 쓴맛을 알게 되었다. 기성 무림에 눈치보고 쫓기다 조용히 내공을 쌓게 된지 어언 이십여 년! 한 때 무명교사였던 그가 지난 세월 동안 익힌 내공을 처사가 되어 험한 무림에서 이제 초보자인 다른 무명교사에게 비법을 하나씩 전수하고자 나서게 되는데...

무명교사는 오늘도 학교에서 아이를 바라보며 아이의 성장을 꿈꾼다. 교단에서 아이들을 하나하나 보면 각기 다른 얼굴, 다른 생각들을 한다. 작고 귀여운 아이, 키가 큰 아이, 공부를 잘 하는 아이, 달리기를 잘 하는 아이, 그림을 잘 그리는 아이, 말을 잘 하는 아이, 유머 감각이 있는 아이, 뭐든지 여유 있는 아이 등 똑같은 아이는 하나도 없다. 그리고 하나하나 보면 만만치 않다. 이런 서로 다른 아이들이 모여 하나의 학급이 되고 학교를 이룬다. 그러나 비록 더디고 서툴더라도 꿈이 있고, 느리게 가더라도 잘 자라고 싶어 한다.

무명교사보다 더 이름 없는 아이의 이름을 부르는 순간 아이의 웃음은 커지고 아이는 꿈을 꾸기 시작한다. 수레를 혼자 끌고 가다가 힘이 부쳐 낑낑거릴 때, 무명교사는 슬쩍 뒤에 가서 수레를 밀어준다. 아이는 '어, 되네! 나도 할 수 있겠어!'라는 희열의 순간을 맞이하게 된다. 그것이 바로 무명교사의 역할이다. 급한 성격을 참지 못해 아이에게 수레를 빼앗아 혼자 대신 몰아주는 게 아니라, 아이가 스스로 할 수 있도록 믿어주고 기다려주는 것이다. 모든 아이는 제 각각의 수레가 있다. 초등학교 1학년 아이는 작은 수레, 2학년은 그보다 조금 더 큰 수레, 중학생이 되면 어른보다는 작지만 훨씬 더 커진 수레를 끌 수 있다. 초등학교 1

학년에게 6학년의 수레를 주어서는 안되며, 반대로 6학년에게 1학년의 수레를 주어서도 안된다. 한 반에 20-30명의 아이가 함께 공부하는데 누구든 자신의 수레가 있다. 이렇게 아이는 자기 수레의 주인이 되는 것이다.

교실에서 아이들을 만나면 하루하루가 새로움으로 가득 차있다. 기쁜 날도 있지만 바쁘고 사건이 터지고 한 숨이 턱 끝까지 나올 적도 많다. 교실은 삶과 삶이 만나는 곳이기 때문이다. 아이들은 자기중심으로 생각하기도 하고, 불리한 상황을 합리화하기 위해 핑계를 대거나 둘러대기도 한다. 가르침뿐만 아니라 무명교사는 학교 업무 분장에 따른 업무를 수행하고 상담을 하기도 하고 각종 협의회와 연수에 참가한다.

바쁜 학교생활 가운데서도 어제와 다른 오늘, 더불어 살아가는 세상을 만들기 위해 노력하는 무명교사가 있기에 우리 교육은 늘 희망이 있는 것이다. 이 희망의 등불이 꺼지지 않도록 최고의 보람과 전문성을 향상시킬 수 있도록 더 좋은 교육 환경을 만들고자 노력해야 한다. 왜냐하면 아이들은 무명교사를 보며 매일매일 꿈을 꾸고 성장하기 때문이다. 이에 무명교사가 마음껏 꿈꾸고 청춘을 불사르며 가르침에 열정을 다하도록 지원해주고 힐링하도록 해야 할 것이다.

여기에 있는 글들은 무명교사의 생각이자 아이들과 함께 생활하면서 나눈 세월의 소산물이며, 몇몇 글들은 SNS와 언론기사에 소개되기도 하였던 것을 엮었다.

1부는 **풀꽃도 꽃이 되는 교육**으로 왜 공부를 해야 하는지, 자발적이고 기초적인 교육의 중요성 등을 다루고 있다.

2부 **아이들과 함께 꿈꾸는 학교**에서는 작지만 행복한 학교, 새로운 학교와 성공을 이야기한다.

3부는 **강호의 고수되는 선생님**으로 학교의 중심이 되는 선생님의 꿈과 역할, 부장교사의 삶을 중심으로 엮었다.

4부 **어떻게 가르칠 것인가**에서는 질문이 있는 수업, 교사-학생간의 관계의 중요성과 수업 전략 등에 대한 이야기를 나눈다.

5부는 **새로운 시작을 위하여**로 더불어 살아가는 학교를 지향하며 학교 리더로서의 양심과 방향에 대한 고민과 성찰이 묻어 있다.

각각의 글에서 느끼는 것을 교육을 담당하는 있는 선생님들과 함께 하고 싶어 **"다 같이 해보고 싶어요"**를 두었다. 교육은 홀로 이루어지는 것이 아니고, 함께 고민하고 성찰하는 사람들 간의 교류와 연대가 필수적인 것에서 기인한다. 그래서 선생님은 연구회, 학습공동체, 티타임 등 마땅히 모이는 일에 힘써야 한다. 다 같이 모이는 것은 민들레 홀씨처럼 좋은 씨를 멀리 퍼트리는 역할을 하기 때문이다. 실천적인 내용이기도 하고, 책을 요약하거나 빨리 볼 때 이것을 중심으로 헤아려도 좋을 것이다.

걱정스러운 것은 무명교사가 이것으로 유명해지려는 작은 의혹일 것일진대 애초에 그런 것은 털끝만큼도 없음을 머리말에서 밝힌다. 다만 대한민국의 강호 곳곳에는 오늘도 무지한 아이들을 위해 불의와 맞서 싸우며 밤새 토론하고 새로운 교육을 꿈꾸는 무명교사가 꿈틀거리고 있음을 밝혀둔다. 무명교사는 언제나 아이들과 함께 하며 작은 풀꽃도 꽃이 되는 세상을 꿈꾼다. 저마다 자기 수레의 주인공이 되어 힘차게 끄는 모습을 보면서 크게 응원하고 있음을 전할 뿐이다.

글을 쓰는 것은 삶의 일부이다. 그러나 나의 삶을 글과 완전히 일치시키기는 거의 불가능한 일이다. 다만, 이 책을 읽는 그 누군가에게 살아있는 글쓰기를 해보길 권해볼 따름이다. 여기 있는 글은 동료교사, 후배교사, 학부모 등 좋은 교육을 지향하는 모든 이들과 함께하고 싶다.

끝으로 이 책이 나오기까지 애써주신 하움출판사의 문현광 대표님과 교정과 편집을 아주 정성스럽게 봐주신 홍새솔 님께 감사의 말씀을 드린다. 무엇보다 전국의 교실에서 오늘도 땀 흘리고 있을 이 땅의 모든 무명교사에게 깊은 감사를 드린다.

2019년 7월

한삶 곽주철 쓰다

차례

1부

풀꽃도 꽃이 되는 교육

천 개의 꿈

천 명의 아이에게는 천 개의 꿈이 있다.
얼굴이 다른 것처럼 서로 생각도 다르다.

천 명의 아이에게는 천 개의 상이 있다.
잘 하는 것도 다르고 좋아하는 것도 다르다.

모두가 삶의 주인이 되어
각자의 길을 걸어가는 것이다.

천 명의 아이에게는 천 개의 삶이 있다.
천 개의 기쁨, 천 개의 아픔이 모여
천사의 날개로 훨훨 날아다니는 것이니
하나하나가 모여 한 사회를 이룬다.
하나하나가 모여 한 세상을 만든다.

공부는 왜 할까?

애플을 창업한 스티브 잡스는 초등학교에 다닐 때, 장난을 잘 치는 유명한 말썽꾸러기였다. 학교에서 두세 번 씩이나 귀가 조치가 되었으니 공부에 큰 흥미가 없었던 것이다. 그런 꾸러기 잡스를 맡은 이모진 힐 선생님은 어려운 수학 퀴즈를 내었다. 그러고선 "우리 반에선 이 문제를 절대로 풀 수 없을 거야?"라고 말하며 퀴즈를 푼 사람에겐 커다란 막대사탕을 주겠다며 아이들을 유혹한다. 호기심을 자극한 선생님의 수업으로 잡스는 공부에 몰입하며 끝내 학급에서 유일한 수학 퀴즈 해결사가 된다. 그리고 그가 관심을 가진 건 막대사탕이 아니라 바로 공부에 대한 기쁨 그 자체였다. 그 전까지 공부를 왜 해야 하는지 전혀 관심 없던 잡스를 돌아오게 한 것은 바로 잡스의 마음을 읽은 선생님의 영향 때문인 것이다.

교실마다 1년에 한 번 정도 "공부를 왜 할까?"란 주제로 아이들과 허심탄회하게 이야기를 해보면 어떨까? 우리는 무엇 때문에 공부하는지도 잘 모른다. 그냥 어른이 시키니깐 하는 것이다. 집에서는 엄마가, 학교에서는 선생님이 시키니까 한다. 학생의 배움이 중심이 된 수업은 바로 아이가 중심이 되어야 한다. 여행을 가더라도 방향을 알고 가면 즐겁고 재미있다. 여행이 기다려지고 자기 주도적으로 전략을 세우기도 한다. 어디서 쉬어야할지 더 가야할지 결정하게 된다. 어떻게 갈지 고민이 되기도 하지만, 그 과정은 즐거운 과정이다.

이왕 하는 공부 알고 하면 좋은 것이다. 어른들은 자신의 경험에 비추어 생각하지만, 결코 아이들을 완전히 이해하지는 못한다. 학생을 그저 이끌어야 하는 대상으로 여긴다면 교육의 목적인 자율적이고 독립적인 인간으로 육성할 수 없다.

학년별 수준에 맞게 토의를 진행하는 게 좋다. 초등학교 1학년도 토의가 가능하다. 쉬운 말로 해도 되고, 친구의 의견을 듣는 것으로도 많은 정보를 갖게 된다. 선생님이 시키면 싫은 일도 친구들의 의견을 듣고 비교하다 보면 주도적인 인간이 될 수 있다.

　중요한 것은 토의에 참가한 교사도 많이 배우게 된다는 것이다. 아이를 좀 더 이해하게 되고, 아이 입장에서 생각하게 된다. 사람 나고 공부 났지, 공부 나고 사람 난 게 아니다. 그동안 수업의 속도가 빠른 건 아닌지 내용이 많았던 건 아닌지 고민하게 된다. 무엇 때문에 바쁘게 하고 있는지 교실 성찰을 하게 된다. 이는 매우 진지한 물음이다. 각자 이유가 다양하며, 다른 대답은 있어도 틀린 대답은 없을 것이다. 실제로 아이들은 "우리는 모르기 때문에 배워야 합니다"라고 하기도 하고, "친구와 배우면 더 좋기 때문입니다"라며 모둠활동과 협동학습을 지지한다. 교실에서 지켜야 할 예절이 나오기도 하고, 친구간의 질서를 토의거리고 삼기도 한다. 즉, 교실 토론은 살아있는 교실을 만든다. 교실의 주인이 바로 학생임을 자각하게 된다. 그리고 그 주인을 위해 교사가 존재한다. 주인이 더욱 주인 되도록 하기 위해 교사가 도와주는 것이다. 그런데 우리는 잊고 산다. 교사가 주인이고, 학생은 주인의 들러리가 된다면 과연 교실 문을 열 때 어떤 생각이 들까? 학생의 자주성과 주인정신을 찾기 위해서는 교실의 주인이 나임을 자각하고, 교실 토론을 해야 한다.

　공부 토의를 하게 되면 교실이 더욱 깨끗해진다. 교실은 바로 나의 공부방이기 때문에 내가 깨끗하게 하는 곳이요, 내가 아름답게 가꾸어 사는 곳이기 때문이다. 내가 쓰레기를 버리면 나의 방이 지저분해진다. 이제까지 교실을 남의 방, 선생님의 교실로 생각해 왔기에 교실은 깨끗해지기 어려웠다.

　공부 토의는 나와 우리를 기쁘게 한다. 내가 더욱 나다워지고, 우리를 더욱 소중하게 해주는 시간이 된다.

　꼭 교재가 있어야, 교과서를 갖고 수업을 하는 것이 아니다. 이미 아이들은 알고 있고, 그것을 나누는 것에 초점을 두어야 한다. 아는 것을 나눌 때 더욱 커지고, 여럿에게 공헌이 됨을 깨닫게 된다. 그래서 앞으로의 수업은 더욱 활기차고 역동적이게 된다.

　가능하면 학기 초에 공부를 해야 하는 이유에 대한 교실토의를 해보는 것이 좋다. 학급 약속, 수업 다짐이 생기게 되고, 약속을 지키도록 노력하는 분위기를 조성하면 된다. 혼자 지키려면 어렵지만, 함께 토의한 후 그 결과를 같이 지키려고 노력하는 것도 큰 공부이다. 공부는 사람이 사람답게 살아가기 위한 것이다. 책에서만, 점수에서만 국한하지 말고, 사람에게 배우려고 하는 여건을 만들자. 사람이 존중받고, 함께 더불어 살아가는 것이 참다운 배움임을 다 같이 느끼도록 하자!

 스티브 잡스는 왜 공부해야 하는 지에 대해 느끼는 순간, 그 이전과 이후의 잡스의 모습은 완전 달라졌음을 기억해 보면서...

📝➡ **다 같이 해보고 싶어요!**

★ 참다운 공부를 위해 공부 토의를 함께 해 봅시다.

★ "왜?라는 질문이 있는 교실에서는 희망을 찾을 수 있습니다.

풀꽃도 꽃이 되는 교육

얼마 전 TV 프로그램에서 고등학교 선생님이 학급 학생들의 이름을 외우는 코너가 있었다. 선생님은 학생들의 이름을 하나하나 불렀고, 모든 학생의 이름을 불렀을 때 감격의 순간은 절정에 달했다. 입시 교육에 젖은 현실이 안타까웠지만 그런 현실 속에서도 제자들을 생각하는 선생님의 마음이 고마웠다. 초등학교처럼 담임교사 중심의 학급 운영이 아니라, 중고등학교에서는 여러 교과가 있다 보니 많은 수의 학생 이름을 모를 수도 있다. 그러나 학급에 누가 왔는지 오지 않았는지, 어떠한 꿈을 갖고 사는지도 모른 채 입시 공부에만 매달려야 하는 현실은 분명 많은 문제를 포함하고 있다.

학업 스트레스로 자살하는 우리나라 청소년은 매일 1.5명으로 한 해 500여 명에 달한다. 이는 OECD 국가 중 1위라는 기록으로 실로 어마어마한 수치가 아닐 수 없다. 이들에게 '누군가 이름을 불러주고 관심을 가져주고 존중해 주었으면 얼마나 좋았을까?'라는 뒤늦은 후회를 한다. 가정에서든 학교에서든, 친구든 어른이든 사랑과 관심을 가져주었으면 절대 자살이라는 극단적인 일은 겪지 않을 것이다.

풀꽃도 아름다운 꽃이 되는 학교 살리기 교육에 몇 가지 희망사항을 적어 본다.

우선, **인간적인 학급 관계**를 만들어야 한다. 사람은 좋은 인간관계를 맺고 있을 때 희망을 갖고 산다. 김춘수의 '꽃'처럼 이름을 불러주고 관심을 가져줄 때 자기 존중감이 높아지며 꿈을 꾸게 된다. 10여 년 전, 한 학급이 47명인 반을 가르쳐본 적이 있다. 개별 학생에 대한 관심을 가지기 어려워, 수업은 교사 중심으로 이루어지고 학생을 통제하기 바빴다. 학생들은 '나만 성적 올라가면 된다'는 이기적인 마음이 발동되었으며 교육은 지극히 개인적인 성과 향상에 머물렀다. 내가 농어촌 지역에서 담임했던 초등학교의 한 학급 인원수는 16명이었다. 교사는 각각의 학생에게 큰 관심과 사랑을 가지기에 충분하며, 학생들 또한 또래 상호 간 인간 중심으로 학급 공동체를 형성할 수 있었다. 수업은 학생 하나하나의 배움 중심으로 이루어지고, 상호 배려하며 나와 너를 모두 소중하게 생각하는 패러다임의 대전환이 이루어졌다. 학급당 인원수는 단지 교사를 편하게 해주려는 수준의 문제가 아닌 큰 의미를 담고 있다. 학생을 소중히 여기는 삶의 문제, 존중과 배려의 중대한 문제이다. 많은 사람들이 학급당 인원수를 줄이려면 국가 예산을 늘려야 한다고 주장한다. 그렇다. 국가 예산은 이렇게 사람을 살리는 곳에 써야 한다. 빚을 지더라도 국가 빚은 이런 곳에 져야 한다. 진정한 교육은 꽃처럼 아름다운 학생의 생명을 살리는 부분이기 때문이다.

그 다음 희망사항은 **학생을 서로 비교하지 말자**이다. 나만 공부 잘 해 성공하는 문화는 행복한 공존의 학교 분위기를 크게 흐려 놓는다. 남의 불행이 나의 행복으로 여기게 됨으로써 전인교육에 반하게 된다. 경쟁은 개인의 과거와 현재를 비교하되, 교사는 개개인의 성장에 초점을 맞추고 개성을 칭찬해야 한다. 지난 9월 이래 부정 청탁 방지법인 일명 김영란법 시행으로 교수에게 캔커피를 건넨 학생이 신고를 당하는 메마른 사회가 되었다. 바로 대표적인 남의 불행이 곧 나의 행복이라는 의식이 깔려있는 셈이다. 학교가 행복한 공동체가 되기 위해서는 남의 행복이 나의 행복이 되고, 나의 행복이 남의 행복이자 공동체의 행복이 되어야 한다. 따뜻한 공동체는 진정한 안정감을 가져와 삶의 희망과 꿈을 가져다주어 모두가 행복한 동행을 가능하게 한다.

마지막으로, 일에 쫓기는 교사를 구해주어야 한다. 교사들 상호간 대화를 들어보면 대부분 "일에 쫓겨 학교생활이 바쁘다"라 모아진다. 그리고 그 바쁜 생활이 업무를 시행하거나 공문을 처리하는 것에 집중된다. 학생의 삶을 살리는 학교에서 학생을 제외한 일에 몰두하는 것은 직무유기이다. 이 집단적 직무유기를 바로잡고 정상화하기 위해서는 교사의 일을 줄여주어야 한다. 학부모 입장에서도 담임교사가 공문 처리하느라 학생을 제대로 돌보지 못한다면 과연 분노하지 않을까? 교사가 학생지도를 위해 연구하고 독서하고 자료를 수집하도록 여건을 마련해 주어야 한다. 교사를 사무직으로 보는 순간 우리 교육의 미래는 어둡다. 인간이 인간답게 가르치고 배우도록 해주는 스승의 길을 열어 주는 것이 필요하다. 교사가 자긍심을 갖고 있을 때 대한민국의 우수한 인적 자원은 미래 사회에 대응하는 창의성과 무한상상력으로 무장되어 변화하는 사회에 능동적인 대처가 가능할 것이다.

김춘수는 꽃에 각각의 이름이 있듯이 사람의 이름을 불러주라고 권고하였다. 이름을 불러주기 전에는 하나의 몸짓에 지나지 않지만 이름을 불러줄 때 사람은 꽃이 되는 것이다. 왜냐하면 공부를 잘 하든 그렇지 않든 누구나 사람은 저마다 하나의 의미가 되고 싶기 때문이다. 흰 꽃만 꽃일까? 빨간 꽃만 꽃일까? 그렇지 않다. 화려한 꽃도 꽃이고 세상의 모든 풀꽃도 꽃이다. 사람 역시 이름이 있고 태어나면 누구든지 소중한 존재이다. 그러나 학교의 여러 문제로 존재 자체가 잊혀진다면 그의 삶은 과연 행복하거나 의미가 있을까?

교사와 학생이 함께 좋은 수업을 충실히 만들어가고, 교실이 인간적인 만남과 대화가 이루어질 때 비로소 그 본업을 성공적으로 수행하게 된다. 이는 사람을 살리고, 학교를 살리고, 우리나라를 살리며 모두를 살리는 일이다. 교사 집단은 특수하게도 양심과 사명의 공동체로 남고 싶어 한다. 학생의 성적표로 교사를 줄 세우지 말아야 교사는 학생을 인간적으로 바라볼 것이다. 학교가 인간적으로 따뜻한 존중과 배려 속에서 배움이 이루어질 때 학생들은 더 나은 세상으로의 변화에 동참할 것이다. 학생은 학교 공동체 속에서 본 것을 가지고 남을 위한 세상으로의 배려하는 인간으로 성장해 좋은 공동체의 일원으로 자라는 것이다. 학업 성적만으로 학생을 보지 말고, 인간의 고유한 역할을 지닌 존재로 태어났음을 인식할 때 풀꽃도 꽃이 되는 교육은 비로소 시작할 것이다.

✏️▶ **다 같이 해보고 싶어요!**

★ 아이들 하나하나의 이름을 불러줍시다. 우리는 인간적인 학급 관계를 만들고, 서로 비교하지 말아야 하고, 일에 쫓기는 선생님을 구해주어야 합니다.

억지로 하는 공부가 즐거움을 뺏어간다!

시험이 참 많다. 받아쓰기나 쪽지 시험부터 고입, 대입, 취직 시험, 각종 외국어, 한국사 자격시험에서 경시대회에 이르기까지, 태어나서 평생토록 인생은 시험의 연속이라는 것을 절감한다. 인간은 시험 앞에서 자유로울 수 없는 존재가 되었다. 요즈음 공부를 너무 억지로 해서 탈이다. 즐겁고 행복하게 공부하면 얼마나 좋으련만... 우리나라의 학업 성취도는 우수한데 학업 흥미도가 꼴찌인 것이 늘 아쉽다.

태어나서 하나씩 배워나가는 일은 원래 즐겁고 의미 있는 과정이다. 모르는 것을 알게 되니 거기에는 쾌감과 성취감이 있다. 그런데 잘 했느냐, 얼마나 잘 했느냐, 혹은 잘못한 거야라는 평가를 하게 되면 잘하기 위해 노력하게 된다. 문제는 평가를 잘 보기 위해 공부를 하게 되는 모순을 겪게 된다. 즉 우리 모두는 지금 모순에서 벗어날 수 없고, 시험에 쫓기는 신세가 되어버린 것이다.

밤새 많은 눈이 내렸다. 방학 기간이지만 학교에 등교한 돌봄교실 아이들과 함께 운동장에서 마음껏 뛰어 놀았다. 눈을 밟기도 하고, 눈을 모으기도 하고 눈을 뿌리기도 하였다. 덥석 눈 위에 누워 하늘을 바라보거나 눈을 감고 잠을 자는 척 하기도 한다. 서로에게 눈을 뿌리며 쫓고 쫓기는 놀이에 푹 빠진다. 아이들은 신이난다. 쫓기는 아이 쫓는 아이 모두가 웃음 가득하다. 세상에 이렇게 좋을 수가! 눈이 좋아 웃고, 친구랑 있어서 좋고, 놀아서 좋고... 좋고 좋은 것뿐이다. 그런데 문득 평가 생각이 난다. 이 장면을 평가하게 되면 얼마나 괴로울까? '넌 조금 늦게 뛰었으니 80점이야!', '넌 친구들보다 덜 웃었으니 65점이야'라고 평가를 한다면 과연 행복한 사람은 누구인가?

아이들은 저마다의 삶을 산다. 교사인 내가 평가를 하지 않아도 배우고, 그 배움 너머까지 느끼고 알고 실천하게 된다. 잘못된 잣대를 갖고 재면 제대로 잴 수가 없다. 눈을 사뿐사뿐 밟는 것만으로도 행복을 느끼고 눈의 색깔이나 감촉을 경험하는 아이가 있다. 그리고 마음껏 눈밭을 뛰어다니며 숨이 차도록 놀고 나서 쾌감을 갖는 아이도 있다. 사람의 경험과 인식은 개별적이며, 새로움과 의미는 자신이 스스로 찾아가는 것이다. 비교하며 서열을 매기면서 고득점자만이 인생의 주인공이 되는 것은 아니다. 지금의 소극적인 행동과 낮은 인식도 나중에 적극적이고 높은 과정으로 얼마든지 발전할 수 있다.

공부는 억지로 하는 것이 아니다. 난 평생 즐기면서 공부하는 모습을 늘 상상한다. 공부는 삶이요, 삶이 공부인 것이다. 삶은 경험이고 개별적이며, 무한 발전 가능성을 갖고 있다. 개인적으론 군대 생활을 제외하고 학교를 떠나본 적이 없다. 삶 속에서 많은 것을 배우고 느끼며 성취하는 것이지, 남과 비교하며 숫자로 매겨지는 것이 아니다.

교실 속에서 교사가 시키고 학생이 배우는 구조를 바꾸어 보자! 교사가 교육의 원래 의미대로 학생의 자발적인 능력과 배우고자 하는 힘을 이끌어 내는 역할을 하면 교실은 바뀐다. 학생 각자가 해보고자 하는 마음을 갖고, 자발성을 갖고 도전해 보고자 하는 마음이 있다면 공부는 흥미의 날개를 달고 훨훨 날아갈 수 있다.

어른이 되어서 공부를 하게 되고 해야 하는 평생교육의 시대로 접어들었다. 어른들도 모든 생활 과정이 배움이 된다. 설거지나 빨래 같은 집안일 속에서도 스스로 돕고 실천할 때 가정의 일원으로서 기쁨을 느끼고 성장하게 된다. 엄마 아빠가 다 해주는 것이 자녀를 위한 능사는 아니다. 부모가 신문을 보고 책을 가까이 할 때 자녀들이 그것을 은연중에 따라하고 재미있어 보여 따라하게 된다. 억지로 시키면 멀어지지만, 스스로 해보도록 동기를 유발시키면 사람은 더 새롭고 나은 방법을 찾게 된다.

다 같이 해보고 싶어요!

★ 시험과 평가라는 잣대로 보지 말고 아이의 성장을 믿으세요.

★ 멀리서 찾지 말고 작은 곳에서 시작하면 됩니다.

★ 비교하지 말고 스스로 하게 해주세요.

★ 지금 작고 약하지만 그것을 그대로 보지 말고 크게 보고 강하게 될 거라는 믿음을 가지세요!

★ 즐거운 공부는 개인을 행복하게 이끌어 줄 것입니다.

나는 왜 사는가?

자신에게 곰곰이 물어볼 필요가 있다. 나는 왜 사는 걸까? 우리나라에 5천만이 살고 있고, 전 세계에 70억이 있다. 나의 부모님은 서로 사랑을 하여 나를 이 세상에 탄생시켰는데, 3남 2녀 중 막내로 태어나게 한 이유가 있는 것이다. 내가 태어난 것은 순전히 나의 선택이 아니었다. 탄생은 자연의 섭리지만, 그 이후는 나의 선택의 연속이었다. 엄마 젖을 빨고 밥을 먹고 옷을 입고 학교를 다니고 사람을 만난다. 그 속에서 내가 잘 하는 것과 내가 좋아하는 것이 있다는 것을 알게 되었다. 어릴수록 그것을 알아차리는 것은 어려웠다. 그것을 미리 알고 싶어 하는 인간의 속성 때문에 태어나자마자 사주팔자나 점을 치기도 한다. 그리고 돌이 되면 모든 사람들은 돌잡이를 통해 자녀가 어떤 일을 할지 기대와 결정을 짓고자 한다. 연필을 잡으면 학자가 된다고, 청진기를 잡으면 의사가 된다고, 판사봉을 잡으면 판사가 된다고, 그리고 마이크를 잡으면 방송인이 된다고 믿고 싶어 한다. 그리고 단연 으뜸은 돈을 잡는 것이다. 웃자고 한 것인데 너무 심각하게 생각하지 말았으면 한다. 1살짜리에게 사람들은 그 어려운 관문을 통과해야 하는 판사, 의사, 학자를 기대하니, 말을 안 해서 그렇지 대한민국의 한 살배기는 저마다 얼마나 스트레스 받고 힘들까?

우리의 진로는 주로 진학으로 결정되었다. 유식하게는 전공이라 부른다. 물론 이것이 누군가에게는 유익하겠지만 많은 사람들이 불리한 시스템이다. 초등학교와 중학교 정도를 다니다보니 거의 성적으로 진로를 결정하게 된 것이다. 내가 아무리 남을 위하여 병을 고쳐주고 싶어도 성적이 모자라면 의사는 접어야 하는 현실! 정말 낙심이 큰 일이고 개인적 좌절이요, 사회적 낭비다.

그럼 어떻게 해야 할까?

과연 **내가 잘 하는 것과 좋아하는 것**이 무엇인지 적어보는 것은 좋은 방법이 된다. 그림인지, 글쓰기인지, 계산인지, 공 다루기, 타자 치기, 말하기, 노래하기,

춤추기 등등. 그리고 그것은 주관적인 것이기 때문에 가족이나 친구, 지인들로부터 내가 잘 하는 게 무엇인지 듣고 조언을 구하는 것은 자신을 좀 더 사회적으로 보게 되는 계기가 된다. 나는 못한다고 생각하는데 집단 속에서 나를 보게 된다.

그리고 내가 소질이 없는 줄 알았는데 늦게야 접해보고 발전시키는 부분도 있으니 많은 체험의 기회를 가져 본다. 여행을 가보고, 새로운 운동을 해본다. 인터넷에 들어가 좋아하는 것을 꼬리에 꼬리를 물고 찾아본다. 연관 검색어를 보고, 사이트와 서적, 잡지를 보며 나의 관심도의 깊이를 가진다.

처음에는 좋아했는데 중간에 '이게 아닌데' 할 수도 있다. 그렇다고 그것은 손실이 아니다. 그것을 통해 분명히 알게 되고 얻게 되는 것이 있다.

나의 꿈의 목록을 작성해 본다. 드림 리스트(Dream List)를 적어보고 중요도와 달성여부, 목표기한을 정해본다. 골든벨 소녀 김수영은 세계를 다녀 여행을 하면서 견문을 넓히고 새로운 꿈을 세운 사람으로 유명하다. 처음에 내가 꿈을 꾸지만, 점차 꿈이 나를 이끄는 단계가 온다. 그러면 나는 그 곳에 집중하여 전공으로 삼고, 대가가 되어 남을 위하고 인류를 위하고 새로운 영역을 창조하게 된다. 이는 누구든지 가능한 일이지, 어떤 특정인에게 한정된 것이 아니다. 작은 꿈을 적고 이루어가고, 또다시 새로운 꿈을 적고 이루다 보면 제법 많은 일을 할 수 있는 사람이란 걸 깨닫는다. 중요한 것은 작은 꿈을 꾸는 것이다.

부모님이 나를 태어나게 한 고유한 의미가 있다.

하나님이 나에게 기대하는 유일한 이유가 있다.

그걸 찾아 가고 또 가는 길,

그것이 바로 인생길이다!

▷ **다 같이 해보고 싶어요!**

★ 오늘 꿈의 목록을 작성해 보세요.

과연 나는 무엇을 해야 할까요?

넉넉한 교육을 권함

"빨리빨리, 남보다 더 많이" 경쟁 속에서 생각도둑 생겨
우리 교육, 배움이 많고 익힘이 부족한 불균형 초래

한 주일 동안의 학부모 상담주간을 마쳤다. 예전과는 달리 대부분의 학부모가 자녀의 학교생활에 관심과 궁금증을 갖고 상담을 신청한다. 학교 교육에 관심이 점차 증가하고 있으며, 상담을 통해 담임과 학교교육에 대한 이해를 높이고 긍정적인 영향력을 준다는 믿음을 가지게 된 것을 보여준다. 그리고 요즈음은 직장에서도 학교 공개의 날이나 상담 등에 허용적으로 접근하는 것도 한 몫을 하고 있다. 다른 부모는 다 가는데 나만 가지 못하는 상황에서 직장일이 손에 잡히겠는가를 생각해보면 이러한 추세는 앞으로 더욱 지속될 것으로 보인다. 물론 저학년에서 고학년으로 올라갈수록 상담이 줄어드는 현상은 유지되는데 그래도 예전보다는 많은 편이다.

주로 학부모는 자녀의 학교생활이 어떠한지 알아보고자 한다. 집에서의 생활과 학교에서의 생활이 같지는 않다. 집에서 말을 잘 한다는 아이도 학교에서 말한 마디 없이 조용하기도 하고, 반대로 발표를 하고나 있을까 노심초사 걱정을 하는 경우 학교에서 오히려 유머를 갖고 친구를 웃기거나 적극적으로 발표하는 경우도 많다. 상담은 가려운 곳을 긁어 주는 것이니 많이 참여하고 담임과 언제든지 대화하고 소통하는 것이 바람직하다.

자녀의 학업이 부족하다고 느끼는 학부모는 마치 자신이 잘 가르치지 못한 결과라 여기는 경향이 있다.

"집에서 아이를 많이 지도하고 있는데 잘 안 돼요."

라며 미안함을 감추지 않는다. 자녀가 이해력이 빠르고 지식이 많기를 바라는 학부모 마음 저변을 읽을 수 있어 아쉬움이 크다. 그럴 때면 나는 이렇게 말한다.

"모르니깐 학교에 오지요. 아이가 학교에서 잘 배우고 있으니 걱정하지 마세요"

학교란 학생이 삶을 통해 배우는 곳이요, 교사는 학생들을 가르치는 곳이다. 어떤 과목이 부족할 수 있고 다른 과목을 또 잘 할 수 있다. 지금은 느리지만 앞으론 이해를 잘 하게 될 가능성이 얼마든지 있다.

사회가 급변하다보니 우리 교육도 언제부터인가 은연중에 "빨리빨리, 남보다 더 많이" 문화에 젖어 있는 거 같다. 가능하면 느린 것보다는 빠르게 해결해야 똑똑한 것이요, 남들보다 더 많이 지식을 습득해야 하는 미신을 숭배하게 되었다. 경쟁에서 이겨야 성공하고 지면 실패요, 실패는 다시 회복하기 어렵다는 프레임을 갖게 된 것이다. 실제로 학교는 얼마든지 실패를 허용해야 하고 다시 해보도록 시도하는 곳이다. 우리말을 배울 때에도 빠른 아이가 있는가 하면 느린 아이가 있는 법이다. 말을 빨리 배웠다고 다 잘 하는 것은 아니다. 아이를 가르칠 때에는 느릴 수도 있다, 차근차근 배워보도록 하자라는 침착하면서도 믿고 기다리는 마음이 필요하다.

교육은 품이 넓고 넉넉한 것이어야 한다. 배울 때에는 시간을 재촉하지 말고 여유를 갖도록 하는 게 좋다. 꼭 빨리 문제를 풀고 '저 다 했어요'라고 남보다 먼저 손드는 사람이 똑똑하다고 여기지도 않는다. 신중한 사람이 잘 하기도 하고, 빨리 푼다고 다 맞는 것도 아니다. 남이 생각하고 있을 때 끼어드는 것을 〈생각도둑〉이라 부르고 싶다. 여러 학생이 함께 배우는 학급에서는 속도의 차이가 존재한다. 과목에 따라서 차시에 따라 달라지기도 한다. 중요한 것은 사람마다 배움의 속도가 다르다는 것이다. 빨리 배우고 익힌 사람으로 인해 늦게 배우는 사람이 피해를 보면 그것도 "속도폭력"이 된다. 누구든 자기 속도에 맞추어 배우도록 해주어야 한다.

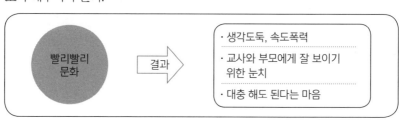

빨리빨리 문화 → 결과

· 생각도둑, 속도폭력
· 교사와 부모에게 잘 보이기 위한 눈치
· 대충 해도 된다는 마음

"조금 늦게 해도 괜찮아"라는 교실문화가 필요하다. 오히려 차근차근 배우는 게 아이의 발달 단계에 적합하며 신중한 생각을 하게 한다. 조금 부족한 생각도 수용하며, 자기의 생각을 스스로 고쳐가고 수정해 볼 수 있는 기회를 부여한다. 그러면 아이는 용기를 갖게 되고, 할 수 있다는 자신감뿐만 아니라, 누군가 믿어 준다는 따뜻한 보살핌 아래서 안전한 배움을 이룰 수 있다. 이를 도식화해보면 다음과 같다.

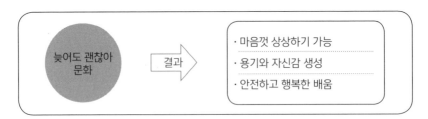

내 아이 위주, 그것도 내 아이 점수 위주로 아이를 보게 되면 아이를 인간 존재로 바로 보지 못한다. 인격적으로 대해야 할 자녀를 대상화하게 된다. 그러면서 '넌 할 수 있어. 다음엔 더 성적을 올릴 수 있어'라며 오직 성적을 올려야 하는 메커니즘에 빠지게 된다. 예전에 비해 참고서나 문제집을 많이 사줄 수도 있고 인터넷 강의나 학원, 과외로 이어진다. 어린 시절 큰 성찰과 연습의 기회를 갖지 못하고 지나친 배움 속으로 몰고 가게 된다.

넉넉한 마음과 자기 속도로 모두가 성공하는 교육 되어야
생활 속 생각도둑 해서는 안돼

방과 후에 운동장에 가보면 아이들이 없다. 마음껏 뛰어 놀고 친구와 부대끼며 소통하는 법을 자연스럽게 배워야할 나이에 배움만 채우고, 습(習)을 기회를 못가진다. 원래 학습(學習)이란 배움의 학(學)과 익힘의 습(習)이 더해 이루어진 말이다. 그러니 이해와 통찰력은 길러지지 않고 단순 암기가 이루어져 깊은 사고력과 창의성으로 이어지지 않는다. 지금 우리 교육의 큰 문제가 학(學)은 과도하게 넘치고 습(習)이 너무나 빈약하다는 것이다. 공자 역시 '학이시습지 불역열호아(學而時習之 不亦說乎) -배우고 또 익히면 기쁘지 아니한가?'라고 했듯이 배우는 것과 익히는 것에 대한 균형과 강조가 들어있음을 볼 필요가 있다.

　과도한 사교육이 결국은 아이를 불균형하게 기르고 가정 경제를 파탄에 빠뜨린다. 아이는 연습이 없으니 불안감이 커지고, 마음에 큰 멍이 생긴다. 이 치유 없는 상처는 마치 브레이크 없이 목적지를 달리는 기관차를 보는 거 같아 몹시 안타깝다. 왜 달리는지 이유도 모른 채, 풍경의 아름다움과 낭만을 느낄 시간도 없이 오직 위를 향해 빨리빨리 가게 된다. 의미 없는 노력은 목적지에 도착해 허탈해지기 마련이며, 또 다른 산을 넘어야 하는 긴 인생의 순리에 비추어보면 방법의 불일치가 아닐 수 없다. 넉넉한 마음과 자기 속도로 모두가 성공하는 교육이 되도록 학교와 가정이 연계한 균형 있는 교육이 이루어져야 한다.

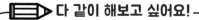

다 같이 해보고 싶어요!

★ 모르니까 배우러 학교에 갑니다. 넉넉한 마음으로 기다려주세요.

넌 뭘 좋아하니?

위 물음에 시원하게 대답하는 이가 없다. 대학에 붙은 사람이든 떨어진 사람이든, 실제로 대학생조차 적성에 맞게 전공을 제대로 찾았는지 의문이다. 점수에 맞추어 들어가게 되고, 엄마가 좋아하는 과에 들어가본들 영 내키지 않는다. 왜냐하면 자신이 좋아하는 일을 스스로에게 물어보지 않았기 때문이다.

20년, 30년 살면서 여기에 대한 해답을 내놓지 못한다. 아니 40년, 50년 살이되어 직장생활을 하면서도 '과연 내가 좋아하는 일을 하고 있는 건가?'라고 되물어야 한다.

내가 잘 하는 것이 무엇인지, 내가 좋아하는 것이 무언지도 모르고 입시의 노예가 되고, 시간에 쫓겨 청춘을 보내는 것은 너무나 허망한 일이다.

아주 작은 일을 하더라도, 그리고 아주 중대한 일을 하더라도 마찬가지이다. 내가 잘 하는 일인지, 내가 좋아하고 앞으로도 좋아할 일인지, 그리고 내가 하는 일이 남에게 기여를 하고 있는지에 대해 답을 할 수 있어야 한다.

매년 3월 초 새 학기에는 다른 학업의 부담에서 벗어나, 먼저 방향을 잡도록 하자. 진로 탐색 주간이라 하여도 좋고, '나를 돌아봐'시기라고 불러도 될 것이다. 혼자서 고민해보고, 친구가 보는 나의 장점을 들어보고, 친구의 장점을 말해주도록 하자. 교사가 아이를 향해 일방적으로 장래 유망한 직업이 있으니 "영어를 공부해라", "소프트웨어 교육을 해라" 하거나, 남들이 부러워하는 의사나 판사 타령을 해서는 안 된다. 내가 손재주가 없고 사람 만나기 어려워하는데 의사가 되어서 무슨 소용이 있을까? 그것은 나의 손해뿐만 아니라 우리 모두가 원하는 바가 아닐 것이다.

오늘부터 스스로에게 묻고 답해보자.

나는 무엇을 좋아하지? 좋아하는 음식, 색깔부터 고르게 하자. 좋아하는 연예인, TV 프로그램이나 노래, 좋아하는 위인이나 책 등... 나에 대한 투자를 하고, 내가 행복해지기 위해 무얼 해야 할지 곰곰이 생각해 보는 시간을 갖자. 나를 위한 시간 갖기, 바로 우리 모두를 위한 시간 투자이다. 나에게로부터 시작된 것은 여러 사람을 거쳐 결국 나에게로 돌아온다. 그러니 좋은 꿈을 가꾸어가고, 말과 행동을 조심하며, 나의 빛나는 역사를 찾도록 하자.

꿈은 짧은 시간에 꾸거나 이루어지는 것이 아니다. 처음엔 원대하고 막연하게 꾸다가 점차 세련되어지고 세분화되는 것이다. 이를 두고 꿈을 버렸다거나 잃어버렸다고 생각해서는 안된다. 오히려 새로운 영역을 개척할 수도 있는 것이니 시간과 여유가 필요하다. 꿈을 꾸고 이루는데 방해물은 바로 재촉과 비교이다. 시험 결과에, 상급학교 진학에, 임원 당선에 등등 시간을 재촉하다 보면 큰 꿈을 꾸지 못하고 바로 암초에 부딪혀 부서지고 만다. 그리고 나의 꿈과 남의 꿈이 같을 수는 없다. 나는 세상에서 유일무이한 존재이다. 그 고유성을 갖는 게 존중받는 인격체로서의 기본이다. 꿈을 꾸도록 넉넉하게 시간을 갖고, 고치거나 바꿀 수도 있는 패자 부활의 기회를 주자. 누구든 삶의 주인이 된다. 누구든 행복하게 살 수 있다.

새로운 학년이 시작할 때쯤 나는 늘 새로운 아이를 만날 것에 기대가 된다. 그리고 이렇게 물을 것이다.

"넌 무엇을 좋아하니?"

그리고 웃는다.

"그래. 그거 참 좋은 생각이야. 넌 할 수 있을 거야!"

라고 엄지 척 해줄 생각에 벌써부터 가슴이 뛴다.

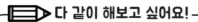 **다 같이 해보고 싶어요!**

★ 아이가 무엇을 좋아하는지 관심을 가져주세요.

버릇없는 아이를 사랑합니다

아이들이 미숙한 것은 지극히 자연스러운 일

"요즈음 아이들은 버릇없고 예의가 없어." 어른이 하는 말이다.

어른들에게 인사도 안하고 옷도 함부로 입고 다니며, 지극히 개인주의에 매몰되어 남을 위하기보다는 오직 자기 생각만 한다는 지적이다. 어른들은 자기가 어렸을 적과 비교하며, 본인은 주로 예의를 잘 지킨 사람으로 자신에게는 매우 관대하게 생각하는 경향이 있다. 그리고 최소한의 양심을 갖춘 인간이라 옹호하기도 한다. 어린 시절을 되돌아보지 못하는 지극히 자기중심적인 견해가 아닐 수 없다.

나 역시 매일 학교에서 아이들을 가르치는 어른으로서 고민을 한다. 교실에서 떠들거나 장난을 치고, 복도에서 뛰고 소리 지르는 아이가 있다. 수업 중에 수업과는 관계없는 일을 하는 아이가 있거나 심지어 둘이 다투기까지 한다. 급우를 생각하기보다는 자신의 입장만 헤아리는 경우를 보며 살고 있다.

과연 버릇없는 것이 나쁜 것일까? 어쩌면 버릇없는 것이 아이들에게 당연한 것이지도 모른다. 친구들을 만나 반가우니 놀고 싶고, 복도에서 빨리 가고 싶으니 뛰는 것이다. 의견이 달라 시도 때도 없이 다투기도 한다. 아이들은 몸으로 소통하고 에너지가 많다. 그리고 완벽하지 않다. 말을 함으로써 말을 배운다. 놀면서 노는 것을 배우고, 새로움을 창조해간다. 말을 잘 못한다고 "너 정말 그렇게 말할 거야?"라고 어른들이 다그치면, 아이는 순간 당황하여 말문이 막히고 앞으로 말을 잘 하지 못하는 사람이 된다. 교실에서 질문이 사라지면 창의성이 사라지게 된다. 떠들거나 뛰지 말기를 바란다면 아이들의 건강이 사라질 것이다.

학교라는 곳에 미숙한 존재가 모여 살고 있다. 이 미완성된 아이들을 나 같은 교사를 두어 하나씩 하나씩 가르치라는 거 아닌가? 완벽한 아이들이 모여 산다면 내가 과연 필요할까? 아이들이 모두 완벽한 어른 생활을 한다면 지금 우리나라 교육자 50만 명은 바로 실업자로 전락할 것이다.

초등학교 교실은 아이들의 말과 노랫소리, 웃음소리로 넘쳐나야 한다. 새로움을 배우니 신기하고 몰입이 있다. 친구의 말이 재미있으니 하하호호 깔깔껄껄 웃고 싶고 박수치고 싶다. 새로움과 신기함, 그리고 재미 속에서 노래를 배우고 그림을 배우고 자연을 배우게 된다. 교실은 토론을 통해 시끄러울 수 있고 **자기 생각을 하기 위해 실수가 허용되는 곳**, 다른 과목 시간에 더 잘 할 수 있어 **패자부활이 가능한 곳**이어야 한다. 한 마디로 교실은 활력 그 자체이다. 그래서 나는 정숙한 교실보다는 살아있는 교실을 좋아한다. 학교에서 교실이 조용하면 아이를 잘 잡는다는 표현이 있다. 그런데 조용한 교실을 자세히 들여다보면 아이들의 기를 죽이고 지시와 통제가 있고, 민주적이기보다는 독재가 행사되는 곳 아닌가? 학교는 사람을 살리는 곳이어야지 사람을 죽이는 곳이 되어서는 절대로 안된다. 아이들은 이 하나하나의 과정을 몸으로 체득하며 배워 나간다. 버릇의 사전적 의미를 보면 '오랫동안 자꾸 반복하여 몸에 익어 버린 행동이나 예의'를 뜻한다. 즉, 버릇이란 어느 한 순간에 어른의 통제나 지시에 의하지 않고 일정 시간동안 반복을 해야 하는 부분이며, 머리로 하는 것이 아닌 몸으로 체득해야 하는 특성을 갖고 있다. 아이의 초보적 인간관계는 사회생활에서 원만한 대인관계로 발전하고, 학급 분위기의 작동 원리가 앞으로 평생 살아갈 공동체의 원형이 되는 것이다.

◢◤▶ **다 같이 해보고 싶어요!** ◀

★ 좋은 학교는 실수가 허용됩니다.

　오늘 교실은 패자부활전이 가능했나요?

가장 기초적인 교육이 필요하다

지난 주말, 동네 목욕탕에 갔는데 스피커를 통해 큰 목소리가 들렸다. 궁금하여 귀를 쫑긋 세워 들어 보았다. 그 내용은 이러하였다. "어린이 여러분, 바닥이 미끄러워 위험하니 목욕탕에서 뛰지 맙시다. 넘어질 수 있습니다." 재차 반복하여 강조하는 것을 듣지 않더라도 아이들이 여간 시끄러운 게 아니었다. 여기저기서 뛰어다니고 떠들고 물장난하는 광경이 눈에 들어왔다. 그리고 초등교육을 담당하는 교육자로서 부끄럽기도 하였다. 공공장소에서 조용히 하는 것은 학교에 들어가자마자 배우는 것인데 실천이 잘 안 되는 것이다. 학교에서 강조하고 아마 매일 선생님들이 지도하는 부분인데 작동이 잘 되지 않는다. 목욕탕에서 조용히 하기는 아주 기초적인 것인데 왜 잘 안 되는 것인지 곰곰이 생각해보았다.

초등학교는 왜 필요할까? 그야 가장 기본적이고 기초적인 교육 때문일 거라고 답할 것이다. 그렇다. 초등학교의 교육은 학생의 학습과 일상생활에 필요한 기초 능력을 배양하고, 기본적인 생활 습관을 형성하여 바른 인성을 함양하는 데 중점을 두고 있다(경기도교육과정,2016).

이에 초등학교는 학생들에게 풍부한 학습 경험을 제공해야 한다. 몸과 마음이 균형 있게 자라도록 하며, 기초적인 이해와 능력을 기르고 무한한 상상력과 창조를 할 수 있도록 도와야 한다. 기본적인 읽기와 쓰기, 셈하기, 기본적인 태도와 기능 등이 이루어지도록 해야 한다.

실제 이루어지는 교육과정을 보면 아이들이 너무 많은걸 배우고 있는 건 아닌가라는 의문이 든다. 교육과정의 양이 많고 속도가 빠르다. 그로 인해 아이들이 쓸데없이 힘들게 배우게 된다.

외국에서 유학을 1년 한 후 우리나라에 들어오는 아이를 보면 외국에서는 공부를 잘 했다는 이야기를 종종 한다. 우리나라 교육과정이 내용이 많고 속도가 빠르다 보니 쉽게 해결한다는 것이다. 언어를 배우는 것이 어렵기는 하지만, 기본적인 언어는 일상생활 속에서 자연스럽게 습득되는 부분이니 이것만 해결되면 모두 우등생이 되는 것이다. 문제는 귀국 후에 우리 교육과정을 따라가는 데 애를 먹는다. 외국에서는 천천히 배우는데 이미 우리나라는 많은 양을 배운 이후가 된다. 학급 담임 교사로 봤을 때 학습 부진아 하나가 늘어나는 셈이다. 가정에서 별도로 보충하거나, 학교에서 남아 무사히 학과 공부를 하면 문제는 없어진다.

많은 것을 가르치고 배우다 보니 정작 중요한 것을 놓치고 있는 것은 아닐까라는 생각이 든다. 초등교육과정에 나와 있는 것처럼 기본에 충실하면 좋겠다. 그런데 실제로는 평가로 인해 공부 부담에 시달리고 서열과 점수에 대한 부담이 큰 것이다. 이제 평가, 서열 그리고 점수에 대한 부담을 줄여주고 정말 중요한 것에 집중하는 것이 필요한 것이다. 쓸데없이 어려운 문항과 문제집 중심의 문제 출제는 아이들을 공부하는 기계로밖에 만들 수 없다. 그래서 공부상을 없애고, 평가는 가르친 내용만 이루어지게 교사별 평가를 시행하면 된다. 4지, 5지선다형이 창의성을 저해한다면 서술형, 논술형 평가를 보게 하면 되고, 하루에 보지 말고 수시로 수업이 이루어질 때 평가를 하게 되면 그날그날 충실하게 수업과 평가가 정상적으로 이루어진다.

초등학교에서 진실로 중요한 것을 기초, 기본교육이다. 글쓰기와 말하기, 예절과 인성 등에 주력해야 한다. 인사하기, 공공장소에서 뛰지 않기, 화장실 사용 예절, 신호등 건너기, 말하기 전에 경청하기, 자기 차례를 기다리며 새치기 하지 않기, 인터넷 오래 사용하지 않기, 쓰레기를 아무데나 버리지 말기 등이다.

초등교육은 입시에서 자유로워 나름 창의성교육과 인성교육에 충실해 왔다. 중등교육 역시 일상생활에서 필요한 기본적인 내용을 다지고 자신의 진로를 생각하는데 중점을 두어야 한다. 학생들의 공부 부담으로 기본교육이 잘 안된다면 이것이 교육계의 가장 큰 모순일 것이다.

초등학교 시절부터 교육을 튼튼히 한다면 정말로 성숙한 시민으로 성장하는 데 문제가 없을 것이다. 과도한 사교육 부담에서 해방시켜주고 공부는 즐겁고 자유로운 상상력의 발로가 되는 것이라는 것을 인식시켜 주는 것이 필요하다. 그래서 모든 학생이 어른이 되어서도 자기 삶의 주인으로 성장할 것이다.

 다 같이 해보고 싶어요!

★ 멀리서 찾지 마세요. 가장 기초적인 교육이 가장 중요합니다.

오늘도 별일 없나요?

흔히 있는 교실 상황을 보라.

> 아이는 천천히 글을 쓰고 문제를 이해하고 있다. 그러나 교사는 느림보 아이를 참지 못하고 아이가 너무 느리고 못한다며 재촉한다. 아이가 겁을 먹고 해보려 하지만 아직 잘 안 된다. 교사는 학습목표를 도달하기 위해 고속으로 달려가고 있으며 아이에게 큰소리를 친다. 결국 아이는 교사로부터 좋은 소리를 듣지 못하고 불안해한다. 결국 아이의 자신감이 점점 없어진다. 공부가 싫어진다.

어떤 학년이든 좋다. 어떤 과목에서든 말이다. 이런 상황은 흔히 있지만, 결국 아이의 자신감이 떨어지고 교실 속 교사와 아이의 관계는 좋아지지 않는다. 그리고 이것은 비단 교사와 아이뿐만 아니라, 엄마와 아이의 관계 속에서도 마찬가지로 존재한다.

아이들의 시간은 다소 느리다. 10대는 시속 10km, 20대는 시속 20km, 40대는 시속 40km, 그리고 50대는 시속 50km라는 말도 있지 않나? 시속 30-40km로 달리는 어른 시간으로 시속 10km 전후의 아이들의 시간을 보면 차이가 생기기 마련이다. 더구나 교실에는 시속 5km도 되지 않는 아주 더딘 속도의 아이도 있다.

아무래도 교사는 40분이라는 주어진 시간 속에서 빨리 목적지까지 아이를 끌고 가려고 하고, 부진을 보면 고쳐주려고 참지 못한다. '나의 능력으로 아이를 꼭 데려가겠어!'라고 다짐하며 말이다. 하지만, 아이의 관점으로 보면 어른들은 이상하다. 내 속도로 잘 가고 있는데 자꾸 빨리 오라고 재촉한다. '조금 천천히 가고 있으니 기다려주세요'라는 찰나에 교사는 화를 내며 큰 소리를 친다. 아이는 깜짝 놀란다. 심장이 쿵쾅쿵쾅 뛰며 머릿속은 더 하얗게 변한다. 천천히 가면

닿을 듯한 길도, 아예 펑크가 나 버린다. 모든 것은 작동되지 않는다.

교실은 매우 역동적인 곳이다. 짧은 시간에 여러 학생들이 공존하는 곳이다. 자기의 생각이 있고 배움이 있고 사람과의 만남을 통해 나날이 성장이 있는 곳이다. 교실은 아이의 삶이 있고, 교사의 삶이 있고, 또 모두의 삶이 만나 대화하고 꿈을 꾸는 곳이기도 하다.

어른들은 자기 생각과 다른 것을 미리 예견하거나 대처를 능숙하게 하지만, 아이들은 생각을 만들고 있다고 봐도 좋을 것이다. 처음으로 경험하는 것이 워낙 많기에 호기심이 많고 부딪히기도 하고 배움이 있고 아울러 부진이 발생하기도 하는 곳이다. 어른들은 하나의 아이도 포기하지 않으려 하지만, 아이는 자연스럽게 속도 차이, 능력 차이가 나기 마련이다. 그것은 바로 발달의 차이, 경험의 차이에서 기인한다.

이 역동적인 교실이 매일 일상이 되어 있다. 그러나 갑자기 누군가 물어본다.
"오늘 별일 없나요?"
"……"

교실이라는 때로 숨 가쁘고 때로 여유로운 공간에 별일이 없을 수가 없으니 말이다. 별일 있는 게 너무나 당연하다. 그야말로 변화무쌍, 복잡다단하다고 보는 것이 맞을게다.

교사를 보는 수많은 시선들. '나는 오늘 열심히 공부할 거야', '쉬는 시간 친구랑 복도에서 놀아야지', '수업 정말 재미없군. 너무 따분해' 등등 아이들 각각의 생각은 서로 다르다.

교사는 그 수많은 생각과 입장을 고려하여 수업을 하려니 참 어려운 지경이다. 자신으로 인해 아이들이 획일적으로 가기도 하고, 때로 창의적인 공간이 되기도 하고, 즐겁거나 또는 그 반대가 되기도 한다. 그리고 어제처럼, 전 시간처럼 큰 의미 없이 지나가는 시간이 있기도 하다.

교사 입장에서 하루에도 엄청난 끈기와 인내 노력을 하며 살고 있다. 수많은 문제 해결을 해야 하고, 돌발 상황의 상존, 왜 공부하는지를 모르는 상황 등을 매 시간 극복하고 있으니 말이다.

교사와 아이의 이런 역동적인 상황을 이해해야 한다. 모든 교실은 동일하며 오직 각 교사의 능력으로 돌파하라고 해서는 안 된다. 교육은 교사와 학생의 만남과 대화의 복합적인 상황이라고 보아야 하기 때문이다.

시속 5km를 가면서 '야 나도 된다. 어제는 겨우 움직였는데 나도 가니까 되네'라는 아이가 있다. 과연 이 아이가 잠재력이 없거나 무시를 당하고 비교를 당해야 할까? 아니다. 아이는 칭찬을 받고 '잘했어, 너도 할 수 있어'라는 격려를 받으며 계속 나아가야 한다. 너무 점수로 매겨지고 서열이 이루어지다보니 이런 개개인의 구체적인 상황을 놓치는 경우가 많다.

반대로 시속 20km로 간다고 무조건 칭찬해 줄 일도 아니다. 어제는 40km로 달리던 아이가 오늘은 이렇게 가고 있다면 그 능력과 수준에 맞게 지원하고 상담해주어야 한다.

학급당 인원이 많다보니 이런 개개인의 성취와 마음에 소홀히 된 부분이 많다. 그러나 언제까지 그런 핑계만 돌릴 수도 없다. 학급당 인원수를 줄여나가되, 학생 맞춤형 지원 시스템을 갖추어 나가야 한다. 그리고 중요한 것은 모든 아이가 소중하다는 것이다. 늦을 수도 있고 앞서 갈 수도 있다. 어제는 늦었으나 오늘은 빠를 수도 있다. 영어에서는 느렸으나 체육에서는 빠를 수 있는 것이다.

사람을 평균으로 보지 말고 존중하고 지원하는 정신을 잊어서는 안된다.

사람을 중심에 두고 이해하고 대화하도록 하자!

▆▆▷ **다 같이 해보고 싶어요!**

★ 아이를 중심에 두고 생각하면 답이 나옵니다.

초등학교 선거만 같아라

공정한 초등학교 선거 현장

작은 아이가 전교임원선거에 출마하려고 신청서를 갖고 왔다. 학교에서 내년도 임원을 미리 선출하려고 하는데 자기가 출마 의사를 밝힌 것이다. 제대로 봉사나 하려고 하는 것인지… 임원 당선만 되고 뒷책임지지 않는 것을 흔하게 보아온 나로서는 그런 모습이 워낙 꼴 보기 싫어 마냥 반갑지는 않다. 그러나 제 스스로 한번 해보겠다는데 거기에 의의를 갖고 한번 열심히 해보라고 하였다.

국회의원이나 대통령 선거 과정에서 한 번쯤 튀어나오는 말, 툭하면 "이번 선거는 초등학교 반장 선거보다도 못하다"라는 상투적인 말이다. 초등학교 교육 현장을 아주 무시한 처사다. 정치인들이나 잘 하지 비교할 게 없어 다른 학교도 아니고 어쩜 늘 초등학교다. 초등학교 선거의 원류를 찾아보면 일제 강점기에 일본인 교사가 말 잘 들을 것 같은 아이를 지명해 일 년간 감투를 씌운 것이다. 민주주의는 없고 오직 칼을 찬 일본인 교사라는 무소불위의 권력 앞에 어쩔 줄 모르는 비민주성을 아련히 떠올려 봄직한 것이다.

지금 초등학교 선거는 매우 공정하고 깨끗하다. 이 세상 어느 선거보다 투명하다. 각자의 소견발표를 하고, 바를 정(正)자를 써가며 직접 민주주의를 실천하고 있다. 아이들이 원하는 후보를 가까이에서 지켜본 결과로 대표자를 선택한다. 학기가 바뀌면 다시 패자부활의 기회를 주며 교육적 역할을 수행하도록 노력하는 대한민국 민주주의의 실천 현장이 된다.

선거 과정은 창의적이며 교육적이어야 활력 얻어

내 아이의 학교에서도 20명 이상의 추천을 받아야 하고, 주어진 시간에 선거 운동을 해야 하고, 선거 벽보와 피켓의 크기를 4절지로 정했다. 학교에서 오죽 했으면 일일이 간섭을 했으랴? 너도 나도 나가려고 하니 추천인을 정했고, 선거 운동원도 2명으로 제한하였다. 시도 때도 없이 선거 구호라는 이름의 소음으로 학업에 방해가 될 것이다. 그래서 선거 운동 시간은 아침 8시 30분부터 9시까지 30분이며, 그 이후에는 아예 선거 피켓을 학부모실에 보관해야 한다. 명함은 되지 않고 선거 운동원에게 선물을 하거나 물질적 보상을 해서는 안된다. 공정선 거의 길은 멀고, 또 문제가 발생될 것 같으면 차단하거나 단속하기 바쁘다. 그러 나 아이들의 자유와 자발성을 너무 제한하고 있지는 않나 반성해본다. 아이들 스스로 선거대책본부를 꾸려보고, 서로 다른 학년이 모여 러닝메이트도 가능하 다면 꾸려본다. 선거 운동도 창의적으로 해 보고, 후보자 간의 토론회를 개최하 는 것도 좋을 것이다.

실제로 나는 1999년도에 학생 자치회를 담당해 후보자 토론회를 실시해본 적 이 있다. 후보자에게 동일하게 문제를 제시하고, 답변을 들은 후 그 이유에 대해 설명을 해보게 한다. 이 과정을 녹화하여 전교생에게 보여주어 후보자의 능력 과 자질, 순발력을 파악할 수 있다. 후보자 간에 서로 질문을 하게 하여 열띤 토 론으로 선거가 토론 교육과 정치 교육의 장으로 발전하였다. 준비된 원고를 읽 기만 하고 피켓을 들고 소리만 치는 것이 전부는 아니라는 것이다. 많은 교사들 의 노력으로 선거가 변화하고 발전하고 있다. 그래서 선거는 학생 생활 전반의 꽃인 것이다. 선거의 과정 속에 말하기와 듣기 교육, 토론 교육, 민주주의, 음악 과 미술, 율동 등이 모두 포함되어 있기 때문이다.

선거 과정이 학생을 제한하고 자율성을 침해한다면 교육적으로 올바르지는 않다. 법적인 범위 내에서 후보자들은 자유롭게 학생들의 의견을 수렴하는 과 정을 거쳐야 한다. 당선이 되면 더욱 열심히 일하며 공약을 지키는 모습을 보여 야 한다. 공약 실천 과정을 학교에서는 적극 지원해주어야 학생 민주주의는 체 득화되고 발전한다. '그건 너희들 생각이고'라고 선을 그어서는 안 되며, 국민이 주인 되는 민주주의가 되기 위해서는 초등학교 선거과정이 지극히 중요성을 갖고 있음을 기억해야 한다. 그래서 **임기를 마칠 때면 선거 토론 방송을 한 것처럼 의정활동 보고 형식의 보고회**를 갖는 것이 필요하다. 공약 실천 내용을 발표하고 미진하거나 이루지 못한 점에 대해 무엇 때문에 불가능했는지 토의하는 게 필요하다. 개인의 부족으로만 돌릴 것이 아니라 어떤 상황이었는지 설명하는 것이 중요하다. 예산이 필요하다면 학교에서 자치회비를 책정해야 충당해주면 된다.

다음 주면 작은 아이도 선거 운동을 시작할 것이다. 당선에만 매몰되지 않고 학생들의 의견을 수렴하고 동료와 소통할 줄 아는 사람이 되길 기대한다. 당락에 상관없이 토의하고 학교를 생각해보는 시간은 바로 나라를 위해 걱정하고 세상을 새롭게 보는 길이 될 것이다. 우리나라 모든 선거가 초등학교 선거만해졌으면 한다. '세 살 버릇 여든 간다'는 속담이 있듯이 어린 시절 민주주의의 체험 기회가 평생 우리 삶에서 자리잡길 희망한다.

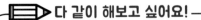 **다 같이 해보고 싶어요!**

★ 민주주의는 초등학교 선거에서부터 시작됩니다.

야외수업 예찬

놀고 싶은 아이들

아이들은 뛰고 싶어 하고 소리치고 싶어 한다. 운동장에서 뛰면 좋으련만 복도에서 교실에서 뛰기도 한다. 이런 에너지 많은 아이들을 위해 야외에서 수업하기는 아주 효과적이다.

예전에는 8시 30분에 학교에 등교하여 9시 또는 9시 10분까지 30-40분간 아침활동을 하였다. 학급에 따라 독서를 하거나 한자를 쓰거나 수업을 준비한다. 본격적인 수업을 앞두고 워밍업을 한다. 특히 운동장에서 축구를 하는 모습, 스포츠클럽의 일환으로 줄넘기를 하는 모습은 학교를 활기차게 한다.

2015년 9월 이후 9시 등교가 시행되었다. 가정에서 아침을 여유롭게 준비하도록 잠을 충분히 자게 하고 아침 식사 시간을 확보하게 하였다. 반면에 학교에서 아침 활동 시간이 줄어들어 다소 바쁘게 첫째 시간을 맞이한다. 아침활동도 확보하고 아침을 여유 있게 하는 방안은 없을까? 아이 입장에서 보면 친구들과 놀고 싶은 시간을 확보해야 한다. 어제는 무얼 했는지 이야기하며, 오늘 있을 수업이 기대된다든가 하는 서로의 관심사와 공통적인 일을 소통하는 시간이 필요하다.

아이에게는 교실이라는 좁은 공간에 한정되지 않고 학교와 운동장, 주변 시설을 충분히 활용하고 싶은 욕구가 있다. 인근에 공원이 있거나 산이나 들이 있다면 더욱 좋을 것이다. 이미 체육시간은 운동장이나 체육관에서 이루어지고 있다. 학교 여건이 허락한다면 미술은 미술실, 음악은 음악실, 과학은 과학실에서 이루어져야 한다. 과밀학급의 경우 이런 특별실도 교실로 써야하는 안타까움이 있어 교실 증축이 요구된다. 운동장과 특별실은 아이들이 장소를 이동함으로써 새로운 생각과 분위기 환기를 가져올 수 있다. 과학실에 가면 과학자가 되고 싶고 탐구 의욕을 가지게 된다. 운동장에 가면 뛰고 싶고, 운동을 잘 하고 싶어 한다. 학교는 아이들에게 이런 자연스러운 마음을 길러주어야 한다.

생생히 기억나는 야외수업들

나 역시 학창시절에 답답한 교실을 벗어나 자연의 아름다움을 온 몸으로 느끼며 야외 수업을 한 경험이 있다. 미술시간 풍경화를 그리고자 밖에 나간 그날은 잊을 수가 없다. 그 전에는 풍경화조차도 교실에서 그렸는데 밖에서 그려보는 거 자체가 신기하고 패러다임의 전환이 아닐 수 없었다. 운동장 이곳저곳에서 자유롭게 자리잡아 선생님께서 말씀하신 원근법을 생각하며 나무를 그려보고 색칠한 기억이 난다.

중학교 농업 시간에는 경운기를 몰아본 기억도 있다. 교과서에 경운기 몰기가 나온 적은 없지만, 선생님께서는 당시 농촌에서 가장 필요한 것이 경운기라 여기시고 우리 삶과 관련된 경운기를 수업 소재로 갖고 오셨다. 모둠별로 경운기를 몰아보니 이미 농촌에서 자라 경운기를 직접 운전해본 친구들은 영재급 아이로 칭찬을 받았다. 평소 학업 성적이 부족하고 소극적인 그 아이가 자신의 강점을 부각시킨 첫날이기도 하였다. 경운기에 매달려 웃고 떠들고 진지하게 운전하던 그날은 평생 잊을 수 없을 것이다. 요즈음 같으면 안전교육을 했느냐, 경운기 몰기가 교육과정에 나오느냐며 꼬치꼬치 따질지도 모른다. 이런 지나친 잣대 대기는 교육과 삶을 이중적으로 보고 분리시킴으로써 삶에서 진정한 배움을 멀어지게 한다.

우리는 학교나 가정에서 주로 한정된 진로를 염두에 두고 아이를 가르친다. 공부를 잘 해 좋든 나쁘든 일단 대학은 가야 하고 몇 안되는 직종에 가도록 진로지도가 되고 있으니 경쟁은 치열해진다. 거기에서 낙오하면 포기자로 인식되고 좌절하게 된다. 도전을 격려하는 것이 아니라 경쟁을 조장한다. 새로움을 추구하기보다는 기존의 모델을 따르도록 하여 자신의 소질과 적성을 버리는 것이 일상화되도록 한다. 아이들이 좋아하는 것이 아니라, 어른이 맞다는 것을 요구한다. 아이는 어른의 길들임이 익숙해지고 끝없는 지시에 순응하다보니 그게 맞는 줄 알고 자기 꿈을 버린다. 자기표현의 기회가 줄고 다른 길을 찾지 않은 결과 2019년 현재 공시생(공무원시험준비생)은 44만 명을 넘는다. 우리 사회는 어느새 안정됨을 찾아 새로움을 버리게 되었다.

야외수업은 새로운 배움의 길!

야외 수업은 아이들을 놀게 만드는 게 아니라, 새로운 배움의 길로 안내한다. 그리고 각자 소질과 능력을 찾아내는 희망의 공간으로 세우는 것이다. 과학자, 운동선수, 음악가, 화가, 농부, 백댄서 등등 아이들이 좋아하는 것을 하게 한다.

교실 속 아이를 밖으로 보내자. 좁은 곳을 박차고 나와 넓을 곳을 지향하도록 하자. 고개를 숙이게 하지 말고 고개를 들게 하자. 푸른 하늘을 보고 꿈을 키우도록 하자. 태양을 향하고 좋은 기운을 받도록 하자.

나는 시간이 되면 아이들을 데리고 밖으로 나간다. 그것은 꼭 40분이라는 정해진 시간이 아니다. 가을이 되어 수업중이라도 낙엽 밟기가 필요하면 10분이라도 운동장 구석에 있는 나무 밑으로 간다. 아이들의 표정이 달라짐을 본다. 함성이 터지고 아이들의 표정은 밝아진다. 떨어지는 낙엽을 주워보고 조용히 낙엽을 밟아본다. 나무를 자세히 보게 되고 낙엽 밟는 느낌이 좋음을 알게 된다. 자세히 들으면 소리가 난다. 낙엽 떨어지는 소리. 툭 툭. 평소에는 미처 발견하지 못한 새로운 발견을 한다. 내가 가르쳐주는 게 아니라 아이가 발견한다. 예쁜 낙엽을 주웠다며 자랑을 하고, 많이 주워오는 아이도 있다.

교과서 중심으로 아이를 가르치면 내가 아이에게 설명하려고 하는데, 장소를 야외로 옮기면 아이가 발견을 하고 나에게 느낌을 자연스럽게 표현하고자 한다. 교사인 내가 말할 겨를도 없다. 그것은 마치 내가 학창시절 경운기를 몰았을 때와 동일한 것이다. 선생님께서 가르쳐주신 경운기 모는 방법은 전혀 기억나지 않고 경운기를 잘 몬 친구의 모습은 생생히 떠오른다.

지금 내가 가르치는 것을 20-30년 뒤에 기억하지 못할 것이다. 하지만 운동장에서 낙엽 줍고, 풍경화를 그리며, 학교 정원에서 보물찾기를 한 것을 기억할지도 모를 일이다. 친구와의 이야기하고, 친구가 잘 한 일을 본 일, 내가 자랑스럽게 잘 한 일 등은 결코 잊혀지지 않을 것이다.

학교에서 할 수 있는 야외 수업은 아주 많은 것이다.

학교에서 할 수 있는 야외 수업	
아침 줄넘기나 걷기, 줄넘기	친구와 이어달리기
풍경화 그리기	정원에서 보물찾기 놀이
낙엽 밟기	수건 돌리기
눈사람 만들고 눈싸움하기	나무 본뜨기
놀이터에서 놀기	운동장에서 흙놀이
종이 비행기 만들어 날리기	비오는 날 우산 쓰고 걷기
공원에 모여 앉아 노래하기	연못에 사는 식물 관찰하기
가까운 산에 올라가기	꽃과 열매 관찰하기

이외에도 학년별로, 교과별로 여러 가지가 있다. 교육과정과 관련하여 많이 나가서 놀고 보고 느끼는 것이 중요하다. 나가면 아이들은 좋아하고, 나가면 아이들은 달라진다. 공간이 부족하여 못한다고 말하는 사람이 있을지 모르지만 학교 주변을 이용하면 충분히 가능하다. 학교의 운동장, 정원, 뒤뜰, 연못, 놀이터, 나무 밑 어디든지 가능하다. 체육관, 시청각실, 과학실, 음악실, 영어실 등 새로운 교실을 아이들은 신기하게 여기고 새롭게 받아들인다. 학교 인근 공원, 산, 들, 냇가, 공터를 이용해도 된다. 위험한 곳이니 어린 아이들 조심해서 다니라고

하기 전에, 아이들이 안전하게 다니도록 어른들은 육교를 만들어주고 자전거 도로를 만들어주어야 한다.

아이들이 마음껏 뛰어 놀도록 해주자.

아이들을 밖으로 나가 행복하게 해주자.

아이들을 가두지 말고 야외 수업을 하자.

아이들은 놀면서 배운다.

✏️➤ 다 같이 해보고 싶어요!

★ 아이들은 오늘 야외수업을 몸으로 기억할 것입니다. 아이를 밖에서 놀도록 해주세요.

진심으로 사람을 칭찬하자!

아이들은 칭찬을 받으면서 자라야 한다. 그리고 진심이 담긴 칭찬을 해야 한다. 형식적인 칭찬은 오래 기억되지 못한다. 마음을 담아 솔직한 칭찬은 사람의 마음을 움직이며 감사하는 마음이 나온다.

칭찬해야 할 것은 칭찬을 해야 한다. 타이밍을 놓치거나 잊으면 오히려 실망감을 안겨줄 수 있다. 사람은 마음으로 움직이기 때문이다.

칭찬을 해야 한다고 해서 칭찬만 있고 충고를 하지 말라는 것은 아니다. 둘 다 필요하다. 칭찬은 진심을 담아 솔직하게 하되, 충고 역시 진심을 담아 한다면 둘 다 사람의 성장과 변화에 영향을 미치는 것이다.

그런데 칭찬을 잘못하면 오히려 역효과가 난다. 특히 아이들은 칭찬을 받기 위해 치열한 경쟁을 하기도 한다. 점수를 받기 위해, 보상을 받기 위해, 또는 남보다 잘 하거나 앞서기 위해 몸을 사리지 않을 정도다. 과열 경쟁은 보상이 없어질 경우 동력을 상실한다.

교육은 지속적인 학습자의 변화를 추구한다. 일시적인 보상이 없어져 원래대로 돌아간다면 눈치 빠른 사람 하나를 더 양성하는 것에 불과할 것이다.

두루뭉술한 칭찬은 하지 않는 게 좋다. 칭찬을 통해 남이 시기를 하게 해서는 안된다. 모든 사람들이 노력하면 칭찬을 받을 수 있도록 해야 한다. 그래야 칭찬 받는 대상도 부담이 없고 더 열심히 노력할 것을 다짐하는 새로운 계기가 된다.

교사 역시 마찬가지이다. 사람을 다루는 학교에서는 교사들 간의 칭찬의 말이 많다. 유능한 교사가 큰일을 해내면 진심으로 칭찬을 해주어야 한다. 공을 다른 사람과 똑같이 나누면 과연 어떻게 될까? 남에게 보여주기 위한 행동은 아니었지만, 칭찬하는 사람을 존경할 수 있을까? 그렇지 않다. 무능력한 사람과 유능한 사람에 대한 칭찬은 차이가 있다. 유능한 사람에게는 그 사람에게 적합한 노력과 능력을 칭찬해 주어야 한다. "당신이 있어 우리 학교가 빛납니다. 우리는 당신을 믿습니다."처럼 가슴에서 우러나온 인정의 말들은 소중한 보석과 같다. 실제로 유능한 교사는 학교로 봤을 때 큰 선물이다.

교실 곳곳에 "넌 할 수 있어", "난 할 수 있어", "그 정도면 잘 한 거야"라고 긍정적인 문장을 붙여두었다. 교사가 있을 때나 없을 때나 아이들을 믿고 사랑한다는 마음을 표시하는 것이다. 옆반 선생님과 학부모가 교실에 와서 참 좋다며 따라하고 싶다고 한다.

사람은 유창한 말에 움직이지 않고, 진심이 담긴 말에 움직인다.

인정의 언어로 사람을 키워야 하다.

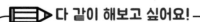 다 같이 해보고 싶어요!

★ 진심어린 칭찬은 아이를 크게 성장시킵니다.

내가 할 수 있는 일

살면서 내가 원하지 않고 싫어하는 일이 발생하기도 한다. 전혀 나의 뜻과는 다르게 생각하는 사람이 있질 않나, 내가 하려고 하는 일을 미리 채근하는 사람, 잔소리 하는 사람 등 뜻하지 않는 일이 아주 많이 일어난다. 특히, 학교생활을 하면서 아이들 간의 사소한 다툼이나 오해가 일어나기도 한다. 그리고 학교에 대한 학부모의 민원 역시 오해나 이해의 부족에서 많이 발생한다. 이러한 상황 속에서는 행복이나 개인의 안전을 찾을 수 없다. 내가 뜻하지도 않은 일이, 그것도 걱정스럽게 흘러가는 것을 원하는 사람은 없을 것이다.

그럼, 내가 컨트롤하며 할 수 있는 일에는 무엇이 있을까?

첫째, 최선을 다하는 것

나는 얼마든지 나의 시간을 투자해가며 성실하게 살 수 있다. 책을 읽든 일찍 일어나든 나의 노력에 따라 얼마든지 가능하다. 자기 계발에 해당하는 것으로 내가 노력하는 방향으로 변할 수 있고 얼마든지 성장할 수 있다. 나의 성장은 외부로부터 이루어지지 않으며 오직 나로부터 시작되는 것이다.

둘째, 겸손하게 살기

일단 최선을 다했으면 책임은 내가 진다. 잘 한 부분에 대해서는 결코 자랑하지 않는다. 인격 수양에 해당하는 것으로 더 좋은 사람이 되도록 노력하는 마음을 성장시킬 수 있다. 남에게 진정으로 인정받는 것은 능력이 아니라 겸손이 우선이다.

셋째, 남에게 후한 평가를 내리기

우리나라 축구 대표팀이 경기를 지면 비난을 많이 받는다. 이는 자기 과신의 결과로 남에 대한 야박한 처사다. 타인과의 관계에 해당하는 것으로 남에게는 후한 평가를 내리는 것이 그 반대보다는 훨씬 더 부드러운 관계를 유지할 수 있다. 컨설팅을 하더라도 일단 칭찬할 부분과 좋은 점을 충분히 찾아 편안한 마음을 유지한 뒤 꼭 고쳤으면 하는 점을 완곡하게 전달하되, 마무리는 다시 긍정적이고 발전가능성을 믿도록 해야 한다. 나의 마음이 온전하다면 충분히 남에게 후한 평가를 내리고 칭찬할 수 있는 것이다.

복잡한 세상에서 남이 나를 좋게 평가해주기를 바라는 것은 무리다. 다만 내가 최선을 다하고 겸손한 태도를 유지하면서, 남에 대해서는 긍정적이고 후한 평가를 내린다는 마음이 있다면 나의 발전과 인간관계는 크게 개선될 것이다.

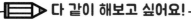 **다 같이 해보고 싶어요!**

★ 나는 오직 내가 할 수 있는 일을 할 뿐입니다.
　신기하게도 그 모습이 아이들에게 그대로 전달됩니다.

스스로에게 던지는 물음 세 가지

예나 지금이나 교사의 인기가 높다. 부모들은 자식이 안정된 직장으로서 교육 공무원인 교사를 선호하며, 학생들 역시 학교에서 많이 보는 어른인 교사를 선호하는 현상을 보인다. 그리고 교사가 되기 위해서는 공부를 잘 해서 교대나 사대를 나와야 하며, 치열한 임용시험을 합격해야 한다. 즉, 우리나라 교사가 되기 위해서는 공부를 잘 해야 한다.

실제로 교사가 되면 매일 학생을 상대로 한다. 미숙한 학생을 가르치며 교실에서 생활한다. 잘 하는 아이가 있으면 좋겠지만 대부분은 서툴고 다시 말해야 하며 반복하는 게 일상이다. 과거의 교육은 소수의 잘 하는 학생을 육성시키고 상급학교나 명문학교에 진학시키는 학교의 명성을 높이는 일이었다. 나라가 발전하기 바빴기에 전체를 볼 겨를이 없었다. 개천에서 용 나는 사회를 만들어야 했고, 남의 체면을 생각해야 해서였다. 과밀학급 속에서 인재를 발굴해야 하기 위해서는 줄을 세워야 했고, 칭찬과 벌로써 지배를 해야 했던 것이다. 우리 교육은 우리 사회가 걸어온 경쟁의 모습을 닮은 것이었다.

이제는 달라져야 한다. 저출산의 영향으로 가정에서도 하나 둘 정도의 아이가 있다. 모두가 소중하며, 누구든 뒤처져서는 안 되는 개별 맞춤형 교육이 필요하다. 공부로 줄을 세우는 시대도 아니다. 이 하나하나가 소중한 아이들이 사회에 진출해서도 여럿의 노인을 부양하는 시대가 도래한다. 그러니 더욱 실패의 길로 가지 않도록 외부적인 지원과 장치를 해 두어야 한다.

이에 교사가 되기 전 스스로에게 해야 할 물음이 있다.

첫째, 내가 과연 교사가 되길 원하는가?

교사를 천직(天職)으로 여기고 가르치길 좋아하는지, 아이를 사랑하는지에 대한 이해가 선행되어야 한다. 여러 개의 직업 중 하나로 선택하다보면 이제껏 배웠던 학문은 의미가 없어지며, 아이들은 귀찮은 존재가 된다. 문두에서 언급했듯이 아이들은 모두가 소중한 존재임을 잊어서는 안 되며 학생이 중심이 되는 교육이 되도록 자문하고 고민해야 할 일이다.

둘째, 내가 과연 잘 하는 일일까?

뛰는 자 위에 나는 자 있단 말이 있다. 사람은 저마다 타고난 소질과 적성이 있으며, 쉽게 해도 좋은 성과를 거두는 사람이 있다. 자기에게 가장 적합한 일이 이 일인지 생각해 보는 것이다. 내가 말하기를 잘 하는지, 아이들과 어울려 놀기를 좋아하는지, 토론하기를 좋아하는지 등 그중에서 특기가 있는지 안다면 자신의 전공으로 학교의 발전과 개인의 성장을 동시에 가져올 수 있다.

셋째, 내가 과연 좋아하는 일이 무엇인가?

잘하는 자 위에 즐기는 자가 있다. 눈만 감으면 학교에 가고 싶고 가르쳐 주고 싶고, 아이들의 웃음소리와 눈동자가 보고 싶은 마음 말이다. 연수를 하더라도 아이들에게 초점이 맞추어져있고 나눔과 베풂이 일상이 되어있는지를 곰곰이 살펴보는 일이다. 아이들에게 독서교육을 하기 위해서는 내가 먼저 책을 좋아해야 하고, 과학을 지도하려면 내가 과학적으로 생각하며 살고 있는지 되돌아 보는 것이다. 운동장에 나가서 체육하기를 싫어하는 사람이 교사가 된다면, 마음껏 뛰어 놀아야 할 아이들의 성장과정과도 맞지가 않는 일이다. 그러니 교사가 되기 전 배움을 좋아하는지 반드시 자문해야 할 일이다.

교사는 자존감(self-esteem)과 자기 효능감(self-efficacy)이 매우 중요한 직업이다. 즉, 내가 내 자신을 바르게 직시하는 일부터 선행되어야 한다. 왜냐하면 자신을 소중하게 생각하는 사람이 아이들을 소중하게 생각하기 때문이다. 이에 교육기관에서는 교권과 인권이 상호 존중받는 체계를 구축해야 할 것이다. 그리고 외부적인 지원에 앞서 내가 교실 안에서 아이들과 즐겁게 수업하며, 자아실현(自我實現)을 할 수 있도록 스스로 설 수 있는 힘을 교사가 되기 전부터 교사가 되고난 후 마찬가지로 진지하게 고민하는 일이 필요하다. 교사의 존재는 개인뿐만 아니라 아이들의 여럿의 생활과 미래에 큰 영향을 미치기 때문이다.

 다 같이 해보고 싶어요!

★ 스스로에게 궁금한 것을 질문하고 반성해 보세요.

아이들은 선생님의 영향을 가장 많이 받습니다.

사막이 아름다운 이유

사막이 아름다운 이유는
어딘가에 오아시스를 숨겨두고 있기 때문이야.
- 생텍쥐페리 "어린 왕자" 중에서

사막은 우리가 살기에 적합하지 않다. 너무 덥고 힘들기 때문이다. 보이는 것은 온통 모래뿐이요, 먼지바람과 뜨거운 태양이 함께 할 뿐이다. 걸어도 걸어도 끝이 없는 길을 왜 걸어갈까? 그건 바로 오아시스가 있기 때문이다. 사막의 유일한 물은 오아시스에 함께 한다. 오아시스는 꿈이요 희망이다. 더위를 이기고 고통을 극복할 수 있는 것은 바로 휴게소요 쉼터에 해당하는 오아시스 덕분이다. 오늘도 우리가 사는 것은 바로 희망이라는 오아시스가 있기 때문이다. 희망이 없으면 우리는 한 순간도 살 수가 없다. 과연 그러냐고? 다음의 질문을 잘 생각해보라.

우리에게 물이 없다면?
오늘 지구가 멸망한다면?
나의 머리 위에 간판이 떨어진다면?
내 뒤차가 세게 차를 들이박는다면?
바다가 육지 되고 육지가 바다 된다면? 등등

아마 생각하기도 싫은 일일 것이다. 우리가 숨을 쉬고 살아 있고 먹을 수 있고 걸어 다닐 수 있는 것은 오늘도 안전하다고 믿고 괜찮을 거라는 믿음 때문이다. 왠지 잘 될 거 같다면 더더욱 좋은 일이다.

그래서 나는 믿는다.

내게는 좋은 일이 있을 것을.

나는 좋은 일을 만들기 위해 노력할 것을.

나는 남과 함께 이 세상을 좋은 곳으로 만들 것을.

내가 하는 좋은 일은 결국 나에게 좋은 것으로 올 것이라는 것을.

나는 좋은 사람이 될 것을.

물은 항상 있을 것이며, 지구는 멸망하지 않고, 간판은 떨어지지 않을 것이며, 내 뒤차가 들이박지 않도록 나는 안전 운전을 할 것이며, 바다가 육지 되거나 육지가 바다 되는 일은 없을 것이다.

세상은 고통이기에 이 고통은 누구에게나 있으며 결코 피해가지는 않을 것이다. 중요한 것은 내가 꿈과 희망을 갖고 뚜벅뚜벅 걸어가는 담대한 여정을 해 나갈 수 있으리라는 마음가짐이다.

헬 조선, 3포 세대, 이민, 금 수저와 흙 수저라는 말이 팽배해 있는 요즈음이지만 나는 이를 극복하고자 노력하는 사람이다. 내가 힘들다고 여기면 이 세상은 더 없이 힘들 것이요, 해볼 만하다고 생각하면 능히 못할 것도 없다. **고통은 어디에나 누구에게나 있는 것이요, 중요한 것은 내가 이겨내고 헤쳐 나가려고 방법을 찾느냐에 있다.**

인생만사 고진감래(苦盡甘來)다. 힘든 고생 끝에 낙이 오리라! 고진고래(苦盡苦來)라고 믿는 청춘이 있다면 내가 기꺼이 손 내밀고 이야기를 나누고 싶다. 인생은 누구에게나 24시간의 하루가 채워져 이루어지며, 할 수 있다는 자신감과 믿음이 있으면 더 나은 세상을 만들어 나갈 수 있다. 바쁘게 열심히 살면 하루가 25시간의 금쪽이 될 것이요, 하루하루 낭비하고 계획 없이 살면 20시간조차도 되지 않을 것이다.

꿈과 희망을 갖자!

작은 꿈을 이루면 자신감이 생긴다. 아이들에게 작은 성공과 성취의 기쁨을 체험케 하자. 그리고 거기에 만족하지 말고 이 맛을 알고 조금 더 큰 성공을 하도록 격려하자. 문제집과 서열, 암기에서 벗어나 진정 앎의 기쁨과 성취의 맛을 통해 자기 삶의 주인으로서 꿈과 희망에 가득 찬 청춘들이 고통을 이겨내는 모습을 보도록 안내하고 함께 하고 싶다.

오아시스에 왜 사막이 있을까가 아니다. 사막이 있는 곳에 어떻게 오아시스가 있을까? 인생이 왜 힘들지가 아니다. 이렇게 힘든 가운데 어떻게 나에게 행운이 있을까? 생각 한번 바꾸면 달라지는 세상이다. 꿈을 키우고 꿈을 세워보자.

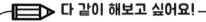 **다 같이 해보고 싶어요!**

★ 세상은 고통입니다. 하지만 희망을 갖는 한 삶의 오아시스는 언제나 공존합니다.

어머니들께 무한 감사를

토요일 아침, 도서관에 가는 중에 한 할머니께서 시간을 물으셨다.

"지금 몇 시요? 11시 되었소?"

내 앞에 가던 고등학생 둘은 휙 지나간다. 놓칠세라 나는 얼른 시계를 보며 즉각적으로 답을 했다.

"11시 안됐어요. 10시 40분입니다."

"네…"

여든 넘은 할머니께서 어디 아는 사람, 모르는 사람이 달리 있으랴! 이런 일, 저런 일 다 겪어 보았을 것이고, 이런 사람, 저런 사람 다 만나보았을 것이다.

나 역시 마흔이 훌쩍 넘어 인생의 절반 정도 살았다고 보았을 때 처음 보는 할머니에게 시간을 말씀드리는 게 어려운 일도 아니다. 그리고 지나치고 오면서 이런 저런 생각을 해보았다.

'고향에 계시는 어머니께서도 거리에서 저렇게 시간을 물어보실 텐데 당연히 알려드려야지.'

지금의 어머니 세대는 정말 고생도 많으신 것에 비해 대우는 아주 적은 편이다. 일제 암흑기에 나셔서, 8.15 해방에, 6.25 전쟁, 보릿고개, 산업화, 민주화, 정보화 시대를 거쳐 오시면서 궂은 일 힘든 일 마다하지 않으셨는데, 결국 정보화 시대에 뒤처져 있는 것이 무슨 허물일까? 오히려 정보화의 그늘로 내몬 모든 사람들이 잘못하고 있는 일 아닌가? 기껏 키워놨더니 무시하더란 말이 나와서는 결코 안될 것이다. 그것은 그 분들에게 한이 되고 서럽게 만드는 길이다. 우리 세대 가장 어려운 시기를 사신 이 땅의 어머니들께 무한 감사를 바치고 싶은 날이다.

뒤돌아보며 할머니께 드리고 싶은 말.

'할머니, 시간 얼마든지 물어보세요. 제가 언제든 가르쳐 드릴게요.'

꼬부랑 허리로 천천히 걸어가시는 할머니가 안도하는 모습에 내 스스로가 흐뭇했고, 그 뒷모습이 마치 어머니 모습 같아서 불현듯 내 살던 시골 마을이 떠올랐다.
이 땅의 어머니들 진심으로 감사합니다.

 다 같이 해보고 싶어요!

★ 때론 아무 이유 없이 선행을 베푸세요. 선행은 선행을 낳습니다.
★ 이 땅의 어머니들께 무한 선행을 베풀고 싶습니다.

어리석은 부모는 칭찬만 기대한다

학부모들이 학교에서 우려하는 것 중의 하나는 바로 학교에서 자녀가 선생님으로부터 칭찬과 인정을 받는 것이다. 자녀가 어릴수록 귀여움을 독차지하기를 바란다. 학부모 상담을 해보면 느낄 수 있는 부분이다.

학부모: 선생님, 우리 아이 어때요?

교사: 00이는 학교에서 원만하게 생활 잘 하고 있습니다.

학부모: 선생님의 말씀은 잘 듣나요?

교사: 네, 아주 잘 들어요. 수업시간에 집중도 잘 하고 새로운 내용도 잘 알아 듣습니다.

학부모: 장난치거나 떠들지는 않나요?

교사: 네, 선생님 앞에서 절대 장난치지 않고 쓸데없이 떠들지 않아요.

학부모: 친구들과의 관계는 어때요?

교사: 친구들과 아주 사이좋게 잘 지내고 있습니다.

학부모: 선생님 부탁인데요, 우리 아이가 칭찬받는 거 좋아해요. 앞으로 칭찬 많이 해주세요.

교사: 네, 걱정하지 마세요.

학부모: 고맙습니다.

대동소이하지만 교사와 학부모의 상담은 전체적으로 이런 흐름으로 이루어진다. 즉, **상담은 기승전'칭찬'**이다. 대화의 이면에는 자녀가 인정받기를 원하고 있음을 강력하게 희망하고 있다는 것이다. 그리고 지극히 "내 아이 중심적"이라는 것이다. 뒤집어 보면 그냥 칭찬해주겠다고 적당히 넘기면 상담은 아주 쉬운 일이다. 그러나 학교는 아이 혼자 생활하는 곳이 아니다. 집에서는 모두 다 소중한 왕자요, 공주이지만 학교에서는 이런 왕자님과 공주님이 스무 명에서 많게는 서른 명이 넘기도 한다. 다른 것은 제쳐두고 내 아이는 공부 잘 하고 왕따 안 당한 가운데 칭찬받으면 끝인 것이다. 학부모 이기주의가 발생한다는 것이다.

학교라는 공동체에서 함께 하는 가치를 배우며, 나아가 이를 통해 사회에서도 팀 중심의 공동체 사회생활을 해 나가야 한다. 그런 의미에서 학교는 매우 중요한 것을 가르치는 공간이다. 내 어린 시절 부모님께서는 학교 선생님을 최고로 생각하고 존경하였으나, 지금은 내 자식이 최고가 되고 귀한 존재가 되었다.

그럼 과연 칭찬을 많이 해주면 아이가 바르게 성장할까?

나는 평화주의자로 체벌을 옹호하는 입장은 아니지만, 체벌이 없어진 요즈음 학교에서는 대처방법을 찾기에 어려움을 겪고 있다. 준비가 안된 상황에서 쏟아내는 정책이 어디 이뿐이랴? 현장은 언제나 혼란스럽다. 교사들은 아이들 하나하나를 소중히 여겨야 하는데 굉장히 어려운 환경에 처해있다.

칭찬은 단물과 같다. 한번 맛들이면 또 먹고 싶어지기 마련인 중독성이 있는 것이다. 처음에는 분명 잘 해서 칭찬을 받았으나, 칭찬을 받고 싶어 행동을 하는 "칭찬 유인현상"이 발생한다.

선생님 저 다 풀었어요. (잘 했죠?)

선생님 청소 다 했어요. (저 착하죠?)

저 다음 달에 생일이에요. (저 소중한 사람이에요.)

칭찬에 길들여진 아이는 자기중심적이 되고 칭찬받을 행동을 하게 된다. 틀을 벗어나기를 두려워하고 모험심이 줄어든다. 진정 땀의 의미, 보이지 않은 곳에서의 노력, 남에 대한 배려와 공동체 의식 등 중요한 가치를 놓칠 수 있다.

칭찬과 훈육은 균형을 갖추어 이루어져야 한다.

부모나 교사는 반드시 칭찬을 해야 한다는 압박에서 자유로워져야 한다. 아이 역시 칭찬을 덜 받아도 되는 자유로운 사람이 되어야 자주적인 민주시민이 될 수 있다. 어른은 아이를 있는 그대로 자연스럽게 대하고, 하나하나에 대한 관심을 높여나가면 된다. 아이는 칭찬이 필요하지만 칭찬으로만 완전해지지 않는다. 아이는 자기 스스로 판단을 내리는 존재가 아니다. 자기 인생의 주인공으로 균형 있게 크도록 중심 잡힌 교육이 필요할 때이다.

 다 같이 해보고 싶어요!

★ 칭찬은 선생님께 맡겨 두세요.
  선생님이 교실 전체를 균형 있게 보고 있습니다.

인정받으면 꽃이 된다

우리 주변에는 유능한 사람들이 참 많다. 운동을 잘 하는 사람, 공부를 잘 하는 사람, 생활의 달인 등 제 분야에서 활약하는 사람들이 있다. 옛말에 세상엔 천리마(千里馬)가 많다고 했다. 그러나 천리마를 알아보는 백락(伯樂)은 흔하지 않다고 하였다. 아무리 좋은 인재가 옆에 있어도 알아보지 못하고 인정하지 못한다면 천리를 달릴 수 있는 말조차도 흔한 한 마리의 말에 불과하게 살게 되는 것이다. 세상을 움직일 사람을 알아보지 못하고 교육시키지 못해 썩힌다는 것은 개인적인 불운이요, 나라로 봐서도 큰 손해임이 분명하다. 그러니 미래핵심역량을 갖춘 인재를 발굴하여 그에게 적합한 교육을 시키는 것은 마땅히 국가가 나서서 해야 할 일이다.

남자는 자기를 알아주는 사람을 위해 목숨을 바치고, 여자는 자기를 사랑해주는 사람을 위해 사랑을 바친다고 한다. 즉, 사람은 자기를 아끼고 믿어주는 사람에게 감동하여, 내면의 울림이 있어 충성을 다하고 성심성의껏 다하는 것은 당연한 일이다. 모든 사람들은 자신이 존귀하다고 여길 때 삶의 의미를 찾고 능력을 발휘하고자 최선을 다하기 때문이다. 이렇게 세상 이치는 자기 존재 의미를 찾고 자존감이 높을 때 엄청난 힘을 발휘한다. 이는 물질적으로 이루어지는 것이 아니며, 바로 마음과 마음이 통할 때 비로소 가능한 인간만이 갖는 기본 속성인 것이다.

옛날 중국에 가야금을 타기를 좋아하는 사람이 있었으나 아무도 그를 알아보지 못하였다. 그런 어느 날 그의 가야금 타는 소리를 알아주는 사람이 나타났으니 이것이 바로 지음지교(知音之交)가 아니고 무엇이랴? 그러나 그 사람이 죽자 더 이상 가야금을 타지 않고 산으로 들어갔다고 한다. 이렇게 사람은 자기를 알아주지 않을 때 삶의 의미를 잃어버리고 마는 것이다.

김춘수는 "꽃"이라고 표현하였다.

내가 그의 이름을 불러 주었을 때,

그는 나에게로 와서

꽃이 되었다.

이 꽃은 그 이전의 꽃과 완전히 다른 것이다. 처음의 꽃은 흔들거리는 몸짓에 불과한 꽃에 불과하였지만, 내가 불러준 그는 나에게 사랑이 되기도 하고, 친구가 되기도 한다. 새로운 인연으로 탄생한 꽃은 천리마이기도 하고, 지음(知音)이기도 하다.

교실에도 갖가지 꽃이 피어있다. 천재도 앉아있고, 개그맨도 있고, 가수도 있고 판사도 있다. 보기에 따라 아이들의 의미는 완전히 달라진다. 코흘리개 아이를 사자로 보면 사자로 클 것이요, 고양이로 생각하며 고양이로 클 것이다. 교사가 보는 바에 따라, 학생들은 완전히 다르게 자란다. 꿈을 크게 키워주고 생명력을 불어넣는 교사야말로 천하에 제일 중요한 위치를 갖는다고 볼 수밖에 없다. 조각상이 너무 아름다워 사랑한 나머지 조각상이 사람이 되어 나타나는 피그말리온처럼, 학생을 어떻게 보느냐에 따라 그의 능력은 훨씬 크게 나타날 수 있다. 인간의 능력이란 상상을 초월하여 나타나기에 긍정적으로 학생들을 만나고 할 수 있다는 자신감을 가지는 것은 매우 중요한 일이다. 어찌나 교육에 관심이 많은 우리나라 학부모인지, 담임을 만나면 꼭 하는 말 "우리 아이 잘 봐 주세요!"에서 알 수 있듯이, 아이를 잘 보는 것만큼 중요한 것은 없을 것이다.

교사는 단지 월급을 받고 사는 직장인이 아니다. 잘 가르친다고 월급 더 주고 못 가르친다고 월급 덜 주지 않는다. 아이들의 꿈을 키우고 지금의 아이보다 훨씬 더 큰 모습으로 자랄 수 있도록 믿음과 자신감을 주는 큰 영향력의 원동력이다. 교사의 말 한마디가 상처가 되기도 하고, 영웅으로 만드는 전환점(turning point)에 놓이기도 한다. 노래를 참 잘 한다는 선생님의 말 한마디로 세계적인 가수가 된 마돈나가 그러하고, 어려운 퀴즈를 내어 풀도록 하여 동기유발을 시킨 이모진 선생님에게서도 그러한 순간을 찾을 수 있다.

세상엔 천리마가 있는데 내가 천리를 뛸 필요는 없다. 천리를 능히 갈 수 있는 천리마를 찾아 만남과 대화를 나누며 영감을 얻게 하는 과정에서 우리는 교육의 위대함, 교사 인생의 참맛을 누릴 수 있는 것이다. 더 낮은 곳에서 **아이들과 눈높이를 맞추고, 안아주고 격려하고 동기부여를 해주는 과정에서 천리마는 길러지고 갖가지 꽃을 피울 것이다.**

교사들이여, 이제부터 자기 교실 아이들의 이름을 부르고 꽃을 피우자!

장점을 키우고 그 장점을 지속시키자!

내가 누구인지도 모르면서 공부 잘 하면 의사, 판사 시키려는 교육은 사람을 행복하게 만들 수 없다. 진정으로 그 아이의 입장이 되어 소질을 찾고 잠재력을 일깨워주는 일이 필요하다. 자신이 누구인지 명확히 알게 되는 순간, 그 아이는 천리 아니 만리라도 달려갈 수 있다는 자신감으로 세상을 향해 나아갈 것이다. 그러면 자연스럽게 천리를 달릴 수 있는 것은 바로 그 아이의 몫이다.

자신의 길을 찾은 아이는 행복하고, 행복해야 성공한다.

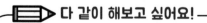

▶ **다 같이 해보고 싶어요!**

★ 아이들은 꽃입니다. 인정받으면 모두 한 송이 꽃이 됩니다.

우리 집 가정교육

졸업식 날
우리 아이는 1만 원짜리 꽃다발,
담임선생님께는 2만 원짜리 꽃다발.

이게 우리 집 가정교육이다.

그렇게 선생님은 존중받아야 하고
우대받아야 한다.

선생님 감사합니다.

2부

아이들과 함께 꿈꾸는 학교

학교에 바람

내 마음에
사랑의 강물 흐르게 하소서.
학교에
행복의 바람 불어오게 하소서.
오늘을
빛과 희망의 새날 되게 하소서.

학교에 선생님은 빛이요 생명입니다.
선생님을 바르게 세워주소서.
언제나 빛과 생명 있게 하소서.

학습하는 학교를 만들자

학교를 마음껏 창조하는 곳으로 만들어야

학교를 정의할 때 "학교는 행정 업무를 처리하는 곳"이라고 한다면 그 학교는 분명 잘못되었다고 할 것이다. 학생도 불행할 것이고, 시간에 쫓길 교사에게도 큰 불행일 것이다. 그렇다. 교사가 꿈꾸는 학교, 학생이 꿈꾸는 학교는 동일하다. 교사와 학생이 교실에서 오순도순 얘기하면서 좋은 관계를 맺고 서로 존중하면서 대화하며 만나는 곳일 게다. 그 교실 속에서 새로운 꿈과 희망을 찾고 가르침과 배움이 샘솟으며 모두가 성장하는 공동체일 것이다.

피터 센게는 「학습하는 조직」에서 학습에 대한 많은 이야기를 한다. 학습하는 조직은 흥하고 학습하지 않는 조직은 망한다는 것이다. 그리고 학습을 하더라도 기존의 지배적인 관리 시스템인 단기적인 평가중심 관리, 순종 강요 문화, 경영진에서 목표를 정하는 성과 관리, 기술적 문제 해결의 강조, 획일성, 통제로서의 관리, 과도한 경쟁과 불신, 그리고 전체성의 상실이 있다면 마찬가지 흥할 수 없다는 전제다. 이는 결국 회사의 이야기뿐만 아니라 학교라는 교육조직에 직결되는 부분인 것이다. 사람은 본래 태어나면서부터 내재적 동기, 자부심, 존엄성, 학습에 대한 호기심과 배움의 기쁨을 가지고 있다. 즉 누구든 하얀 종이 위에 창의적으로 배우고 살아갈 수 있는 잠재력을 가지고 태어난다. 하지만 유년시절부터 시작되는 서열 중심 문화, 줄 세우기, 스티커 토큰 제도는 점점 배움을 즐기는 학습자가 아닌 배움에서 멀어지는 학습자로 만들게 된다. 생각해보라! 내적인 배움의 흥미를 갖고 열정을 가진 자에게 2등, 3등 줄을 세우고, 1등이 아니라며 스티커를 주지 않는다면 어떻게 될까? 기껏 하고 싶은 것도 하기 싫어질 뻔다. 인간은 외재적인 동기에서가 아닌 내재적인 흥미와 호기심, 몰입에 빠질 때 진정으로 즐겁게 배우고 오랫동안 유지하고 싶은 마음이 생긴다. 이러한 외재적인 보상이나 평가는 성인되어서도 고쳐지지 않는다. 실제로 봉사활동을 점수화하였더니 봉사시간을 인정하지 않는 봉사에는 전혀 참여를 하지 않는 현상이 발생하는 결과가 벌어지고 있다. 어른들의 잘못된 인센티브 문화가 학생을 통제하고 지시하게 되며, 스스로 하고 싶은 자발성을 사라지게 하고 있다.

회사의 각 부서에서 점수가 매겨지고, 상벌이 따르고, 인센티브(성과급, 근무평정, 승진점수, 표창 등)에서 벗어나지 못해 결국 학습을 싫어하게 되는 것이다. 어른은 회사에서 성과를 내야 하는 것이라 하더라도, 이 제도를 학생에게 그대로 적용하는 것은 학생을 기계화, 몰인간화하는 것이어서 지극히 비교육적이라는 생각이 든다.

이러할진대 학교에서 외부적인 보상이나 통제가 유효하느냐는 학교에서 반드시 고민해야 할 부분임에 틀림없다. 학생을 관리하는 시스템은 학생을 배움에서 멀어지게 한다. 팀에게 반드시 필요한 능력은 열망을 키우고, 성찰적 대화를 발전시키고, 복잡성을 이해하는 능력이지, 외부적인 통제 시스템이 아니다.

어떻게 칭찬을 할까?

EBS「칭찬의 역설」에서 나타났듯이 학생을 길들이면 순종하는 쪽으로 나아가지 자기주도적으로 성장하지 못한다. 학생을 순종적으로 길들이면 의존적이되거나 남의 눈치를 살피게 된다. 교육의 가장 기본적인 목표는 바로 스스로 학습하고 탐구하고 자기의 길을 가게 하는데 있다. 학교 공동체가 스스로 정한 약속, 수업을 할 때 모두가 지켜야 하는 약속을 민주적으로 정하고 지키도록 하는 것은 자발성을 유발하게 한다. 그 토의는 학년 수준에 적합한 용어와 방식을 채택하여 시행한다.

학교에서 이루어지는 시상을 곰곰이 살펴볼 필요가 있다. 가능하면 하나의 상만 남기고 시상제를 전면 폐지한다. 학생은 연간 1인 1상을 받도록 한다. 나는 이를 '천개의 꿈, 천개의 상'이라 부른다. 이 상은 자신의 꿈과 능력과, 노력의 결과이다. 학급 공동체에서 교사와 학생이 함께 상을 정한다. 남과 경쟁하지 않고 자신과 경쟁하는 성장 중심의 값진 상이다. 실제로 1인 1상을 하게 되면 아주 민주적이고 공정하다는데 동의한다. 그리고 서열 중심에서 벗어나 모두가 존중받고 있다는 좋은 감정을 가지는데 공감한다. 학교는 이렇게 민주적인 분위기를 만드는 것에서 교육이 출발해야 한다.

학습하는 시간의 확보

모든 학교에서 아이디어 시간을 확보하는 게 필요하다. 전문적 학습공동체에서 한발 더 나아가 마음껏 꿈꾸고 상상하는 시간을 부여한다. 그것의 이름이 전문적 학습공동체, 학습하는 조직, 창의적으로 연구하는 시간, 자유상상 시간 등 자유롭게 붙여 보는 것도 재미있을 것이다. 이는 3M에서 시도하는 근무 중 20%의 자유상상과 창조시간과도 같은 맥락이다. 교사도 배움중심 수업으로 마음껏 가르치고, 학생도 수업에서 마음껏 상상하고 도전하도록 격려한다. 학교 완전히 달라질 수 있다. 우리는 학교에서 인성교육의 바탕 위에 창의적인 인재를 양성해야 한다. 교사가 창의적이지 않고 지시적, 통제적, 지식암기형, 권위적이라는 수식어가 있을 때 창의적인 수업은 거의 불가능할 것이다. 창의적인 교사에게 격려를 보내고 좀 더 창의적이고 여유 있고 융통성 있는 공간을 만들어주어야 한다. 새로운 생각을 북돋아주고 "좋아요", "참 괜찮은 생각이에요" 등의 수용적인 분위기를 만들어주자. 분명 학교는 창의적이고 살 만한 곳이라는 생각이 들 것이며, 아이들과의 수업에서도 마찬가지로 "좋은 생각이야", "너 어떻게 그렇게 새로운 생각을 했니?" 라며 인간 두뇌의 무한함을 경험하게 할 것이다.

누구든 잘 할 수 있어

학습하는 학교에서는 진로교육에 대해서도 새로운 꿈에 도전하게 된다. 사람은 누구든 비전이 있으면 뛰어난 능력을 발휘할 수 있다. 현재의 교육은 진로 따로 수업 따로 이루어지고 있다. 교사가 학생의 꿈과 소질을 알고 지원하는 시스템으로 가야 한다. 학습하는 학교의 교사의 역할은 매우 중요하다. 평범한 학생도 위대한 꿈을 꿀 수 있다. 그리고 꿈이 자신을 이끌고 간다. 가난하더라도 꿈마저 가난해서는 안된다. 내가 좋아하고 흥미가 있고 재능이 있다면 큰 꿈을 꿀 수가 있다. 학교는 서로 성찰하고 대화하는 다모임 시간을 갖는다. 리더는 통제하지 않고 경청하며 대화하는 사람이다. 학교의 모든 사람들이 모이는 다모임에는 모두가 주인공이다. 오늘의 발표자가 내일의 경청자이며, 오늘의 경청자는 내일의 발표자가 된다. 학생 누구든 리더가 될 수 있다. 리더는 끌고 가려는 것이 아니라 함께 하는 것을 배우는 사람이다. 모두가 서로에게 배울 수 있고 서로가 서로의 멘토가 되어 주는 시간, 그곳이 바로 학습하는 학교의 진로교육 시간이다.

다 같이 해보고 싶어요!

★ 천 명의 아이는 천 개의 꿈을 가집니다. 누구든지 잘 할 수 있습니다. 우리는 똑같이 소중한 인간이기 때문입니다.

내가 희망하는 3월의 학교

모두에게 힘든 3월

3월은 힘든 달이다. 봄이 올 것 같으면서도 꽃샘추위에 학교 안은 더욱 춥다. 교사는 각종 계획 추진, 학교 설명회에 학부모 상담에 심지어 학교 공개 수업까지 이루어진다. 아이들은 새로운 학년에 학습할 양이 많아져 부담이 커지고, 새로운 친구와 선생님에 적응해야 한다. 학부모는 담임과 아이가 잘 맞을지 노심초사하며, 학교에 가서 상담하고 녹색어머니나 임원을 맡아야 하는지 고민을 하게 된다.

가장 기대가 되어야 하고 즐거워야 하는 3월이 모두에게 짐이 되고 있다. 슈퍼맨 같은 교사가 나타나 "나 너희들 아주 사랑해. 행복으로 학급을 만들어 보자. 나만 믿어." 하면 좋으련만, 3월을 보내며 주변을 둘러보면 우리들의 슈퍼맨과 원더우먼은 "3월 과로"로 기진맥진하여 눈 충혈되고 심지어 링거 맞고 숨이 턱 막혀 의욕과 열정은 조금씩 사그라든다. 격려와 위로를 받기는커녕 많은 잡무에 시간을 낭비하고 에너지를 소모하다 보면 '과연 학교가 가르치는 곳인가?' 하는 의문이 든다. 학부모 역시 담임이 마음에 들지 않으면 '한해 교육농사 포기 선언'을 하고, 아이들에게는 잔소리를 늘어놓고 사교육을 찾게 되며 끝없는 갈등과 불신에 방황하게 된다. 그래서 교사에게 3월은 잔인한 달이다. 아이에게도 3월은 잔인한 달이다. 학부모에게도 3월은 아주 끔찍한 달이다.

진짜 필요한 것은 좋은 관계다

진짜 학교에 필요한 것이 무엇일까? 학교란 무엇인가? 교사는 어떤 존재인가?

아이들은 누구인가에 대한 고민을 하기 전에 교육은 항상 헛발질을 하게 된다. 교사 입장에서 정말 좋은 아이, 좋은 학부모 만나면 열심히 가르치겠단다. 충분히 이해가 간다. 학부모 입장에서 담임 복은 "전생에 나라를 구해야 한다" 할 정도로 담임 잘 만나기 어렵다. 그것도 모르고 교직원 회의에서는 "생활지도 철저", "교육과정 충실"이라며 앵무새처럼 상급 기관 방침을 전달하고 형식적인 회의를 이어간다면 과연 나날이 달라진 교육 현실과 세태를 바르게 반영할까라는 생각이 든다. 이제껏 학교에서 행정업무가 약간 늦거나 미숙해도 큰 문제될 것이 없었다. 항상 아이를 중심에 두고 걱정하고 위해주고 칭찬해주고 즐겁게 수업하다보면 "교사 하길 참 잘 했다!"라며 그 뿌듯함이란 누구에게도 말할 수 없을 정도로 최상의 보상을 받는 것 같았다. 어떠한 문제든 사람이 우선이다. 왜냐하면 우리 아이가 일이나 성과에 밀려 후순위가 되어서는 안되는 소중한 존재이기 때문이다. 아이를 존중하고 학부모를 진심으로 대할 때 어떠한 문제도 발생하지 않는다. 교육은 믿음이 우선이며, 서로가 서로를 신뢰하다보면 정말 세상은 살기 좋은 곳이라는 것을 체감하게 된다.

역대 교육 정책 이래 최고 성공 정책은 바로 "업무경감 정책"이다. 경기도에서는 지금 교원업무 정상화라고 부르는데, 교육을 제대로 작동시키려면 불필요한 업무를 줄이는 데서 시작해야 한다. 나는 이 정책이 현재에 머무르지 않고 계속 진행되길 바란다. 학교에 따라 불필요한 일을 줄이는 데는 차이가 있지만, 업무경감은 지속되어야 하는 '진행의 문제'다. 교사와 아이의 가르침과 사랑이라는 한 가지를 남기고 모든 것을 줄여야 한다. 이것은 나의 욕심이거나 괜한 교사들의 엄살이 아니다. 나라를 구할 문제, 미래를 새롭게 여는 중대한 문제이다.

부존자원이 부족하여 창의성 하나로 먹고 사는 우리나라, 인재 대국이 만들어 정보화 사회를 성공적으로 만든 우리나라, 남들의 부러워하는 한강의 기적을 교육으로 이뤄낸 교육강국, 미래는 제 4차 산업혁명이 도래하여 남을 쫓아가는 능력이 아니라 창발적인 생각이 필요한 나라라고 하면서 교사의 헌신과 노력을 강조해왔다. 그간의 노력을 높이 평가하며, 진정 이제부터 새로 시작이라는 마음으로 혁신해야 한다. 학력 스트레스로 아이들이 아파트 옥상으로 계속 올라간다. 자살률이 전 세계 1위인 치명적인 병폐를 갖고 있는 것도 우리교육의 현실이다.

교사를 아이에게 돌려주자!

교사들을 잡무나 승진, 성과급, 그리고 경쟁 대열에 내몰지 말고 아이들에게 진정으로 돌려주어야 한다. 사제관계를 바로잡고 인간 대 인간이 만나고 대화하고 성장하며, 행복한 동행이 이루어지는 공간으로 학교를 리모델링해야 한다.

그 시작을 3월부터 해야 한다. 그래서 3월은 시작의 달이자, 혁신의 달이 되어야 한다. 오직 교사는 아이들을 중심에 두는 교육을 해야 한다. 왜냐하면 아이들이 학교에 오는 이유는 바로 교사를 통해 세상을 보기 위해서다. 3월에 첫 단추를 잘못 꿰면 제대로 한 해를 보낼 수 없다. 따뜻한 마음으로 기대와 설렘이 가득하고, 웃음과 행복이 충만하여, 작은 성장에 칭찬받고 힘든 일에 위로 받을 수 있는 힐링 공간이 바로 3월의 교실이 되길 진심으로 희망한다.

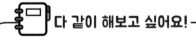

다 같이 해보고 싶어요!

★ 학교에서 3월은 따뜻한 만남이 있어야 합니다.

작은 학교가 행복한 이유

신규 교사로 발령 난 이래 주로 신도시 대규모 신설 학교에서 교사 생활을 해 왔다. 학부모들은 흔히 신도시 신설학교를 선호하는 편이다. 왜냐하면 대부분의 신설학교는 깨끗하고 집 가까이에 있어 안전하고 교통이 편리하다고 생각하기 때문이다. 자식을 아파트 내에 있는 학교에 보내니 심적으로 안심이 된다는 판단에서이다.

내가 근무한 작은 학교는 화성시 매송면 농촌 지역 학교이다. 작은 학교가 신도시 대규모 신설학교보다 아이들에게 훨씬 좋다고 생각한다. 작은 학교 아이들이 행복한 이유를 정리해 보면 다음과 같다.

첫째, 작은 학교는 사랑과 행복이 가득하다.

작은 학교는 한 학급당 인원수가 15-20명 사이의 수업 적정 인원이다. 작은 학교는 인간미가 넘치고 사람에 대한 관심이 크고 깊다. 실제로 초등학교 2학년만 되어도 서로 어디에 사는지, 형제가 누구인지 잘 알게 된다. 친구가 아플 때면 예전에 아픈 경험이 있어 그렇다며 보건실로 대신 데려다 주려 하고, 친구네 집에 가서 놀고 오는 등 마을 공동체가 자연스럽게 형성되어 있다. 아이들이든, 어른들이든 서로에 관심과 이해의 폭이 넓게 형성되다 보니 다툼이나 갈등이 적고 왕따나 학교 폭력이 없다. 교사 입장에서도 "오늘 나무와 풀을 이용해서 마을을 잘 꾸몄구나!", "지난번보다 훨씬 잘 했는걸!"이라고 개인적인 피드백을 훨씬 더 수월하게 한다.

둘째, 작은 학교에는 사랑과 열정이 많은 교사들이 있다.

작은 학교에 발령 받아오는 교사는 자부심이 크고, 아이들과의 관계가 친밀하여 대부분 5년 만기 근무를 하게 된다. 작은 학교 교사의 위대함은 아이 하나하나에 대한 사랑과 관심, 나아가 애교심에서 비롯된다. 학교는 사람이 사람을 만나는 곳으로 정이 생기고 사랑이 싹트는 곳이라, 작은 학교에서 한 번 만난 인연은 쉽게 끊을 수가 없다. 큰 학교에서 담임이 자주 바뀌는 상황을 보게 되는데 아이들과 학부모에게는 불안한 요인이 될 수 있다. 작은 학교에 근무하는 교사는 아이 입장에서 진정한 배움을 추구하며, 사람 사이의 소통을 소중히 한다.

셋째, 작은 학교는 아이들을 위한다.

내가 근무한 학교는 화성시 창의지성학교이면서 경기도 혁신공감학교이다. 학업 성적이 낮거나 지원이 필요한 아이를 위해 두드림 학교를 운영하기도 하고, 교육지원청에서 유일한 과학운영 중점 초등학교이기도 하다. 악기를 배우고 싶으면 무료 악기 사업이 있어 부담 없이 배울 수 있고, 축구부가 있어 미래의 박지성과 이강인을 꿈꾸며 신나게 축구를 하고 있다. 돈이 없어서 교육을 못한다는 것은 우리 학교에서는 예전의 일에 불과하다. 학교는 학생의 성장을 최우선으로 예산을 배정하고 집행한다. 의욕적인 선생님들이 아이들을 위해 노력한 결과이기도 하지만, 학생 각각에 지원되는 예산은 실로 막대하다.

작은 학교는 뒤떨어진 학교가 아니라, 학생 맞춤형 알찬 교육과정을 운영하는 정말 살아있는 학교이다. 아이의 꿈과 개성을 키우고, 부족한 영역에 대해서는 교사들이 학부모와 머리를 맞대 이겨 나가려고 노력하는 학교이다.

좋은 학교를 찾아 고민하는 젊은 학부모가 있다면 작은 학교를 적극 권해주고 싶다. 작은 학교는 규모가 작은 것이지, 그 면면을 들여다보면 교육의 본질을 찾아 학생을 살리는 큰 교육을 실천하는 학교이다. 실제로 "서울에서 전학 오길 정말 잘 했어요! 아이가 아주 행복하게 학교를 다니고 있으며 자신감이 많이 생겼어요." 하고 웃으며 만족하는 학부모를 볼 때 교사로서 정말 뿌듯하였다.

대한민국 교육의 미래를 물으면 바로 작은 학교에 정답이 있다고 강조하고 싶다. 행복이 가득하고 칭찬과 인정이 오고 가는 곳, 사랑의 꽃이 활짝 피고 꿈을 꾸게 하는 작은 학교는 우리 모두를 성장하게 한다.

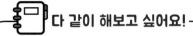 다 같이 해보고 싶어요!

★ 작은 학교는 열악한 학교가 아닌 행복한 학교입니다.

선생님이 힐링해야 학교가 산다

교사, 감정노동자!

교사는 전문직이며 천직으로 살아야 한다고 많이 들었다. 아이를 가르치는 보람과 긍지, 소명으로 사는 것은 참으로 가치 있는 일이다. 무지를 깨치고 성숙한 시민으로 성장시키는 일은 매우 뜻깊은 일이 아닐 수 없다.

교사는 교실에서 아이들을 만나고 그 속에서 가르치며 생활한다. 함께 웃고 고민하며 지식을 쌓고 진리를 탐구하고 새로움을 창조해내는 기쁨을 갖는다. 이 얼마나 보기 좋은 광경인가? 서로 머리를 맞대기도 하고 부대끼며 사는 공동체!

그러나 교실은 큰 스트레스와 소진이 발생하는 곳이기도 하다. 일명 번아웃(burn out)이라한다. 아이들의 인권을 존중하는 것은 중요한 일이다. 하지만 그로 인해 자기의 권리만을 주장하거나, 어른에 대한 예의를 가볍게 여겨 오히려 공동체를 저해하거나 질서를 파괴하는 일들이 등장한다. 수업시간에 돌아다니거나 언어폭력이나 폭언을 일삼는 일은 학생이 과연 미래의 주인공인가라는 생각이 들 정도로 한탄이 나온다. 이에 대한 교사의 대응은 미미한 편이다. 교사의 권위가 높은 때엔 선생님의 그림자도 못 밟는다고 했는데, 지금은 소리를 지를 수도 없고 지속적으로 지도해야 하는 교사의 아픔. 이것도 인간이 상처를 받고 있는 건 아닌가? 아이들의 잘못은 눈감아 주고 실수를 인정해 주어야 하고, 언제 변할지도 모르는 일에 대한 막연한 기다림 속에서 교사는 그저 교실에서 숨죽여 사는 존재로 전락한다면 이는 에너지 소진으로 이어진다. 학급당 인원수의 많고 적음을 떠나 공동체에 대한 배려보다는 자기중심적인 생각을 가진 아이들과 이를 지지하고 강화하는 학부모가 있다면 학교는 따뜻한 공동체라기보다는 점수나 스펙을 따는 학원에 불과할 것이다.

교사는 공익을 위해 일한다. 학교의 공익은 건전한 시민으로 자라기 위해 옆에 있는 친구를 위하기도 하고, 전체에 대한 질서와 예절 및 배려, 개인의 성장과 발전, 그리고 행복을 아우른다. 하지만 공익에 반해 학생이나 학부모가 사익을 앞세워 공익을 공격해올 때 감정 노동자로서 겪는 어려움과 아픔을 가진다. 이에 교사는 교실에서 운다.

교사 힐링이 정답이다!

인권센터나 교권보호 위원회가 있다는데 교실에서 겪는 일을 낱낱이 상의하고 보고할 사람은 아마 아무도 없을 것이다. 교사가 교실에서 힐링하고 교실에서 희망을 찾을 수 있도록 지지하고 지원해야 한다. 그래야 교사는 아이들을 진정으로 따뜻한 관계 속에서 즐거운 수업과 교육을 만들어 갈 수 있다.

교사는 공익을 위하기에, 공공 기관과 교육 당국은 애써야 한다.

교사와 학생, 학부모가 함께 학교에서 웃을 수 있는 그 접점을 찾아야 한다.

교사가 힐링해야 학교가 산다. 힐링하는 교사가 아이를 가르칠 수 있다.

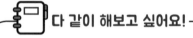 **다 같이 해보고 싶어요!**

★ 선생님이 힐링해야 아이들이 힐링합니다.

일하는 방식을 확 바꾸어보니

 학교에서 계획서를 쓰거나 보고서를 작성할 때가 있다. 행사의 기획이나 보고를 하는 경우도 있다. 그럴 때마다 나는 계획부터 세운다. 이 일을 왜 하는지에 대한 일의 목적을 꼼꼼히 파악해 본다. 새로운 일에 대한 비전이기도 하고, 가장 중요한 방향을 정하는 일이라 볼 수 있다. 그리고 그 목적을 달성하기 위해서는 언제까지 해야 하는지(when), 어떻게 해야 하는지(how), 무엇을 해야 하는지(what)를 정한다.

 여기서 중요한 것이 바로 일의 기한이다. 일에는 기한이 따른다. 그래서 천천히 해도 될지, 당장 먼저 해야 할지, 아니면 등수를 매기거나 중요한 선정 과정에 있는 일에 대해서는 자료와 관련 연구물을 찾아 고도로 지적인 활동을 해야 하는지 등에 대한 우선순위를 정한다. 그리고 요즈음 들어서는 요령이 생겨 일을 좀 쉽게 하려고 한다. 경험에서 나오는 노하우(know-how)라 부를 수 있다. 전에 해본 일인지, 내가 갖고 있는 자료로 할 수 있는지, 남과 함께 할 수 있는지에 대해 생각해 본다. 이런 일이 정리가 되면 일은 훨씬 쉽게 이루어진다.

 일을 하다보면 누구에게나 시간은 부족하고 하루는 24시간으로 한정되어 있다. 그래서 나는 부족한 시간을 극복하기 위해 군 복무시절 적용했던 "후보계획"을 많이 활용한다. 후보계획은 전쟁이나 작전을 앞두고 군인이 시간을 계획하는 군사 용어인데, 작전 개시일(D-day)을 기준으로 하루 전(D-1), 2일전, 1주일 전, 2주일 전, 한 달 전의 계획을 세우는 것이다. 후보계획의 좋은 점은 정확하게 작전 개시일(D-day)을 맞추는 데 있다. 군인이 전쟁을 앞두고 총공격, 총동원이 되어야 하는데 이런저런 사소한 핑계가 있을 수는 없는 것이다. 그리고 그 기한을 완벽하게 하기 위해서는 그 중간 중간의 과정 또한 철저하게 이루어지도록 노력한다. 결국 오늘 지금 당장 해야 할 일을 정할 수 있게 된다. 가령 시험이 한 달 남았다면 대부분 많이 남았다고 생각할 것이다. 그런데 시험 전날 전 과목 복습과 자주 틀리는 오류 확인하기를 하고, 1주일 전에 영어, 수학을 마스터한다고 본다면 한 달 전인 오늘은 지금 배우고 있는 부분을 확실하게 알고 넘어가야 한다는 당면과제가 발생한다. 즉 한 달이란 시간은 하루하루가 모여 이루어진 것이고, 이 하루를 헛되이 보내게 되면 결국 작전 개시일(D-day)을 실패로 보내게 된다. 후보계획은 시간을 알차게 보내게 하는 데 아주 효과적이다.

보통의 사람들은 무조건 일을 한다. 계획이 철저하지 못하면 무엇 때문에 하루가 바빴는지 도무지 알 수가 없고 성과가 낮다. 일을 하려고 하는데 SNS를 하게 되고, 인터넷 검색을 하게 되고, 쓸데없이 왔다 갔다 한다. 일을 잘 하는 사람은 계획을 세워 일을 한다. 우선순위를 정하니 지금 당장 꼭 해야 할 일을 한다. 하루하루 이렇게 알차게 보내기 매일 보람되고 성과가 눈에 보이게 되며 남들로부터 인정을 받고 승진도 빠르다. 일을 잘 하는 사람은 더 많은 시간을 투자하여 일을 많이 해서 잘 하는 게 아니다. 같은 일을 쉽고 효율적으로 하는 것이며, 같은 시간에 더 많이 하게 되니 신이 나서 잘 하게 된다.

> 모든 사람들이 바라는 것이 그런 거 아닌가?
> 바로 행복하게 사는 거.

행복이란 따지고 보면 같은 일을 쉽게 하거나, 주어진 시간에 많은 효과를 보는 것이다. 그런데 내가 싫어하는 일을 이렇게 할 수 있을까? 그렇다. 일을 잘 하는 사람을 일을 좋아하지 않을 수 없게 조건을 만든다. 똑같이 일을 해도 1도의 차이가 난다. 99도까지 일을 하고 멈추는 사람이 있는가 하면, 100도까지 일을 해서 펄펄 끓는 물을 보며 신이 나서 '잘 되는구나, 내가 해냈어!'라고 자신감을 가지면 가슴 벅찬 순간을 맞이한다. 처음 시작할 때 약간의 차이가 끝에는 엄청난 차이를 내는 경우를 많이 봤다. **이것은 바로 "일하는 방법의 차이"다.** 일을 잘 하려면 그 방법을 알아야 하고, 그 방법을 적용해보고, 그것의 참맛을 느껴야 한다. 같은 일을 하면서도 즐겁게 하는 사람과 일하고 싶은가, 아니면 입만 열면 짜증내고 불만 가진 사람과 같이 일하고 싶은가? 이는 불을 보듯 뻔한 일로 사람들은 다 편하고 즐겁게 일하고 싶은 것이다.

일이 이루어지고 나면 피드백 과정을 거쳐야 한다. 교정이기도 하고, 오류 수정이기도 하다. 혼자가 안되면 주변 사람들의 도움과 조언을 구한다. 그것이 상사가 되기도 하고, 일에 대한 경험이 있는 사람일 수도 있다. 그 피드백을 잘 정리해 두면 나중에 일을 할 때 도움이 된다. 그래서 나는 입학식, 학교 설명회, 학교공동체 대토론회, 예술제, 교육과정 평가회, 졸업식 등 많은 교육활동과 행사를 하고 나면 그때마다 피드백을 작성해 둔다. 일을 추진한 담당자의 과정 반성, 함께 일을 나누어 했던 사람들, 참여한 사람들, 학생들의 의견 등을 묻고 들어서 종합 보고서를 작성해 둔다. 이를 갖고 일을 하게 되면 전년도의 반성이나 실수를 크게 줄일 수 있다. 새로운 아이디어를 찾을 수 있고, 일을 아주 쉽게 할 수 있다. 학교나 조직의 일이 매년 반복되는 부분이 많기 때문에 매년 겪는 빈번한 실수를 중복하지 않게 된다. 처음에 이 방법을 동료들에게 소개하니 참 좋다고 하였다. 그래서 현장체험학습, 과학의 날, 직업 체험의 날, 초청 공연 등을 하고 나서 실제로 피드백을 정리해 보라고 하니 쉽지는 않다고 하였다. 이에 나는 어렵게 생각하지 말고, 우수사항과 개선할 점을 중심으로 생각해보라고 조언하였다. 선생님들이 워낙 우수한 인재들이시라 한번 해보고 나면 웬만한 일은 척척 잘도 해낸다. 억지로 하면 재미가 없지만, 내가 주인이 되어 '한번 제대로 해볼까?'라는 주인의식이 생기면 모두가 주인공이 되어 뛰어 다닌다. 학교의 구성원을 주변인으로 두지 않고 모두가 각자의 학급과 개별 업무에서 주인공으로 만들어주면 훨씬 큰 성과를 낼 수 있다.

오늘의 일을 되돌아보고, 이번에 추진한 프로젝트를 타산지석으로 삼아서 다음에 더 좋은 방향으로 추진해 보겠다는 마음이 생기게 되면 학교 교육력과 업무 효율성은 크게 올라가게 된다.

일은 쉽게, 보람은 크게!

우리가 조금씩 관심을 가지면 세상은 너무나 아름답게 빛나 보이게 된다.

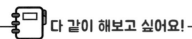 다 같이 해보고 싶어요!

★ 방법을 찾으면 길이 보이고 쉬워집니다. 좋은 방법을 나누고 공유하도록 합시다.

행복한 학교를 만나다

조정래 교장선생님을 칭찬합니다!
"행복한 학교는 행복한 사람이 만들어 가는 것"

도서관에 가서 칭찬만 하다 왔다. 그러나 시간이 아깝지 않다. 이 일은 바로 내가 해야 할 일이므로.

일요일에 도서관 디지털 자료실에 가서 경기도교육청 홈페이지 가서 칭찬합시다를 들렀다. 지난 5년간 근무했던 화성매송초의 일들이 쏜살처럼 지나갔다. 그리고 조정래 교장선생님과 함께한 3년간의 시간도 하나하나 떠올랐다. 난 주저 없이 교장선생님을 칭찬했다. 고마운 선생님, 존경하는 교장선생님이시다. 칭찬합시다의 내용은 다음과 같다.

> 화성매송초 조정래 교장선생님을 칭찬합니다!
> 교장선생님께서는 2015년 3월 부임하셔서 아이들이 행복한 학교, 교직원이 행복한 학교를 만드는데 정성을 다하셨습니다.
> 부임하신 후 첫 번째 하신 말씀이 바로 **"행복한 학교 만들기"**였습니다.
> 입학식에서부터 학부모에게 신뢰를 주는 인상을 남기시면서, 즐겁고 소소한 이벤트가 있는 재미있는 학교를 하나하나 엮어 가셨습니다. 학부모대표와 함께 종이비행기를 날리며 학교의 꿈과 발전을 함께 제시하는 학교설명회, 실제로 드럼을 치시며 학생들을 깜짝 놀라게 한 학교 예술제!
>
>

그리고 학생 모두를 소중하게 생각하며 겨울철 아침마다 교실을 들러 춥지는 않은지 학생들이 안전하고 건강하게 자랄 수 있도록 학교 환경을 만드셨습니다. 특히, 지난 2017년에는 학교 외벽공사와 내진 보강공사로 개교 85년 된 학교가 신설학교처럼 산뜻하게 변모하였습니다.

장애가 있어 불편한 아이에게도 기다려주시고 각자의 꿈을 심어주시며 똑같은 교육이 이루어지도록 강조하셨고, 학생의 소질과 능력에 맞게 맞춤형 교육을 지향하시면서 모두가 성공하며 행복한 인생의 주인공이 될 수 있음을 보여주셨습니다.

이 모든 활동이 바로 학생이 중심이 되는 교육, 학생-학부모-교직원이 모두 행복해지는 교육의 결과입니다.

그래서 매송초 학생들과 학부모들은 교장선생님을 모두 엄지척 합니다. 지금 평창 동계올림픽이 이루어지고 있는데, 좋은 학교 만들기 올림픽이 있다면 아마 세계 금메달이 확실할 겁니다!

저는 3년 동안 교무부장을 하면서 누구보다 가까이에서 교장선생님을 볼 수 있었습니다.

자상하시고 소탈하시며 인자하신 조정래 교장선생님!

늘 긍정적이시면서 실천궁행하시는 선생님!

그동안 어려운 일도 많으셨을 텐데 선생님들께 얼굴 한번 찡그리신 적인 없는 우리 시대 교육자이십니다.

그래서 화성매송초는 이번 인사에서 여섯 분의 선생님이 5년 만기근무가 되어 학교를 옮기지만 모두가 더 머물고 싶어 하는 학교입니다.

저와 화성매송초 모두는 교장선생님을 존경합니다~

훌륭한 학교 리더의 모습을 보여주신 교장선생님을 칭찬하지 않을 수 없습니다.

나는 훌륭하고 자상하신 교장선생님을 만날 수 있어서 무척 행복했다. 그리고 함께 했던 교직원들과의 관계도 가족처럼 화목하고 행복했다. 그것은 아무나 가질 수 없는 행운이었다. 그러면서도 이런 생각이 든다. '나 혼자 이런 행복을 누려도 될까? 행복이 일반화는 어렵겠지만, 더 많은 사람들이 좋은 분위기 속에서 학교생활을 경험하면 어떨까'라고.

지금도 학교 이곳저곳에서는 힘들고 지친 사람들이 많다. 좋은 사람들이 모여 좋은 학교 분위기를 만들어 나가고, 서로를 위로하고 배려하면 얼마나 좋을까 상상해 본다.

그리고 오늘 나부터 소소한 일부터라도 제2의 매송초등학교를 만들기 위해 노력해야겠다고 다짐해본다.

 다 같이 해보고 싶어요!

★ 학교는 좋은 사람을 만나는 곳이어야 합니다. 학교에 계신 좋은 선생님들과의 만남을 소중히 하세요.

등교하기만을 기다리는 아이들

우리 학교 아이들은 등교 안하는 것을 걱정하는 아이들이다.

감염병 기간 중 학교 휴교로 등교하지 않을 때 학교 가고 싶어 하는 아이들!

수업을 하다보면 언제 시간이 흘렀는지 몰라 선생님 벌써 집에 가는 시간이에요?라는 아이들!

아침에 일어나면 "야! 학교 가는 날이다!"라며 좋아하는 아이들!

초등학교 2학년이 6교시, 7교시가 있으면 좋겠다고 난리 나는 아이들!

국어든, 수학이든, 도서관가든, 봉사활동을 하든 뭐든 흥미를 갖고 의욕을 갖는 아이들!

이 아이들은 바로 우리 학교에 다니는 아이들이다.

그렇다고 아이들의 학력이 떨어지는 것이 아니다. 아이들이 행복하게 배우니 선생님을 좋아하고 친구를 좋아하고 책을 좋아한다. 사람을 좋아하니 좋아하는 사람이 하는 모든 것을 좋아한다. 책 읽는 교사를 보고 자연스럽게 책을 접한다. 책은 짧은 문장 중심으로 된 교과서만 고집하지 않고, 도서관에 있는 수많은 텍스트들을 모두 교실로 가지고 온다. 교사가 읽어주기도 하고 돌아가며 읽는 사이에 읽기와 듣기 능력의 신장을 가져온다.

운동장은 아침, 오후, 저녁때 늘 아이들의 웃음소리로 가득하다.

"수업이 재미있어요", "학교가 좋아요"라는 아이들을 앞에 둔 교사로서 가지는 기쁨과 보람은 정말 내가 선생하길 잘 했다는 생각이 들게 한다.

내가 아이들에게 가르침을 주는 것이 아니라, 내가 학교에서 아이들을 통해 기쁨을 얻고, 생의 의미를 찾는 것이다. 네가 있어 내가 있는 것인데, 나로 인해 네가 기쁘다니 맹자의 득천하영재로 인한 군자삼락이 따로 없다!

　이런 교학상장(敎學相長)의 순간이야말로 교사로서 가지는 가장 큰 보람임에 틀림이 없다.

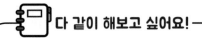 **다 같이 해보고 싶어요!**

★ 선생님도 아이들도 학교에 가고 싶어 하니 좋은 학교가 아닐 수 없습니다.

정도전이 꿈꾸는 새로운 학교

신진사대부인 정도전은 변방의 무인 이성계를 도와 새 왕조인 조선을 세우게 된다. 만약 21세기 현재 정도전이 살아있다면 그는 과연 어떤 학교를 꿈꾸었을까? 그동안 세력을 잡았던 친원파를 몰아낸 것을 보면 기득권을 없애고 권위주의 관행을 척결하여 새롭게 학교 문화를 자리잡도록 했을 것이다. 기득권 세력의 반발이 만만치 않겠지만 당시 신진사대부와 신흥무인 세력을 중심으로 개혁한 것에서 유추를 할 수 있다. 이를 들여다보면 새로운 교육혁신을 요구하고 부응하는 깨어있는 교사들을 중심으로 연구회나 네트워크를 조성하여 새로운 학교를 만들기 위해 청사진을 보여 주었을 것이다. 기존 교육의 문제점을 밝혀 학교가 새롭게 변해야 할 당위성을 공청회와 토론회를 통해 제시하였을 것이다. 능력과 열의가 있다면 나이가 많든 적든, 남자든 여자든 가치 있는 의견은 모두 수용하였을 것이다. 조선 초기 신문고 제도는 현재의 국민청원과 흡사하다. 고통 받는 학생과 학부모, 교사 등 어떤 계층이든 존재한다면 소수, 약자의 상소 의견에 귀 기울이고 항상 들었을 것이다. 예나 지금이나 방법이야 다를 뿐이지 그 내용은 유사한 것을 보면 좋은 가치는 시대를 넘나드는 것이다.

임금이 임금답게 신하가 신하다운 것처럼(君君臣臣), 학교에서 교장은 교장답게, 교사는 교사답게, 학생은 학생답게일 게다(長長師師生生). 각자 자기 할 일에 충실히 하면 저절로 교육이 이루어질 것이다. 하나의 교장이 이끌어가는 학교보다는 다수의 교사들이 중심이 되어 만들어 가는 학교를 소망할 것이다. 공자는 논어에서 이 구절을 강조하였다.

"아무것도 하는 일이 없는 듯 보이면서도 천하를 다스린 사람은 아마 순(舜)일 것이다. 그는 대체 무엇을 했던가? 삼가 자기 몸을 조심해 왕위에 앉아 있었을 뿐이었다."

교장은 학교에서 상징적 존재이자 민주적 학교 운영의 최고 결정체이다. 고려 왕조에서 임금의 권한이 컸으나 이는 독재로 이어질 가능성이 있기에 정도전은 새 왕조에서 전문가 집단인 신하가 과거제를 통해 공정하게 입궐하여 논의하고 토론하는 과정으로 협의하며 나라를 운영하길 원했다. 이에 실질적으로 교육을 수행하는 사람은 바로 교사들의 몫이고, 교사를 지지해주는 사람은 바로 교장과 교감이 되어야 한다는 것을 말해 준다.

이는 궁궐, 지역의 관리, 교장실에서만 적용되는 것이 아니다. 교실 안에서도 마찬가지이다. 교실은 학생의 성장과 발전이 이루어지며 꿈을 얼마든지 꾸는 공간이 되어야 한다. 학생의 의견을 존중하고 개선되어 고통을 받거나 억압당하는 일이 있어서는 안 된다. 왜냐하면 생활이 민주화되지 않으면 그 나라의 미래도 민주적으로 이루어지지 않기 때문이다.

교사가 중심이 되어 민주적인 학교를 만드는 것인데, 민주적인 학교는 바로 학생이 배움의 기쁨을 느끼고 민주주의를 체험하도록 도와주는 학교라고 볼 수 있다. 이는 현재 유럽에서 실행하고 있는 의원내각제와 비슷하다.

예전의 학교는 학교장의 책임과 권한이 커 교사들은 교장의 눈치를 보며 명에 따라 움직였다. 지금의 학교는 바로 교사들이 마음껏 가르치도록 지원해주는 교장을 원한다. 학생이 자신의 꿈을 키우고, 교사가 큰 가르침을 펼칠 수 있도록 지지하고 격려하는 분위기를 만드는 것이 바로 교장의 역할이다.

우리나라의 교사들은 우수한 자질과 능력을 갖고 있다. 교대, 사대 입시도 어렵거니와 교생 실습을 포함하여 오랜 전문성 신장의 기회를 대학에서 가지며, 치열한 임용시험을 거쳐야 교사가 될 수 있다. 이러한 우수한 인재들이 교장의 눈치만 보면 과연 우리 교육이 어떻게 될 것인가? 교장은 교사들을 위해 시간적i¤공간적 지원뿐만 아니라 정신적i¤도덕적 모델이 되어야 한다. 학습 공동체를 개최하도록 하며, 새로운 교육과 방향에 대한 연수회에 자발적으로 참여하도록 하며, 창의적인 사고를 발전시키고 연구할 수 있도록 허용해야 한다. 학교의 힘은 교사를 존중하는 데서 나오며, 이는 바로 학생들의 교육력에도 큰 영향을 미치게 된다.

정도전은 왕이 생각보다 재미없다는 이성계에게 말했다.

"군주는 품어주고 들어주며 눈물을 흘려주는 사람입니다."

교장 역시 그러할 것이다. 교장이 교사와 학생, 학부모를 함부로 대하는 것이 재미있다고 본다면 어찌 그것이 제대로 작동되는 곳일까? 전통적이고 군대식 관행을 개선하여 백성이 근본 되는 "민본(民本)정치", 학생이 주인 되는 학생의 학교를 정도전은 꿈꾸었을 것이다.

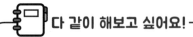 **다 같이 해보고 싶어요!**

★ 아이들이 중심이 되는 민본교육! 아이의 생각과 감정을 함께 느끼고 눈물을 함께 흘리는 선생님은 영원히 기억될 것입니다.

학교에서 성공이란?

과연 교사로서 학교에서 성공(成功)이란 무엇일까? 안정된 직장을 찾아 교육 공무원으로서 자리를 차지하는 것은 아닐 것이다. 국가에서 국민의 세금으로 교사에게 월급을 주고 정년을 보장할 뿐만 아니라 불체포특권을 갖게 하는 것에는 반드시 이유가 있다.

성공적인 교사는 바로 훌륭한 선생님이다. 선생님은 아이를 가르치는 사람이다. 그것도 오랜 시간 교육을 통해 지식과 수업 기술을 익히며, 사람을 다루는 능력을 배운다. 임용고사라는 큰 경쟁을 뚫고 단단한 관문을 통과해야 한다. 그리고 선생님이 되면 취업 성공에서 끝나는 것이 아니라, 진정으로 교사로서 첫발을 내디디게 되는 것이다. 남들은 학교에서 교편을 잡는다는 외형적인 모습에 부러워하지만, 사실은 아이를 가르치고 훌륭한 교사의 길을 걷는 것이 바로 자랑스러운 우리의 진짜 성공적인 모습니다.

학교에서 **성공적인 교사는 늘 배움에 열중한다.** 연수를 듣거나 책을 읽거나 교사들 간의 토론과 연구회에 참여하여 꾸준히 연구에 참여한다. 자비를 들여 대학원을 가기도 하고 어학 학원을 다니며 영어공부를 열심히 하기도 한다. 교사의 배움은 그 자체로 끝나지 않는다. 집에서 어른이 책을 읽으며 아이들이 본받는다고 한다. 교실에서 교사가 책을 읽고 배우는 모습을 학생들이 볼 때 이는 수십 배의 효과를 낸다. 학교에는 많은 학생들이 교사를 통해 배우고 있기 때문이다.

또 **성공적인 교사는 늘 아이들을 생각한다.** 어떻게 하면 효과적으로 가르칠 것인가, 어떻게 하면 좀 더 재미있고 쉽게 배울 수 있을까에 대해 고민한다. 가령, 교사는 수학을 제일 쉬운 교과로 생각한다. 식과 답이 명쾌하기 때문이다. 그러나 학생들은 수학을 가장 어려워한다. 왜냐하면 발달 단계에 따라 받아들이는 수준이 다르기 때문이다. 그래서 교사는 가르치기 전에 학생의 입장에서 출발점 행동을 점검해야 하고, 이전 학습이 어느 정도 이루어졌는지 파악해야 한다. 가르친 것을 다 배운다고 생각하면 안 된다. 학생들이 배운 것이 다 아는 것이지, 교사가 가르친 것이 학생의 앎이 되지는 않는다. 그래서 교사는 늘 아이들의 입장과 생각에서 출발하여 학생이 중심이 된 교육을 실현해야 한다.

그리고 **성공적인 교사는 학교에서 인생을 바친다.**

그의 일거수일투족(一擧手一投足)이 학생들의 거울이 되기 때문이다. 특히 초등학생들은 선생님의 손짓과 몸짓을 아주 잘 흉내낸다. 말투나 걸음걸이까지 똑같이 한다. 체육수업에서는 똑같이 체조를 따라하고, 음악시간에는 똑같이 노래하며 춤춘다.

혼이 담긴 교육, 진심이 담긴 교육, 청춘을 불사르는 교육이야말로 성공적인 교사의 모습이다. 여기에는 거짓이 없고 참이 존재한다. 어떤 특별한 기법에 의해서가 아닌, 삶의 모습이 들어있고 자연스러우며 인간적인 교육의 모습이다. 그래서 학생은 교과를 배우러 학교에 가는 것이 아니라, 바로 선생님을 만나서 대화하러 학교에 가는 것이다. 선생님을 통해 세상을 바라보고 미래를 꿈꾼다. 이에 교사의 꿈은 하늘처럼 높고 커야 하며, 교사의 삶은 진실하고 거짓이 없어야 한다.

행정 잡무나 공문이 이러한 교사의 앞에 놓여서는 안 된다. 삶을 가꾸는 교육에 방해가 되는 외부적인 장애물은 모두 제거하도록 노력해야 한다. 교사가 바쁘면 아이를 바라보지 못하고, 잘못된 시스템을 인간을 망칠 수 있다. 목표를 명확히 알고 방향을 잡을 수 있도록 교육당국과 지자체, 학부모는 아낌없는 지원을 해야 한다.

 우리들의 아이가 참된 교사로부터 학교 교육을 받는다고 생각해보라! 당연한 일이 아주 고맙게 느껴질 것이다. 사교육과 점수로 찌들지 않고 삶의 주인공으로 우뚝 서는 아이들이 길러져야 하지 않을까? 상식적인 일들이 얽히고설켜 있어 바로 잡는데 시간이 걸리겠지만 모두가 공감하고 소통하는 마음으로 한걸음씩 나아가면 우리 교육은 큰 희망을 볼 수 있을 것이다.

> '어제 제자가 취업을 했단다. 대학 다니다 우연한 기회에 농협 수습사원으로 있다가 정규직에 도전했는데 최종면접에서도 가장 좋은 성적으로 합격했다는 소식을 들었다. 멀리서 들려오는 제자의 소식에 가슴이 뜨거워진다. 이 뜨거운 보람이라는 느낌도 교사의 성공 아닐까?'

 성공적인 교사가 성공적인 학교를 만들며, 결국 성공적인 아이들로 자라도록 가르친다.

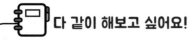

다 같이 해보고 싶어요!

★ 이 땅의 선생님들 성공하세요! 선생님이 희망입니다.

　선생님의 성공은 선생님 혼자만의 것이 아니니까요.

학교에서 하지 말아야 할 것은

평균적으로 아이를 가르치려 하지 말아야

교장과 교감에게 보답하려 하지 말라. 교사는 오직 좋은 교육으로 보답하라! 혹시 조금이라도 물질적으로 보답하려고 고민하지 마라.

학교는 오직 본질에 충실할 때 빛나고 아름다워지는 곳이다. 교사는 보답해야 하는 주체가 아니라, 존경을 받는 대상이자 가르침에 열정을 다해야하는 주체이다.

아이들에게 과자 줄까? 사탕 줄까? 고민해서도 안된다. 아이들은 선생님에게 과자나 사탕 받으러 학교 가는 게 아니다. 그건 바로 학교의 포퓰리즘이다. 교사가 바른 교육으로 승부를 해야지, 대충 가르쳐 놓고 고작 사탕이나 초콜릿으로 배움의 달콤함을 빼앗아서는 안된다. 배움의 내적인 즐거움과 알아 가면서 느끼는 고도의 정신적인 희열이 있는 것이다. 외적이고 일회적인 간식과 내적인 배움의 즐거움은 비견할 바가 아니다. 교육의 목적은 스스로 생각하는 인간을 만드는 것이다. 교사가 간식을 사러 다니는 것에 시간을 허비하거나 관심을 둔다면 진정한 배움에서 멀어지게 된다.

다른 직장에 비해 돈을 더 많이 벌지 못한다고 한탄하지 말라! 아이를 가르치고 키우는 일은 월급이나 연봉으로 비교되는 것이 아니다. 사랑과 정성이라는 씨앗으로 행복과 성장이라는 열매를 맺는 곳이 어찌 돈으로 등급 매겨질 수 있을까?

평균적으로 아이를 가르쳐서는 안된다. 평균은 만들어 낸 수치이지 이 세상에 평균적인 아이는 존재하지 않는다. 아이를 전체로 보거나, 또는 집단으로 가르치려 들고자 하면 분명 왜곡이 발생한다. 아이 하나하나에 관심을 갖고 관찰해야 한다. 학생 수준에 맞게 가르치고 부족한 학생은 부족한대로, 우수한 학생은 거기에 맞게 교육해야 한다. 평균적으로 가르치면 우수한 학생은 시시하게 받아들이고, 부족한 학생은 공부를 어려워한다. 사람에 맞는 옷을 입혀야지, 평균적인 옷 사이즈에 사람을 맞추려고 하면 양끝은 다 불행해진다. 많은 교육이 평균적으로 접근하여 둘 다를 만족시키지 못하고, 오직 중간에 있는 학생들에게만 이득이 돌아간다. 모두에게 적합한 교육이 되도록 학급당 인원수를 줄이거나, 교사-학생 간 이루어질 발문을 연구하거나, 학습 자료를 준비하고, 평가를 하는 일은 교육청과 학교, 교사 모두가 나서야 하는 일이다.

아이 가르치는 일을 교사 혼자에게 맡겨 놓는 우매한 시도를 해서는 안된다. 아이를 위하는 일에 온 마을, 온 나라가 나서야 한다.

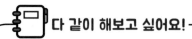 다 같이 해보고 싶어요!

★ 학교는 아이의 정신적 성장을 도모합니다. 아이 하나하나의 소중함을 보아야지, 겉으로 드러나는 것으로 학교를 보아서는 안 됩니다.

문화를 훔칠 수는 없다

한 때 제국주의 국가들은 약소국들에게 함부로 들어가 많은 문화재를 훔쳤다. 우리나라 역시 일본, 미국, 독일, 중국, 러시아 등으로부터 16만여 점이나 약탈 당했다니 국민의 한 사람으로서 생각하기만 해도 속상하고 안타깝기 그지없다.

왜 우리는 그것을 지킬 수 없었는지... 강대국 앞에서 한없이 무기력했던 약소국의 비참한 과거를 한없이 탓할 순 없겠지만, 돌이킬 수 있다면 타임머신을 타고 가서 돌이키고 싶은 역사 중 하나가 바로 우리의 소중한 문화재인 것은 바로 우리의 얼과 문화가 들어가 있기 때문일 것이다. 시대가 바뀌어 환수 운동이 벌어지고, 심지어 외국 경매장에서까지 우리 것(?)을 다시 사야 하는 비극이 벌어지고 있다.

이제 과연 우리는 무엇을 해야 하나? 무엇을 느끼고 어떤 것을 배워야 할까?

조정의 사분오열과 부정부패, 그리고 시대 흐름을 읽지 못한 것은 바로 약소국으로 전락한 패인이다. 문화를 더욱 융성하게 하고 나라를 부강하게 하면서 국민이 더욱 살기 좋은 행복한 복지 국가를 만들어야 한다. 앞으로의 세계는 문화재를 뺏고 빼앗기기 보다는, 앞선 문화를 받아들이고 수출하는 시대가 될 것이다. 그리고 문화의 소중함을 자라나는 아이들을 통해 교육하고 지켜내는 것은 바로 우리 모두의 일인 것이다.

내가 속해 있는 학교는 아주 좋은 문화를 형성한 학교라 생각한다. 선생님들을 대할 때마다 행복하고 가고 싶은 학교라는 느낌이 든다. 업무는 줄이고 수업과 상담에 집중하는 분위기, 큰일을 앞두고 함께 협업하여 부담을 줄이고 쉽게 처리하는 과정들은 분명 좋은 문화임에 틀림이 없다.

부장 등 선배 교사들의 솔선수범과 후배 교사들의 적극적인 후원이 한 몫 한 것은 물론이고, 관리자인 교장, 교감선생님 역시 자리에 연연하지 않고 현장과 소통하며 사람 중심의 비전 경영을 실천하는 수평적인 관계를 유지했기에 가능한 일이다. 문화는 사람이 만들어 가는 것이다. 사람과 사람과의 관계가 원만하고 믿고 의지할 수 있다면 무엇이든지 쉽게 기꺼이 할 수 있는 것이다. 내가 남을 믿지 못하면 진심을 다해 일하겠는가? 아마 겉치레만 하거나 형식적으로 하거나 보이는 부분만 일시적으로 수행해 결국 믿음에 금이 갈 것이다.

나라의 문화나 학교의 문화, 가정의 문화는 결코 쉽게 생기지도 또한 쉽게 없어지지도 않는다. 좋은 구성원이 있는 한 좋은 조직의 문화는 그대로 유지된다.

문화재를 훔칠 수는 있어도 문화를 훔칠 수는 없다.

한마음 한뜻이 되고 화합의 역사를 창조하는 일에 모두가 동참하는 이상 좋은 문화는 쉽게 허물어 지지 않는다. 그래서 좋은 리더를 가진 조직은 그 조직과 구성원에게 큰 행운임에 틀림없다. 좋은 학교 문화 역시 아무도 훔쳐갈 수 없다. 사람이 중심이 되는 행복하고 좋은 학교, 바로 모두가 힘써 심고 가꾸어 노력한 보물인 것이다.

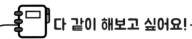

다 같이 해보고 싶어요!

★ 함께 만든 좋은 학교 문화는 곧 좋은 보물과도 같습니다.

학교에서 나는 무엇인가?

나는 누구일까?

내 이름은 석자 곽 주 철. 청운의 푸른 꿈을 안고 살아가는 이 시대 마지막 남은 순진 명랑 발랄한 무명교사 중 하나. 하지만 아직 큰 꿈을 이루지 못하고 스스로를 물속에서 잠겨 살고 있는 잠룡(潛龍)이라 여기며 묵묵히 삶을 배우며 나누며 살고 있다. 무림의 고수를 꿈꾸는 나그네처럼 이리저리 방황하고 있지만 쥐구멍에도 볕들 날 있고 개에게도 그의 날이 있음을 믿는 대한민국 젊은 로맨티스트. 하지만, 아직 나는 내가 누구인지 정확히 모른다. 시간이 좀 더 지나면 희미한 나는 더욱 선명해지겠지?

내가 좋아하는 것은? 지금의 나. 학교 가는 것. 아들과 노는 것. 아내와의 대화. 가족들에게 봉사하는 일. 글 쓰는 일. 작은 이벤트로 소소한 감동들을 이어가는 일!

교사는 누구인가? 아이의 성장을 도와주는 사람. 예전에는 많이 가르치고 잘 가르치는 사람이라 생각했지만 지금은 아니다. 내가 가르치지 않아도 아이들은 배울 수 있다고 믿는다. 오히려 교사의 교육이, 말이, 행동이 방해될 수 있기에 교실에서 가장 신중해야 될 사람은 ADHD도 아니고, 부진아나 우수아도 아니고 바로 교사라는 것. 어려운 문제를 나로 인해 도전하고자 하고 알아가는 기쁨과 감동을 발견하는 순간 쾌감을 느끼는 존재다. 그러기에 청출어람은 바로 교사가 지향해야 할 일이라 본다. 좋은 모범을 보여 아이들에게 영향을 미치는 부분도 없지는 않다. 하지만, 결정적인 부분은 바로 학생들이 스스로 자기 삶의 주인이 되도록 나아가게 도와주는 일이다. 이는 타율적인 강요나 지시가 아니라, 자발성이 전제되는 중요한 과업이다. 교사는 학생 없이 존재할 수 없으며, 좋은 교사는 좋은 배움을 이끌어 주는 주요 요소이다. 훌륭한 교사와의 만남은 인생을 바꿀 수 있으며, 나쁜 교사와의 만남은 역시 인생을 불행하게 만든다. 교사와의 좋은 만남은 삶을 기쁘게, 행복하게, 윤택하고 의미 있게 만드는 최고의 길임에 틀림이 없다.

나에게 교사란? 좋은 선생님을 만난 덕으로 지금의 내가 존재하였다. 초등학교 1학년 때부터 중, 고등학교, 대학교 교수님까지, 그리고 현재의 주변 선생님들은 곧 나의 삶이자 우리를 형성하고 있다. 선생님과의 학교생활, 수업 시간, 대화 시간은 나의 의미를 확인하고 나의 성장과 발전, 평가, 목표에 이르기까지 구석구석 영향을 미쳤음을 부인할 수 없다. 선생님이 웃을 때 내가 웃었다. 선생님의 노력으로 오늘의 내가 되었다. 그리고 교사가 된 지금. 내가 웃을 때 아이들이 웃는다. 나의 노력으로 새로운 아이가 탄생한다. 이 보람된 일은 하늘 아래 최고 직업, 아니 최고의 성스러운 일 아니고 또 무엇이랴? 내가 더 사랑한다고 월급을 더 받는 것도 아니고, 더 잘 가르친다고 일찍 승진하지도 않는다. 나는 그저 나의 일을 좋아하고 긍지를 느끼고 노력할 뿐이다. 절대 한시라도 허비해서는 안 되는 중요한 과업이다. 하나의 수업을 위해 몇날 며칠을 준비하고 투자하고 고민한 일은 헛된 일이 아님을 절감한다. 지금의 아이들을 위해 과연 나보다 누가 더 잘 알고 잘 가르칠 수 있단 말인가? 이럴 때 나는 내 존재의 중요성을 한껏 느낀다. 나만이 할 수 있고, 나이기에 가능한 일이 있을 때... 그리고 보면 이 세상에 내가 존재하는 이유는 명확하다. 내가 있기에 가능한 세상, 내가 있기에 배우는 아이들, 나로 인해 빛나는 학교와 세상... '내가 세상을 위해 살아야지'라고 다짐하지 않았더라도 나로 인해 세상은 변하고 있는 것이다. 나를 만나는 사람들, 교사로 인해 영향을 받은 학생들, 이 모든 것은 과연 위대하다고밖에 설명할 수 없는 것이다.

학교란 무엇인가? 교사와 학생이 사는 곳이다. 인생을 준비하는 곳이라고 하기보다는 교사의 삶터, 학생의 삶터이자 배움터이다. 여기에서 불행하면 인생이 불행한 것이요, 여기서 행복하면 인생이 행복한 것이다. 나는 학교에서 학교의 시스템과 사회의 시스템을 유리시키려하기보다는 삶과 직접적인 연관을 맺기 위해 존재한다. 내가 여유를 갖고 행복을 찾으면 분명 어디에선가 아이들은 배움의 기쁨과 쾌감, 여유를 찾을 것이다. 나로 인해 아이들이 행복해지는 공간이 바로 이곳, 학교인 것이다.

교사에게 행복이란? 내가 공부를 많이 하면 행복해질 줄 알았다. 나는 기본적으로 어릴 때부터 '무식한 것보다는 유식한 것이 낫다'는 명제를 믿어 왔다. 그리고 살면서 내가 배우게 되면서 나는 내 자신이 '많이 부족하며 아직 배울 것이 있다'는 믿음을 갖게 되었다. 이러한 나의 태도는 조금씩 바뀌게 되었다. 중요한 것은 지식이 아니라 사람이라는 것이었다. 사람과의 관계가 원만했을 때 거기에 행복이 있었다. 남과의 트러블이나 경쟁, 질투, 무관심, 미움 속에서는 결코 행복이 가까이 있지 않았다. 하지만 내가 이해하고 양보하고 고생했을 때 남들과의 관계가 원만해짐을 느꼈다. 그 속에는 남들이 나를 이해하게 되었기 때문이었으리라. 교사이기에 학생과의 관계가 순조로울 때, 얽힌 것이 풀릴 때 무한한 행복감을 느낀다. 아니 이건 교사이기에 앞서 인간과 인간에 대한 부분이기에 어떤 곳에서든 통하는 일일 것이다. 선생님으로 인해 행복한 아이, 아이들로 인해 행복한 선생님. 서로 사랑과 행복을 주고받으며 이곳에서 무엇인가의 가능성과 희망을 발견할 때 교사는 우주를 품에 안는 무한한 행복의 나라로 가게 된다.

아이들은 누구인가? 아이 없는 학교 없고 교사도 없다.

그러기에 아이들이 갑이요 상수다. 학교는 아이를 위해 있는 곳이다.

아이들로 인해 내가 존재하고 행복해지는 곳.

나로 인해 아이들이 달려오고 더욱 큰 꿈을 향해 달려가는 곳.

그곳이 학교이기에 학교는 곧 행복한 꿈의 배움터여야 한다.

 다 같이 해보고 싶어요!

★ 학교란? 교사란? 배움이란? 이런 질문들이 교사인 나를 잠 못 들게

하고 끝없이 연구하고 탐구하게 만듭니다.

새 학교 증후군

새 학교로 올 때면 늘 설렘과 걱정이 교차한다.
애들도 아닌데 마치 내가 애들인 것처럼 산다.
그러고 보면 우리는 늘 애들인 거 같다.

좀 더 좋았으면,
좀 더 편했으면,
덜 걱정스러웠으면...

그래서 아이를 더 이해하고 있는지도 모른다.
내가 걱정이 없으면 어찌 아이들을 이해할까?
아이들은 나보다 몇 배나 더 걱정이 있을 텐데...

하지만 새 학교에는 늘 사람들이 기다리고 있다.
나를 새 사람이라 부르지만,
나 역시 새 학교 사람들을 새 사람이라 부르고 싶다.

따뜻하게 맞이해주고, 서로를 위해주는 마음 속에서
나는 새 학교에서 희망을 본다.
새 학교라 쓰고, 초심이라 읽는다.

나의 새 학교 증후군은 바로 초심이다.

무명교사의 마음으로,
갓 발령 난 새내기 교사로 돌아가
나를 돌아보고, 세상을 향해 말한다.

나를 위해 기다리는 황금마차가 있는 것도 아니고
내가 이곳에서 부귀영화를 꿈꾸는 것도 아니다.

해마다 썰렁한 2월에 발령받아
스물다섯 평 남짓한 작은 한 칸을 맡아
아이들과 함께 꿈과 희망을 노래하는 나는
천생(天生) 교사다!

동료들과 함께, 아이들과 함께
사람을 향한다. 세상을 향한다.
나의 새 학교 증후군은 초심이다.
나의 새 학교 증후군은 꿈이다.

3부

강호의 고수되는 선생님

나의 신조와 실천

진리유상 촌교야사

眞理有常 村校野師

진리는 일상 속에 있다.

나는 조그만 학교의 무명교사가 되리라.

"나는 오늘도 고민하고 성장할 것이다.

내가 좋은 사람이 되면 결국

좋은 세상을 만들 수 있음을 확신한다."

- 곽주철 -

무명교사의 기도

먼저 세상 어느 직업보다 아름다운 교직을 택한 것을 감사합니다.
그 중에서도 작은 학교의 무명교사로 몸담게 한 것을 크게 감사합니다.

재잘거리는 아이들과 함께 할 수 있게 하고,
아이들의 성장 속에 기쁨을 누릴 수 있도록 하심을 감사합니다.

때로 고단하고 외로운 길일지언정
묵묵히 가르치는 보람과 배움의 희열을
동시에 누리게 하심을 감사합니다.

몽매한 아이 슬기 넘치게 하고
게으른 아이 부지런하게 하고
갈 길 잃은 아이 뚜렷한 희망을 갖게 하는 것,
이 모든 것이 선생님을 통한다는 것으로도
내가 받을 인생의 보상이요,
최고의 축복으로 여기겠습니다.

먼 훗날 떠나간 제자 다시 찾아 와
재회의 기쁨과 아련한 추억을 다시 떠오르게 할 수 있는
지상 최고의 뜨거운 순간을 갖게 해 주심을 감사합니다.

그리 넓지 않은 스물다섯 평 한 칸 교실이지만,
아이들과 함께라면
세상에서 제일 큰 기쁨과
웃음소리 나는 우주임을 알게 해 주소서.

하늘 아래 최고 일을 하고 있도록
이 땅 위에서 큰 보람 느끼도록
무명교사로 세우게 하심을 감사합니다.

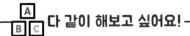 **다 같이 해보고 싶어요!**

★ 주고 또 주는 교사는 하늘 아래 최고 일임에 틀림없습니다.

생각을 바꾸면 달리 보입니다

딩동! 선생님 많이 힘드시죠?
빨리 주말과 방학이 왔으면 하는 생각.
아이들이 없으면 학교는 참 좋다는 생각.
퇴근 후에는 아이 생각을 완전 잊겠다는 생각.
나쁜 생각들이죠?

왜냐하면 아이 없는 학교는 의미가 없고,
학교는 아이로 채워야 하기 때문입니다.

바꿔서 생각해 보세요.

아이를 통해 성장하는 선생님!
아이 없인 못하는 선생님!
아이 통해 함께 웃고 힐링하는 선생님!

바꾸세요!
생각을 바꾸면 아이가 달리 보입니다.
아무리 부족한 아이에게도 잘 하는 것이 있습니다.

찾아보세요.
아이를 자세히 들여다보면
선생님을 괴롭히는 아이에게도
하나의 강점을 찾을 수 있습니다.

누구나 하나의 잘 하는 점은 있잖아요.
그것을 칭찬합시다.
그것을 지펴 크게 불타오르게 만들어 봅시다.

교직생활은 나날이 괴롭고 힘든 과정입니다.
당신이기에 할 수 있습니다.
함께 하기에 우리는 해낼 겁니다.

더 나은 학교를 위해
더 행복한 아이를 위해 힘써 봅시다.

생각을 바꾸면 세상은 다르게 보입니다.
생각을 바꾸면 아이가 다르게 보입니다.

우리는 아이를 사랑하는 선생님입니다.
우리는 아이가 사랑하는 선생님입니다.

A
B C **다 같이 해보고 싶어요!**

★ 교직은 다양한 사람을 만나는 힘든 여정입니다.
   그러나 아이를 사랑하는 당신은 언제나 존경받아야 합니다.

참 좋은 선생 노릇 해보고 싶어요

한 학기를 마치며 전국의 모든 학교의 여름 방학이 시작되었다. 많은 선생님들이 각종 연수와 출장으로 학교를 비우지만, 나는 돌봄 교실 아이들 지도를 위해 계속 학교를 나간다. 한 해의 반을 보내며 아이들과 함께 한 지난 학기를 돌이켜본다.

천혜의 조건을 갖춘 칠보산 중턱에 자리 잡은 작은 시골 학교에서 손이 꽁꽁 언 상태로 시작했던 입학식, 깔깔껄껄 하하호호거리며 즐겁게 생활했던 학급활동, 노래 부르며 박수치고 수업하다 보면 언제 시간이 지나갔는지 모를 정도로 기쁜 시간들로 가득 차 있다.

초등학교 2학년을 맡고 있는 나는 열여섯 천사들과 함께 하게 된 지금이 아주 행복하다. 내가 아이들에게 가르쳐주는 것보다 오히려 내가 아이들에게 많은 것을 배운다. '내가 너무 가르치려고만 한 것은 아닌가?'하며 반성을 해 본다.

한 여자 아이가 말한다.
"선생님 내년에도 선생님과 같은 반 되고 싶어요."
"그래. 선생님도 너랑 같은 반 되었으면 좋겠네."
"중학교, 고등학교까지 같은 반 되고 싶어요."
"선생님이 고등학교까지 가야 되겠네. 하하하."

이런 말 들을 때마다 나는 기쁘기보다는 뒤통수를 얻어맞는 거 같다. 나는 왜 먼저 아이들을 사랑한다고 말하지 않았는지, 또 내가 왜 더 좋은 수업을 하지 못했을까하며 자책을 하기도 한다. 그 아이의 말이 사실이라면 좋겠지만, 다른 아이들도 과연 그와 같은 생각일까 말이다.

　학교생활이란 것이 이렇게 아이들과의 만남만 있으면 오죽 좋으련만. 업무 분장에 따른 업무 추진에, 행사, 공문 처리 등을 하다보면 정말로 중요한 수업 준비와 아이들과의 만남에 점점 소홀해진다. 이건 전국의 모든 교사들도 나와 같은 심정일 것이다. i°나는 완벽한 상태에서 근무하고 있다i±라기보다는 여름에는 더욱 덥고 겨울에는 더욱 추운 i°열악한i± 학교 건물 안에서 현실을 극복해야 하는 것은 교사의 한 역할이 되어 버렸다. 그래서 최근에 추진하고 있는 교원업무 경감 정책이나 교육정상화 정책은 정말 좋은 정책임에 틀림없다. 진정으로 교사를 지원하고 도와주고 좋은 교육하라는 뜻으로 여기고 학교에서 적극 받아들이면 좋을 텐데, 이 또한 업무로 생각하는지 학교마다 천차만별인 거 같아 여전히 아쉽기만 하다.

　"얘들아 안녕? 좋은 아침이야!"라고 시작한 학교생활이 아이들과 웃다 싸우다 몰두하다 하루를 보내고 나면 늘 바쁘기만 하고 왠지 부족한 교사생활을 하는 거 같아 자신을 자책하곤 한다.

　학교에서 가장 중요하고 꼭 해야 하는 일이 바로 아이들과의 만남과 대화라 생각한다. 아이들의 삶 속으로 파고 들어가 마음껏 안아주고 칭찬하고 아이들의 성장에 불을 지피고 싶다. 그럼에도 불구하고 내가 아이들의 말을 경청하기보다는 잔소리를 많이 하는 내 교육법을 반성한다. 아이들에게 공을 넘기고 많은 시간 활동할 기회를 줄 때 '이렇게 해도 되나' 싶지만 결과는 나의 잔소리 수업보다 훨씬 더 좋은 결과를 얻는다. 말하기 힘들어 하고 바쁜 교사의 말을 줄이고, 말하고 싶어 하며 심심한 아이의 말과 활동량을 늘리려는 것인데 둘 다 좋은 것 아닌가? 그렇다. 중요한 것은 내가 교수-학습 방법이 부족한 것이 아니다. 내가 아이 중심에서 생각해 보았는지, 내가 의도적으로 교과서 중심의 진도 나가기 교육을 하는 건 아닌지, 수업의 대부분을 아이의 활동이 아닌 도입 부분에 지나친 할당을 하는 건 아닌지를 되돌아보는 것이 더 중요하다. 교사 중심이 아닌 소외되는 아이, 어려운 부분을 '다 알겠지?'라며 무심코 지나친다면 아이들에게 진정한 배움은 일어나지 않을 것이다. 즉, 전체를 대상으로 집단 교육을 하게 되면 개별 학생의 성장을 절대 파악할 수 없다. 아이는 어른이 다 알거라 생각하는 쉬운 용어조차도 낯설게 느끼는 일이 흔하다. 문제는 이를 짚어 주고, 다시 반복해보며, 또 지루하다면 질문을 바꾸어 퀴즈와 같은 형태로 재질문하는 태도를 취해야 한다는 것이다. 그래서 아이들이 가장 어려워하는 과목이 수학이다. 수학은 선생님이 한 문제 풀어주고 "다 알겠지?"라며 전체 질문을 해버리면 수학 우수아 중심으로 수업을 전개해 많은 부진아를 양산하는 구조를 가질 수밖에 없다. 즉 실제로 문제를 풀 때는 어떻게 풀어야 하는지 막히는 아이들이 발생하게 된다. 상위권 아이는 상 받고 하위권 아이가 벌 받는 구조라면 과연 교사의 역할은 무엇인가? 이러한 서열식, 차등 교육을 실시한다면 모든 아이들이 실패할 수밖에 없다. 이를 두고 교사가 "아까 설명해 줄 때 안 듣고 뭐했어?"라고 한다면 아이들이 과연 수학을 좋아하겠는가? 지식은 실제로 말해보고, 표현하고, 조작하고, 발표하는 가운데 쌓이는 것이다. 단지 교사의 설명을 듣기만 하고서 자신의 지식으로 완전히 채울 수는 없다. 그래서 아이가 행복한 수업을 전개하기 위해 다음과 같은 물음을 자신에게 해본다.

1. 아이가 중심이 된 교육을 하고 있는가?
2. 아이가 직접 활동해 보는 교육을 하고 있는가?
3. 교사의 개입이 지나치게 많지 않은가?
4. 아이 수준에 맞는 맞춤형 교육을 위해 하나하나를 보고 있는가?
5. 설명은 적게 하고 확인을 많이 하고 있는가?
6. 사랑과 정성으로 아이들을 대하는가?
7. 진심을 다해 교육을 하고 있는가?

8. 아이를 꾸짖기 전에 칭찬과 격려를 하고 있는가?

9. 아이가 알고 있는 부분부터 출발하여 교육하고 있는가?

10. 아이의 발견에 칭찬하며, 부족한 부분에 대한 보충을 하고 있는가?

그래서 중요한 것은 교사의 마음가짐이다. 내 마음이 아이에게 향하고 있으면 그것은 어떤 수업법이 되더라도 분명히 아이의 마음에 도착할 것이다. 조금 미숙하더라도 내가 아이에게 향하는 마음을 아이가 눈치채고 진심으로 받아들인다면 그보다 더 좋은 수업이 어디 있을까? 하지만 아이가 아닌 다른 곳에 학습 목표를 정한다면 결코 그 수업은 아이에게 도달하지 못할 것이다. 교육이 사람을 향하는 것은 이렇게 중요한다.

내 스스로 정한 물음에 답해 가면서 참 좋은 선생 노릇 해보고자 지난 학기를 반성해 본다. 그리고 다음 학기는 이러한 반성을 통해 더욱 아이를 향하는 교육을 지향할 것이다. 내가 아이에게로 향하는 마음을 갖고 있는 한 아이들은 결코 나를 외면하지 않을 것이다. 행복한 수업, 즐거운 교실은 그리 멀리 있지 않다. 작은 것에서부터 하나하나 실천하다보면 나의 수업도 조금 더 나아지겠지? 나와 함께하는 아이들의 웃음소리도 하하호호 깔깔껄걸 더 크게 들리겠지?

A
B
C 다 같이 해보고 싶어요!

★ 좋은 교사가 되기 위한 물음이 많습니다. 그러나 내 마음이 아이를 향한다면 이미 잘 되어 가고 있는 것입니다.

꿈이 없는 선생님이라고?

교육청에서 주관하는 「교육과정 워크숍」에서 자기소개를 하는 기회가 있었다. 종이에 자기이름을 쓰고, 자기의 꿈과 롤모델을 적고 좌우명을 적어서 발표를 하는 것이다. 요즈음은 강사 한 명이 전체를 대상으로 일방적인 강의를 하기보다는 이렇게 생각하기-쓰기-발표하기 등의 열린 토론 형태를 많이 접하게 된다. 개인적으로 바람직하게 가고 있다고 보며, 강의식 수업의 한계를 극복해보자는 반발작용에서 도전하는 것일 게다.

교실에서 약 서른 명 남짓한 부장교사들은 잠시 무얼 적을지 고민에 잠겼다. 아이들에게 "큰 꿈을 가져라!"라든가 "넌 꿈이 뭐니?" 등등 꿈에 대한 지도를 많이 해보긴 했어도 막상 교사 자신의 꿈을 생각해보라고 하니 펜이 떨어지지 않는 사람도 있었다. 곳곳에서 웃음소리가 들리기도 했고, 신중하게 적는 소리가 들리기도 했다.

드디어 발표하는 시간이 되었다. 서로의 꿈은 서로의 모습처럼 각양각색이기 마련이다. 학교라는 곳에서 10여년 이상, 많게는 20년 이상의 선생님들이 모인 곳의 꿈이 궁금해지기도 했다. 정리해보면 선생님의 꿈은 세 가지 정도였다.

첫째, 농부, 목수, 소설 작가 등 구체적인 직업을 언급하였다. 정년 후에 자연과 더불어 살아가고 싶다는 여유가 스며들기도 하였다. 그리고 어린 시절 문학이 좋아 그 꿈을 이루고 싶어 하는 분도 계셨다.

둘째는, 어떤 사람이 되느냐에 대한 꿈이었다. 교사가 된 것도 꿈을 이룬 것이다. 그래서 좋은 교사 되기, 좋은 교장 되기를 포함하여 보다 인간다운 인간이 되기를 바라는 부분이었다. 아침이 되면 관리자로서 좋은 표정을 지어 교사를 편하게 해주겠다는 의견을 제시하여 큰 웃음을 선사한 분도 있었다. 즐겁고 행복하게, 그리고 자유롭게 살고 싶은 의견이 몇몇 있었다. 아마도 부장교사를 수행하는 동안 시간에 쫓겨 자기 시간을 갖지 못한 개개 사연이 있으리라! 오늘이 순간(present)이 선물(present)이니 하루하루 감사하게 살기도 있었다. 좋은 교사가 좋은 삶을 만들려는 노력의 흔적들이다.

셋째는 좀 독특하다. 여유가 없고 바빠서 생각을 전혀 해보지 못했다는 것이다. 학생들에게는 '명확한 꿈을 가져야 꿈을 가질 수 있다. 구체적인 꿈을 꿔라'고 하지만 막상 자신은 명확한 꿈보다는 "그날그날 충실히 살자"로 굳어져 꿈을 잊어버렸다는 것이다. 교육자라기보다는 업무에 시달린 바쁜 직장인이라는 생각이 떠올라 순간 애처롭기까지 하였다.

꿈이 없는 교사를 보며 학교에서 과연 아이들이 꿈을 키워갈 수 있을지 걱정스러운 점이 있다. '교사는 아이들이 꿈을 갖도록 하면 되지 뭐'라고 간단히 생각할 수 있다. 나는 그렇게 생각하지 않는다. 왜냐하면 아이들은 교사를 통해 배우는 것이다. 교사의 언행 속에서 아이들이 자라고, 교사를 롤모델로 학교에서 많은 시간을 보내는 것이다. 교사의 배움이 아이들의 배움이 되는 것이다. 그것을 잠재적 교육과정이라고 한다.

교사와 학생의 교감 속에서 은연중에 배우는 것이 정말 많다. 인생을 살아가면서 어려운 일이 발생할 때 "우리 선생님은 이럴 때 이렇게 하셨어!"라든가, 선생님의 가르침을 명언 삼아 이겨내고 힘을 내는 것이 바로 학생이다. 꿈을 가진 교사 아래에서 진정한 아이들의 꿈이 영글어간다. 꿈이 없는 교사 아래에서 배우는 아이는 결코 꿈을 가질 수 없다.

복권이나 로또에 당첨되었으면 좋겠다는 허황된 꿈, 건물 월세를 받으면서 노후를 돈 걱정 없이 살겠다는 안이한 꿈, 연금이 나오니 그저 백수로 살아야겠다는 천박한 꿈은 결코 아이들 가슴에 불을 지펴주지 못한다. 구체적인 직업이나 할 일도 좋고, 어떻게 살아가야 할지 명확히 정하는 것도 좋다.

교사의 고귀한 꿈과 가치가 아이들에게 전이(轉移)가 일어나는 것이니 교사의 언행과 발걸음을 함부로 해서는 안된다. 교사는 교과서를 가르치는 사람이 아니라 꿈이 없는 아이에게 꿈을 주는 사람, 희망을 뿌리는 사람이기 때문이다.

교사는 아이들의 꿈이다.

그래서 교사의 꿈은 반드시 필요하다.

ABC 다 같이 해보고 싶어요!

★ 선생님은 아이들 머리와 가슴에 불을 지핍니다. 좋은 꿈을 꾸어 아이들이 자연스럽게 생활 속에서 본받도록 한다면 얼마나 좋을까요?

교무실에 끌려가는 선생님 되지 않도록

승진하는 사람이 빠져서는 안 될 세 가지가 있다.
내가 남보다 잘났다는 자만,
내가 남보다 많이 알 거라는 교만,
내가 남을 함부로 해도 될 거라는 거만이다.
자만, 교만, 거만은 리더의 경계 3만이다.

오르면 오를수록 사람은 더 겸손해져야 한다.
높아질수록 더 낮아지고, 낮은 곳에 있어야 한다.
앞으로 갈수록 뒤를 되돌아볼 줄 알아야 한다.
사람을 향해야 한다.

학교는 교장실, 교무실에서만 일하는 게 아니다.
교실에서 연구실에서 유치원에서 특별실에서 급식실에서
보건실에서 특수학급에서 운동장에서 화장실에서 계단에서
복도에서 도서관에서 선생님은 일한다.
학교에서는 아이들이 있는 곳이 일하는 곳이다.
교무실에 내려오라는 것은 일하지 말고 중지하라는 것이다.
수십 년 동안 교무실에 불려가고 아니 끌려가고
마치 교도소나 경찰서 가듯이 부담스럽게 가는
잘못된 행태와 악행은 멈춰야 한다.

학교는 선생님이 출근해서 아이들을 가르치고 퇴근하는 곳이다.

선생님이 중심이다.

선생님이 잘 가르칠 수 있도록 지원하고 연구하고 힘써야 한다.

선생님을 위해 예산을 쓰고, 선생님들 위해 반성해보아야 한다.

언제나 선생님의 고초를 이해해야 한다.

언제나 선생님의 노고를 위할 줄 알아야 한다.

언제나 선생님의 소리를 들을 줄 알아야 한다.

내가 학교를 떠나는 날

선생님을 위하던 선생님 가신다는 말을 들을 수 있도록 할 것이다.

그것은 바로 내가 세상을 바꾸는 일이라고 굳게 믿는다.

선생님을 향하면, 선생님이 아이를 향하고, 아이는 꿈과 미래를 향한다.

좋은 나라, 명문 학교는 우수한 선생님이 출발이다.

선생님을 향하리라!

빛이 되시는 선생님, 끌려가지 않도록 할 것이다.

A **B** **C** **다 같이 해보고 싶어요!**

★ 선생님이 계신 곳이 가장 빛나는 곳입니다.

오늘도 빛나는 곳에서 아이들을 잘 이끌어 주세요.

모범을 보이는 것이 잔소리보다 낫다

복도에서 아이들이 뛴다.

"복도에서 뛰지 마."

"뛰면 위험해. 부딪힌다."

교실에서 아이들이 떠든다.

"교실에서 조용히 해."

"사람들에게 방해가 된다."

"조용히 했으면 좋겠어."

교사는 학교에서 아이들에게 잔소리를 한다. 그리고 단 한 번 말한 것으로 아이들이 고쳐지지는 않는다. 그래서 다시 해야 하고, 반복하게 되고, 그것은 잔소리가 된다. 잔소리를 해도 금방 고쳐지지 않으니 교사는 인내를 가져야 하고, 교육 방법이 필요하다. 그래서 재미있는 역할극을 통해 '아 뛰어서는 안되는구나', '조용히 해야겠어'라고 체감하게 하기도 한다. 책을 읽어 조용히 하는 분위기를 만들기도 한다. 또 체육활동을 많이 해 나쁜 기운을 빼내고, 운동장에서 신나게 놀다 보면 교실에서 활기차면서도 밝은 분위기 속에서 수업을 할 수 있다.

잔소리는 필요하되 잘못 활용하면 필요악이 돼 버린다. 누군가에게 잔소리는 '왜 나만 갖고 그래? 다 뛰는데...', '앞에서는 잘 하자. 뒤에서 뛰자'라는 이중적인 행동을 하게 된다.

교사는 이런 일 저런 일 다 겪어 보기에 잘 하는 사람에게 칭찬을 하기도, 그렇지 못할 경우 훈육하기도 한다. 칭찬도 훈육도 모두 필요한 교육이다. 이러한 일로 학부모로부터 항의를 받더라도 학교는 적절하게 대처를 해야 한다. 정상적이고 교육적인 일로 항의를 받는다면 이해를 시킬 부분이지 교사를 책망할 필요는 없고, 그럴 경우 교사는 학부모에게서보다 교육자가 된 자체에 대한 절망과 환멸을 겪어 열정이 꺾일 수가 있는 것이다.

학교 관리자가 생활지도를 잘 하라고 했다면 마땅히 칭찬이든 훈육이든 교육자적인 소신과 열정, 그리고 명령에 대한 복종, 교사의 양심 등 모든 것이 들어 있음을 잊어서는 안된다. 칭찬은 옳고 훈육은 나쁜 이중적인 잣대가 잘못된 것이지, 교사의 지도는 마땅히 존중받아야 하며 소신과 철학을 갖고 지도할 수 있도록 지지해야 하는 것이다.

교사에 대한 학생 지도에 대한 권위는 필요하며, 학생의 인권과 마찬가지로 교권은 보호받아야 하다. 수요자 중심 시대라고 학생 인권에만 치우친다면 그것은 조화로운 인간 성장에도 한계를 가질 뿐이다. 교권과 인권이 나란히 병립하고 조화를 이루도록 지원하고 노력하는 시스템의 정착이 필요하며, 여기에 학교 공동체 모두의 노력과 이해가 요구된다.

잔소리는 필요하되, 그 너머를 보자! 학교에서는 교사를 통해 새로운 세상을 본다. 마치 동굴 속에서 교사를 통해 어둠을 헤쳐나가 환한 빛을 보는 것이다. 교사의 모범과 지향점이 아이들과 일치되었을 때 아이는 잔소리보다 더 큰 감명과 교육을 체감하게 된다. 때로 웅변보다는 침묵이 더 강하다. 잔소리는 할수록 듣기 싫지만, 침묵은 시간이 지날수록 빛을 발한다.

나는 선생님들이 스스로 모범을 보이고 노력하는 존재라 본다. 기본적으로 지적 역량을 갖고, 높은 도덕성을 갖고 있으며, 아이들에게 모범을 보이고자 나날이 애쓴다. 각 교사가 가진 일련의 생각과 말, 행동이 아이들의 생각과 말, 행동 나아가 습관과 생활, 그리고 인격에 큰 영향을 미치는 것이다. 교사가 복도에서 뛰지 않으면 아이들은 그것을 은연중에 배울 것이고, 교사가 가르침에 즐거움을 가지면 아이들은 배움을 은연중을 즐거워할 것이다. 교사가 체육을 좋아하면 아이들도 체육을 좋아하게 되고, 음악과 미술을 좋아하면 마찬가지로 그 교과를 좋아하게 된다. 잠재적 교육과정의 힘은 실로 놀랍다. 담임을 1년 맡아보면 아이들이 좋아하는 것이 꼭 내가 좋아하는 것이다. 마치 "이 산에 올라가면 참 좋아. 함께 올라가보자!"라는 권유의 말과 의욕이 아이들에게는 무언가 미지에 대한 희망과 용기를 갖게 해주는 힘이 있다. 명령에 죽고 사는 군대도 아니고 억지로 산에 올라가라고 강요하면 누가 올라가겠는가? 다만 선생님이 즐겁게 사는 모습과 청사진 속에서 아이들은 그를 믿고 도전하며 교사가 꿈꾸었던 그 이상을 달성해내게 된다. 교사의 모범은 결국 청출어람으로 돌아와 교사의 생각과 꿈을 넘어서게 된다.

나는 오늘도 교실에서 잔소리하고 있을 교사를 응원한다. 그리고 모범을 보이며 '오늘도 신나게 공부해볼까?'라며 용기를 나게 하는 선생님을 존경한다. 우리 교실에서도 아이들이 나날이 나를 넘어서길 기대한다. 아이들과의 만남이 즐겁고 가르치는 보람이 있기에 나는 아이들과 함께 할 것이다.

"우리 다시 한 번 시작해볼까? 선생님도 너희들과 함께하니 오늘 기분이 좋은데!"

A B C 다 같이 해보고 싶어요!

★ 오늘도 모범을 보이는 선생님!

아이들은 선생님 뒷모습 보며 자랍니다.

공부 못하는 아이를 이해 못하는 선생님

대부분의 선생님은 본인이 학교를 다닐 때 공부를 잘 하는 쪽에 속했다. 주변의 많은 칭찬과 기대를 받았고 우등상을 받기도 했다. 친구들은 부러워하고 늘 선망의 대상이 되기도 한다. 공부에 대한 부담이 없는 사람이야 이 세상에 아무도 없을 것이다. 그러나 학습 열등생에 비해 우등생은 훨씬 즐겁고 재미있게 공부를 한다. 왜냐하면 교사는 수업을 진행할 때 잘 하는 사람 중심으로 하게 되기 때문이다.

이에 의문을 제기하는 교사가 있을 것이다. 대개 교사들은 중위권에 맞추어 수업을 전개한다고 생각한다. 과연 그럴까?

교사가 수업을 진행할 때 어려운 부분을 설명하기도 하고 토론하기도 한다. 시간에 쫓긴다. 일부 학생이 이해하고 다른 학생은 이해를 못한다. 그냥 넘어간다. 이러한 과정의 수업을 **"학생 유인 현상"**이라 부른다. 학생이 하는 대로 수업이 진행되는 수업 특성이다.

교사 : 알겠지?
학생 : 예!(사실은 잘 모름)

학생을 하나하나 보지 않고 전체로 볼 때 학생 유인 현상이 많이 발생한다. 마치 "군대식 수업"이란 이름을 붙이곤 한다. 몰라도 아는 것처럼 대답해야 하고, 선생님이 물었는데 감히 모른다 하기에는 시간도 부족하고 그게 예의라 생각하기도 한다. 이런 저런 이유로 잘 모르는 것을 그냥 넘어가기 일쑤다. 이것이 누적되다 보면 성적이 떨어지고 학습 부진이 되기 마련이다. 결국 그 과목을 싫어하고 공부를 어려워하는 것이다. 보충 학습을 하거나 개별 학습이 진행이 되면 문제가 없겠지만 많은 과목을 공부해야 하는 입장에서 이렇게 부진은 계속 양산된다.

공부를 잘 하는 학생은 교사와의 소통이 원활하고 칭찬을 받기에 행복한 학교 생활을 하게 된다. 수업이 기다려지고 안정적으로 공부를 하게 된다. 그러나 반대로 공부를 못하는 학생은 질문을 할까봐 걱정이다. 왜냐하면 자신의 대답이 틀릴 수 있기 때문이다. 거기서 그치지 않고 만약 공부 못하는 학생을 무시하거나 웃음거리가 되는 상황이 발생한다면 인권 침해 및 학습권 박탈이라는 일이 생기게 된다.

수업과 학습에도 빈익빈부익부가 발생하는 순간이다. 이를 방지하기 위해서는 교사는 학생을 전체로 보지 않고 각각의 소중한 존재로 인식하는 것이 필요하다. 교사는 전략이 필요하다. 학생 하나하나에 대한 관심, 학생의 반응에 대한 개별 피드백, 상호 토론을 하게 하거나 발표를 통해 확인하는 노력이 필요하다. 진도를 빨리 나가는 "오토바이식 수업"이 아니라 **더디 가더라도 함께 하는 "더불어 수업"**을 이어가야 한다.

각자가 알고 있는지 모르고 있는지 써보게 해야 한다. 말하게 하면 두려워서 말 못하는 상황이 많다. 부끄럽기도 하고 나만 모르는 것은 아닐까, 내가 말했다가 오히려 친구들로부터 부정적인 시선을 받지는 않을까라는 부분이 있으므로 교사는 이런 정의적인 부분을 만져 주어야 한다.

"틀려도 괜찮아. 그만하면 잘 한 거야!"의 허용적이고 수용적인 분위기가 필요하다. 그리고 그러한 용기를 칭찬하고, 사전에 장애 요소를 파악하는 교사의 총체적 수업 노력을 해야 한다. 이것은 부분적으로 필요한 것이 아니라, 전문적이고 우수한 교사의 능력인 것이다.

그래서 교실 수업에는 학급 약속이 있다. 서로 존중하고 무시하지 않기, 친구의 의견에 경청하기, 순서를 정해 말하기 등 학생들이 스스로 정하고 실천해 주는 따뜻한 마음이 중요하다.

우등생에게도 친구가 조금 못하더라도 무시당하지 않게 함께 참여를 하도록 하면 더불어 사는 마음까지도 배우게 된다. 수업에서는 한명의 소외나 배제가 있어서는 안 된다.

여러 해 가르쳐본 교사는 안다. 공부 잘 하는 아이 칭찬해 주고 가르친 결과 선생님을 찾아오지도 않고 자기 자신이 잘 해서 공부 잘 하는 줄 안다고 터득하게 된다. 하지만 모르는 부분을 친절하게 가르쳐주고 기다려주는 선생님에 대한 감사의 마음을 느낄 때가 있다. 못다 핀 한 송이의 꽃이 피려고 움직이는 순간이다. 교사의 보람과 전문성은 여기에 있다. 잘 하는 아이 잘 하게 하는 게 아니라, 못하는 아이 잘 하게 하라고 월급 주며 전문가라고 인정하는 것이다.

교사의 박애 정신은 멀리 있지 않고 교실 안 학생들과의 관계에서 출발한다. 누구나 소중하다는 생각, 누구든 잘 하는 게 있다는 믿음이 가장 교육적인 행위이자 우러러 봐 마땅한 부분이다.

학교는 공부를 하러 온 곳이다. 모르는 것을 배우러 온 곳이다. 모르는 것을 알게 하는 교사가 아는 것을 칭찬만하는 교사보다 우월한 것이다.

우수한 학생들을 뽑아 좋은 대학에 진학시키는 학교가 좋은 학교가 아니다. 어려운 여건 속에서도 사랑과 진심을 갖고 학생을 믿고 땀 흘리며 지도하는 가운데 한 송이 못다 핀 꽃을 피우는 학교가 진정 좋은 학교이다. 공부 못하는 아이의 마음을 이해하고, "왜 그렇게 생각하는지" 진심으로 관심을 가지면 아이는 학교에서 '상처'받지 않고 '힐링'하는 인재로 거듭날 것이다.

학급에 부진아가 있으면 하늘이 그대를 훌륭한 교사로 만들기 위한 절호의 기회를 주었다고 생각하자. 그게 교육적이고 인간적인 길이다.

🅰🅱🅲 **다 같이 해보고 싶어요!**

★ "틀려도 괜찮아. 어때? 학교에 몰라서 배우러 왔잖아." 허용적이고 수용적인 태도가 아이에게 도전적인 기회를 줍니다.

우리 반 아이들에게 보내는 마지막 수업 이야기

마지막이라는 말을 하기 싫었는데 어느새 오늘 그 시간이 돌아왔다. 지난 1년간 크고 작은 많은 일들이 있었지만 행복했고, 우리는 함께 이겨내고 걸어왔다. 좌절하지 않았고, 대신에 새로운 방법을 찾았으며 계속 도전을 해왔다. 나에게 그것은 노하우(know-how)가 되었으며, 나를 더 강하게 만들었다. 교실이 시끌벅적, 눈이 반짝반짝 언제나 생동감 넘치는 우리 반! 하나하나가 모두 꽃처럼 아름답고 별처럼 빛났던 너희들! 특히 너희가 몰랐던 부분을 알게 되었을 때 선생님으로서 큰 기쁨을 맛보았고, 아하!라는 말이 교실 곳곳에서 울려 퍼질 때 그 소리는 학교에서 가장 듣기 좋은 소리였어.

우리 반은 최고의 반이었다. 세상 어디에 내 놓아도 볼 수 없는 좋은 반이다.

매일 친구들의 아침이야기 발표와 질문이 있는 반, 매일 모둠 배움 일기를 통해 하루를 되돌아보고 칭찬 릴레이를 하는 반, 부모님과의 적극적인 소통과 댓글이 이루어지는 반, 급식시간 점심을 잘 먹는 반, 줄넘기를 잘 하는 반, 그림을 잘 그리는 반, 노래를 잘 하고 악기 연주를 잘 하는 반, 달리기를 잘 하는 반, 협동을 잘 하는 반, 우리 역사를 좋아하는 반, 수학을 잘 하는 반, 책 읽기를 잘 해 1년에 2번이나 최우수 독서상을 받은 반, 그리고 상상력이 풍부한 반이다. 전담 선생님들이 잘 아신다. 우리 반은 학급 태도가 바르고 질서와 예의를 잘 지키며 아주 똑똑한 반이라고. 보고서도 잘 쓰고 발표도 잘 하게 된다는 평가는 이 모든 것을 잘 보여주는 것이다. 그래서 우리는 남들이 부러워하는 학급, 부모님들이 믿고 맡기는 반, 바로 우정 만땅 희망 가득한 4학년 7반을 이루었다.

오늘 마지막 선생님의 수업을 하면서 몇 가지 당부를 하고자 한다.

우선, 꿈을 꾸면서 살아라. 일이나 공부를 할 때는 계획을 세우고 이루어 가야 하는데, 계획에는 하루의 계획, 주간계획, 올해의 계획, 그리고 평생의 계획이 있다. 물론 계획은 바뀔 수도 있지만 나는 철저히 지키려고 애썼다. 도서관 가기, 체육시간 활동적으로 하기, 수업시간 재미있게 준비하기 등. 왜냐하면 계획은 나 자신과의 약속이기 때문이다. 너희들도 꿈을 꾸면서, 작은 꿈부터 이루면서 살아가길 바란다. 왜냐하면 꿈은 자신과의 약속이고, 또 꿈은 나를 이끌어주는 친구이기 때문이야.

둘째, 자기가 좋아하는 일에 집중하여라. 내가 잘하는 일, 좋아하는 일을 할 때 사람은 행복하다. 우리 반에는 역사를 좋아하고, 축구를 잘하고, 미술을 잘 하고, 혹은 악기 연주를 잘하는 사람이 있다. 어떤 분야든 상관없다. 이것을 할 때 얼마나 즐거운가? 좋아하는 일에 미칠 때 공부가 되는 것이고, 우리는 그것을 성공이라 부르며, 행복한 인생을 살게 되고 나아가 그것은 하늘이 내린 사명이라는 것을 깨닫게 될 거야.

셋째, 자기 자신을 이겨야 한다. 게으르고 나태한 마음, 더 가지려는 욕심은 버려야 한다. 자기를 이기면 내가 좋은 사람이 되고, 내가 좋은 사람이 되면 세상을 바꿀 수 있다. 세상은 나로 인해 시작되며, 나를 통해 세상은 늘 새로운 의미가 있는 것이다. 바라건대 오직 한 가지 욕심을 가진다면 일본을 이겨다오. 지금으로부터 100년 전 우리는 우리 땅에서 일본의 지배 아래 온갖 침략과 약탈과 부끄러움을 당해야 했다. 지금은 그때가 아니다. 우리는 강해졌고, 일본을 이기는 부분도 많고 일본을 만날 때는 언제든 당당해졌다. 이제는 일본이 우리를 부러워하는 부강한 나라를 만들어야 하는 것이 바로 너희들의 일이다.

넷째, 가족을 소중히 하라. 부모님은 나를 낳아주셨다. 이는 평생을 갚아도 못 갚는 일이다. 부모님께 효도하고, 형제간에 우애를 지키는 것은 바로 우리나라, 온 세상을 행복하게 하는 길이다. 지금은 가족으로부터 사랑을 받아야 하는 때이지만, 너희가 언젠가는 가족을 책임지고 가족을 사랑해야 하는 때가 온단다.

끝으로 봉사하는 사람이 되어라. 남을 위하는 일은 자신을 위하는 일보다 몇 배나 기쁜 일이다. 이제 우리나라는 1인당 국민소득이 3만 불 되는 세계 7위의 선진국이다. 앞으로 해야 할 일은 이 순위를 높이는 것이 아니라, 나누어 주는 데 1등 되는 나라가 되어야 할 것이다. 이 훌륭한 나라를 만든 것은 너희들의 할아버지 할머니와 아버지 어머니들이다. 그들을 존경하고 따르는 것은 당연한 이치요, 너희가 창조하고 노력해야 할 일은 너희들의 의무가 되어야 한다. 나누고 기부하는 부자 나라, 문화가 앞서고 평화를 사랑하는 나라다운 나라, 남북한이 통일되어 세계 속의 중심국가로 우뚝 서는 일이 바로 우리의 미래이다.

올해는 분명 새롭게 좀 더 나아진 것이 있다. 키도 자라고 생각도 자라고, 우리가 함께 해서 많은 일을 이루어냈다. 나는 너희들 하나하나가 해마다 조금씩 나아지고 성공하기를 빌 것이다. 이는 가장 높은 자리에 오르라는 것이 아니다. 정신을 바르게 하면 세상은 달리 보인다. 집중하고 몰입하면 못할 것도 없고, 잘해낼 수밖에 없게 된다. 내가 할 일을 작은 것부터 잘 하면 된다. 그게 바로 내가 바라는 최고의 자리, 가장 행복한 인생으로 가는 길이자, 성공의 길이라 믿는다.

나는 일 년 동안 숙제 내주는 것 없이 담임을 해왔다. 아무런 문제가 없었다. 공부하라고 하기보다는 잘 놀라고 했고, 놀이에서도 집중하라고 강조했고 신나게 놀았다. 그래서 우리는 행복하게 1년을 보냈고, 그 어떤 사람들보다 더 성공한 한 해를 보냈다. 공부를 좋아하게 되었고 잘 하게 되었다. 생각이 자라고, 마음이 자라고, 우정과 사랑, 협동과 희망이 크게 자랐다.

많이 우려하는 사람들이 있었지만 나는 너희를 믿었고, 나는 나를 믿었고, 우리는 보기 좋게 잘 해냈다. 수업을 통해 지혜를 얻고 사랑의 마음을 가꾸어 갔다. 우리는 하루하루가 즐거웠고, 그래서 나날이 성장했다. 난 앞으로도 너희들이 성공하고 행복하길 바란다. 또 잘할 거라 믿는다. 그리고 어려운 일이 있을 때 우리가 함께 했던 4학년 시절을 떠올리며 참 좋은 추억이라 믿었으면 한다. 선생님 역시 남을 도우면서 앞으로도 살아갈 것이다. 더 듣고, 더 존중하고, 사람 사는 재미와 맛을 느끼며 세상을 꽤 살 만하다는 세상을 만들 것이다. 내 주변에서부터 시작할 것이다. 나부터 이 세상을 좀 더 나은 곳으로 만드는데 노력하는 사람이 되자.

나도 하고 너도 하고 우리 모두가 해내자.
무엇보다 즐겁게 살자. 맘 편하게 행복하게 살자.
나는 너희들을 기억하는 선생님이 될 것이다.
늘 지금을 행복하게 보내는 사람이 되자. 카르페 디엠(carpe diem)!
너희들의 건투를 빈다. 그리고 너희들을 사랑한다.

4학년 마지막 날에
너희들을 통해 선생하길 참 잘 했다고 생각하는 담임 선생님이

Ⓐ Ⓑ Ⓒ 다 같이 해보고 싶어요!

★ 해마다 아이들과의 이별은 늘 아픔이 있습니다.
  하지만 더 큰 내일을 기대하며 훨훨 날려 보냅니다.

교무부장은 미드필더

학교 중책, 교무부장

학교가 일제히 여름 방학에 들어갔다. 지난 금요일이 여름 방학식이니 학교에서 교무부장을 맡은 지가 1년 반이 되었다. 학교에서 매년 교사 업무분장을 하는데, 개인적으로 교무부장은 그 가운데 가장 중책이라 본다. 교장과 교감과 함께 협의하여 일을 추진하고, 교사가 학교 업무를 추진하는 것을 지원한다. 부장교사 중에서도 선임 역할을 수행하고, 교사와 부장교사의 의견을 수렴하고 중재하기도 한다. 학생들로서는 입학식, 졸업식, 학교 예술제, 방학식, 개학식 등 각종 행사에서 교무부장은 행사를 진행하는 사회자로 알려져 있다. 즉, 교무부장이 나와서 마이크 잡으면 한 해가 시작되고, 교무부장이 또 한 번 마이크를 잡으면 종업식을 하게 되어 한 해를 마친다. 학부모들에게는 학교 관리자에게 말하기 어려운 이야기를 교무부장을 통해 의논하기도 하고, 궁금한 소식을 담임교사에게 -아이들을 통해 알려주었는데 그것도 모르냐고 괜히 걱정이 되어- 조심스러워서 터놓고 이야기하기보다는 교무부장을 통해 들으며 소통하기도 한다.

즉, 교무부장이 업무 처리를 잘 하고 사람 관계를 원만하게 만들면 학교는 참 편하고 부드러워진다. 반대로 교무부장이 업무 파악을 잘 못한다거나 심지어 일을 어렵게 만든다면 그 피해는 고스란히 관리자, 학생, 교사, 학부모, 그리고 지역사회 모두에게 가게 된다.

아침에는 주로 가장 먼저 출근을 하게 되고, 저녁에는 거의 대부분 가장 늦은 퇴근을 하게 된다. 일과 중에도 관리자와 가장 많은 대화를 하며, 크고 작은 협의회에 가장 많이 참여하게 된다. 퇴근 후나 주말에도 학교 일을 하게 되고, 교사의 늦은 출근이나 조퇴, 연가 등에 대해서도 늘 상의한다. 이러한 습관은 스트레스로 작용하지 않고, 학교에 가면 기분이 좋아지고 학교를 나서면 뿌듯함을 느끼는 선순환에서 비롯된다.

직원 협의회에서는 교장, 교감의 학교 운영에 대해 칭찬과 배려에 대한 고마움을 아끼지 않고, 선생님들의 업무 처리와 봉사, 헌신에 대해서는 신규 교사에서부터 부장교사에 이르기까지 작은 것부터 빠뜨리지 않고 노고를 치하한다. 즉, 조직이 원활하게 돌아가기 위해서는 서로 관심을 갖자는 의미가 있고, 참여를 유도하며 좋은 학교 분위기 조성을 위해 바쁘게 거든다.

그리고 이건 누가 시켜서도 아니고 누군가 보고 있어서도 아니다. 난 그냥 내일에 충실하고 싶고 학교 전체를 누군가는 보고 미리 파악하여 문제점을 보완하거나, 진행되는 업무에 대해 누군가는 처리해야 된다고 하는 사명감과 자발성에서 비롯되었다.

나는 나중에 승진을 하더라도 이 부분에 대해 교무부장에게 강요하거나 나의 경험을 후배들에게 무용담처럼 들려주고 싶지는 않다. 이것은 나의 교무관(觀)이지, 남에게 강요하거나 매뉴얼이 될 필요는 없는 부분이다.

살다보니 내 자랑을 하거나 남을 깎아내리기보다는 교사의 일거수일투족을 본받고 칭찬하고 고마워하는 편이 훨씬 낫다는 것을 체감하게 되었다. 그것이 내 학교생활에 편하고 맞는 것이고 많은 이에게 좋은 영향을 준다고 믿게 되었다. 후배 교사의 실수를 눈감아주고, 미처 잊고 있어서 업무처리가 되지 않을 때 도와주고 지원해 줄 때 -말로 표현은 하지 않지만- 더 고마워하는 눈빛을 나는 잊지 못한다. 교무부장의 교사관은 바로 후배 교사와 동료 교사들의 교사관으로 전이되니 가히 조심해야 되고 신중해야 한다고 생각한다.

교장, 교감에게 잘 보이려고 하는 것도 아니다. 후배 교사들에게 인기를 끌거나 점수 따려거나, 혹은 나의 힘이나 영향력을 행사하려는 것도 아니다. 경력 20년 정도 되니 이제 나의 문제보다는 학교의 문제, 개인의 문제보다는 우리의 문제에 고민을 하게 되고 나눔을 실천해야 함을 절감하기 때문이다.

동료의 문제는 나의 문제로 생각하여 함께 고민하게 되고, 미리 생각하여 업무 추진을 하게 되면 서로가 편하게 되니 나도 내가 좋아 학교 일을 하게 되고, 아이들을 즐겁게 가르치게 되고, 학교 풍토는 믿고 돕고 행복해 가고 싶은 학교가 된다.

교무부장은 축구의 미드필더

교무부장은 구심점의 역할을 하게 된다. 학교마다 구심점이 있을 것이다. 그건 교장이 될 수도 있고, 교감이 될 수도 있고, 경험과 경력 있는 원로 교사가 될 수도 있고, 능력 있는 수석교사가 될 수도 있고, 센스 있는 젊은 교사가 될 수도 있다. 하지만, 다른 사람과 교무부장은 분명 차이가 있다. 가령, 교무부장이 일을 하기 싫어 교사들에게 미룬다거나, 관리자와 원만하지 않거나, 동료 교사들을 이간질한다면 그 학교는 어떻게 될 것인가? 여기에서 구심점은 바로 관리자를 존중하고, 교사를 믿고 지원하여 가장 많은 일을 하는 중심적인 위치이다.

교무부장은 중견 교사로서 축구에서는 미드필더의 역할을 한다. 가장 많이 뛰어야 하고, 그렇다고 골을 넣으려는 욕심을 가져서도 안 된다. 공격수가 득점을 하도록 돕고, 득점이 되면 가장 먼저 달려가 축하를 해주는 자리이다. 실점을 하지 않도록 수비에도 적극적으로 가담해야 하고, 실점이 되면 수비를 위로하고 자신의 잘못으로 탓을 돌린다. 그리고 기회가 되면 팀의 승리를 위해 골을 넣기도 하되, 이 골은 팀 플레이로 이루어진 것이라 팀의 승리를 동료들의 덕분으로 돌린다.

무명 교무부장 예찬

무명교사가 그러하듯이 교무부장 잘 한다고 알아주는 이도 없다. 그러나 교무부장 못하면 너도나도 못한다고 달려들 것이다. 그저 묵묵히 일하며 학교를 사랑하는 마음으로 사람을 존중하고, 아이들을 믿고 아끼고 가르칠 때 행복은 저절로 오는 것이지, 헛된 부귀영화나 공명심은 없다.

요즈음 학교 중심 교육이 이루어지는 것은 지당한 것이다. 학교는 학교 본연의 모습을 향해 나아기는 것이다. 교육청에 잘 보이려고 하거나, 과장 광고를 통해 현수막을 연일 건다고 교육이 더 나아지는 것은 아니다.

무명교사와 더불어 무명 교무부장이 자리를 지키고 있는 한 우리 교육은 조금 더 나아지고 따뜻한 세상으로 나아갈 것을 믿는다.

그리고 나는 공을 남에게 돌리고, 과는 내가 짊어지는 책임 있는 모습을 계속 유지하도록 나를 다스릴 것이다. 그리고 누군가가 훗날 지금을 회상할 때 "그때 참 좋았지"라며 좋은 추억으로 아련히 떠올릴 수 있는 교육의 훈훈한 모습을 기대해 본다.

"이 땅의 무명교사 파이팅! 학교의 무명 교무부장들도 힘내소서~!"

ABC **다 같이 해보고 싶어요!**

★ 오늘도 무명부장교사를 응원합니다.

그저 보상이나 대가 없이 학교를 위해 애써주셔서 감사합니다.

공동체와 더불어 사는 부장교사

준비된 교무부장의 하루!

옛말에 하루의 계획은 아침에 세우고, 일 년의 계획은 봄에 세운다는 말이 있다. 이 말은 준비의 중요성을 이야기하는 것이고, 첫 단추를 잘 끼워야 좋은 출발을 한다는 뜻일 게다. 교무부장에게 이 말은 어울리지 않는다.

"교무부장은 하루의 계획을 하루 전에 세우고, 일 년의 학교교육과정을 겨울에 미리 세운다."

생각해보라! 교사 개인의 계획조차도 아침에 세우게 되면 아침이 아주 바쁘고 시간에 쫓기게 된다. 출근하면서 과연 좋은 생각을 할 것인가, 마음이 급한 나머지 교통사고의 위험까지도 있지 않을까? 미리 준비하는 것은 마음의 여유를 갖는 것이고, 이는 나를 비롯한 학교, 나를 만나는 사람에게 대하는 배려를 의미한다. 준비된 교무부장은 아침이 여유롭고, 차를 한잔 권할 수 있고 편안한 표정으로 교사를 만난다. 허겁지겁 출근하여 학교의 일은커녕 자신의 몸 하나 가누지 못하는 사람이 남을 위해 일을 할 것인가, 아니면 밝은 표정과 여유로운 마음으로 무장한 사람이 남을 위해 일해 줄 것인가? 답은 자명하다. 교무부장은 개인이 아니라 공동체의 주역으로서의 큰 역할을 맡은 사람이다.

일례로 교무부장인 나는 하루 전에 준비하는 일을 [매송의 오늘]이라는 학교 소식을 준비하는 것이다. 간단히 소개하자면 학교의 하루 스케줄을 요약하는 것이다. 학교의 행사 내용이나 수업 관련 내용을 기록하여 동료 교사들과 정보를 나누는 것이다.

[매송의 오늘]의 좋은 점은 학교의 소식을 공유하고, 정보를 나누며 함께 어울려 공동체를 지향하는 데 있다. 개인 일이나 학급에서 수업하기에 바빠 옆반 교실에서 어떤 일이 일어나는지 전혀 모를 때가 많이 있다. 이웃 학년에서 어떤 교육이 있는지, 교직원의 출장과 연수를 포함한 학교 동정, 나의 어떤 협력이 필요한지를 나누는 과정 속에서 우리는 협력하고 도움을 받을 수 있다. 설령 경력이 적은 신규 교사일 경우라도 교무부장이 보내는 [매송의 오늘]을 보며 지원을 쉽게 얻어낸다. 마치 동네에서 잔치를 하니 관심을 갖고 참석을 해 달라는 전달자의 역할을 하기도 한다. 이를 통해 교사들은 협력이 일상화되고 수업과 업무가 쉽게 이루어지며, 그러한 선순환 속에서 많은 감동을 받는 것을 보게 된다. 내가 혼자 하기에는 역부족이지만 여럿이 함께 관심을 갖고 참여하니 학교 분위기도 좋고 함께 하는 것이 자연스럽다. 특히 올해 새로 학교에 온 교사 역시 쉽게 학교 문화에 동화되어, 학교의 좋은 교직 문화를 이어갈 수 있다는 장점이 있다. 관리자의 이동이나 해가 바뀔 때마다 급격하게 달라지는 학교의 모습을 아무도 원하지는 않을 것이다.

그래서 나는 희망한다. [매송의 오늘]이든, 가령 〈우리가 만드는 학교〉든 어떤 방식으로든 서로 자료를 공유하고 소통하며 함께 하는 문화를 만들어가기를 바란다. 형식은 학교마다 자유다. 요즘처럼 컴퓨터와 인터넷이 보급된 사회에서 얼마든지 간소하게 시스템화할 수 있을 것이다. 매일 하기 불편하면 주간, 월간 교육도 가능할 것이다. 똑같이 일반화할 필요는 없다. 중요한 것은 학교의 여건이나 특색에 맞게 협력하는 문화, 민주적으로 의사결정을 하는 문화, 즉 학교의 좋은 문화를 담는 정신이 학교마다 특화되어 이루어져야 한다고 생각한다. 창의성은 존중되어야 하며, 학교 여건에 맞게 하면 그것은 최선의 선택이 되는 것이다.

준비된 교무부장은 준비된 교사과도 일맥상통한다. 학급에서 좋은 수업을 실현하고자 학생의 생각과 활동이 중심이 된 수업을 전개하기 위해서는 많은 준비가 필요하다는 것을 알 것이다. 그것은 교육과정의 재구성, 교사의 언어, 학습 목표, 평가, 학습자료, 기다림, 인내, 신뢰관계 등을 포함한다. 준비된 교사가 성공적인 학급을 만들어낸다. 마찬가지로 학교의 내일을 열고자 미리 고민하고 소통하며 준비하는 교무부장은 학교를 성공적으로 만드는 개척자임에 틀림이 없다. 학교 관리자와 사전에 상의하기, 도움이 필요한 동료와 함께 고민하기, 학교의 정규직이든 비정교직이든 모든 교직원과 학생의 일을 돕기 등은 진정 학교가 무엇을 위해 존재하는가를 자명하게 해준다. 동료들과 차별 없이 대하고 서로 존중하는 마음은 일상이 민주적인 외형으로 나타나, 자연스럽게 학생들은 존중과 민주주의를 삶 속에서 구현하게 되는 것이다.

공동체의 주역으로서 교무부장

좋은 선생님을 만나 학교생활을 잘 하고 큰 배움을 얻어 보람을 느끼는 아이들이 있는 것처럼 그 반대의 아이도 있다. 선생님과 맞지 않고 왠지 자꾸만 꾸중 듣고 소위 '문제아로 낙인찍힌 아이'가 된다면 얼마나 불행할까?

마찬가지로 좋은 부장을 만나 행복한 학교생활로, 가고 싶은 학교를 실현하며 아이들과 학교에 대한 고민으로 선후배가 상생하는 교직문화를 만들어 가는 교사가 있다. 그런가하면 부장 잘못 만나 오히려 부장의 모든 학년일, 부서 일을 떠맡아 하는 경우도 있는 것이다. 이렇게 중책을 맡은 자의 그림자가 존재하기에 가히 부장의 크고 작은 언행은 지극히 중요한 것이다. 중간 관리자로서 교무부장은 바로 온도차를 읽어야 한다. 아이들에게도, 관리자에게도, 동료 교사들에게도 큰 영향을 미치므로 부장교사의 영향력은 개인에게서 머무는 것이 아니다.

〈에피소드〉 학교 관리자에게는 충직한 일꾼, 교사들에게는 인간적인 선배, 아이들에게는 최고의 선생님이자, 학부모들에게는 진로 상담자이며 최고의 멘토인 A교무부장! 사람들이 그를 존경하는 것은 당연하다. 그는 불평불만하기보다는 만나는 사람을 편하게 해주며 좋은 학교 만들기의 숨은 일꾼이다. 그가 있어 학교가 늘 살아 있다.

본 에피소드 속의 A교무부장 같은 부장이 학교 현장에 많이 있다는 것을 알고 있을 것이다. 그저 묵묵히 자신의 길으며 교육자적인 소명의식이 가득한 헌신적인 교사상! 그가 보는 것은 승진이나 외형이 아닌, 지극히 인간적인 모습들이다. 그리고 이미 그러한 길이 자신의 길임을 경험 속에서 인지하고 남과 함께하는 삶의 중요성을 깨닫고 학교의 본모습을 찾기에 더 인간적이다. 그는 실수를 인정하며 타인의 가능성을 믿으며 언행을 주의하고, 주장하기보다는 경청하는 것에 익숙하다. 그래서 누구나 스스럼없이 대화하며 문제를 함께 해결하고자 상의한다. 그는 양심에 따라 행동하며 안과 겉이 똑같고 늘 성실하고 희망차다.

교무부장은 학교라는 공동체를 떠나서 생각할 수 없는 위치이다. 아무리 혼자 열심히 한다 해도 그것은 공동체를 고려한 열정이어야 한다는 것이다. 자칫 혼자 잘 나가는 교무부장은 공동체를 위하는 것이 아니라, 오히려 공동체의 적이 될 수 있다. 그래서 교무부장에게는 균형 잡힌 마음과 판단력, 그리고 책임감이 필요하다. 누구나 그러하듯이 학교라는 조직은 속도 조절을 해야 한다. 혼자 앞서가거나 혼자 뒤처져 있을 때 심지어 그 조직의 성패가 좌우되기도 한다.

교무부장은 학교를 전반적으로 보게 되고, 관리자와 학생 사이의 중간적 위치에 있어 역지사지를 할 수 있는 완충적 역할을 수행한다. 그 위치에 처해보면 그 상황을 이해하게 된다는 뜻이다. 교무부장의 속앓이와 고민, 관리자와 교사 사이에서의 완급 조절을 경험해본 사람만이 그를 진심으로 이해할 수 있는 것이다. 그리고 중요한 것은 교무부장은 승진 과정으로서 보는 일면만이 있는 것이 아니라, 학교에서 보이지 않게 역할을 해내는 큰 일꾼으로서의 관점을 견지하고 싶다.

어려운 과제를 맞이했을 때 정주영 회장이 답한다. "해봤어?"라고. 아무도 안 된다고 할 때 할 수 있다고 하고, 도전해보겠다는 마음을 갖는 것이 진정한 리더로서 구성원들의 마음을 사로잡는다.

앞만 보는 사람, 위만 보는 사람이 아니다. 교무부장은 바로 더불어 가는 사람, 앞뒤를 보는 균형 잡힌 사람이 되어야 한다. 그래서 다음과 같이 나누어 정리해 볼 수 있다.

좋은 교무부장은 혁신에 불을 당겨 더불어 살지만,
나쁜 교무부장은 권위주의와 무사안일로 함께 죽어간다.
뛰어난 교무부장은 함께 다독이며 더불어 가지만,
뒤떨어진 교무부장은 혼자만 나서다가 모두를 망하게 한다.
탁월한 교무부장은 자료를 공유하며 자기 것을 나누지만,
무지한 교무부장은 공은 혼자 차지하고 과는 남에게 돌려 비판을 받는다.
훌륭한 교무부장은 사람을 사랑하고 학교를 긍정적으로 생각하지만,
무능한 교무부장은 자기 학교와 자기 교직원을 제일 싫어한다.

교무부장이 희망이다!

교무부장을 '사람'으로 바꾸어도 별 무리가 없다. 교무부장도 사람이기에 노력을 하면 잘 해낼 수 있을지는 몰라도 모든 것을 완벽하게 할 수는 없다. 하지만 교무부장이 진심을 갖고 사람을 대하고, 사람으로 승부할 때 아무리 어려운 문제도 풀리고 분명히 길이 열린다. 중책을 맡은 교무부장이라 하여 지나치게 많은 기대를 하여 부담을 갖게 하는 것도 옳지 않다. 교무부장을 관리자의 사랑을 독차지하는 모범생으로가 아니라 진심으로 대하고 학교를 사랑하는 마음이 가

득 찬 인간미를 갖춘 사람으로 대한다면 마음 편하게 최선을 다할 것이다. 일반 교사 역시 '우리 교무부장님이 다 해줄 거야'라고 안이하게 떠넘기는 태도로 생각하기보다는 진심을 다해 인간적으로 대할 때 "우리의 교무부장님"은 더욱 긍지를 갖고 학교의 희망을 이야기 할 것이다.

힘든 자리이지만 중요한 자리이기에, 내가 아니면 다른 이가 고생한다는 이타심과 절박함으로, 오늘도 희망의 걸음을 뚜벅뚜벅 걸어가며 혁신의 노를 힘차게 저어 학교 구성원의 공감을 이끌어내기에 학교가 바로 설 수 있다.

준비된 교무부장이 학교를 성공적으로 이끌고, 공동체의 주역으로서 중차대한 역할을 해낼 때 학교는 원만하게 작동을 한다. 그의 뜨거운 열정과 우직한 노력이 있기에 대한민국의 교육이 오늘도 바로 향한다.

이 땅의 모든 무명 교무부장님들 모두 힘을 내세요!

교무부장이 학교의 희망입니다.

A B C 다 같이 해보고 싶어요!

★ 무명교무부장은 늘 공동체의 중심에 서 있습니다.

청춘들에게 보내는 부장교사의 충고

해보지도 않고 안된다고 말하지 마라.

선생님들은 모두 잘 할 수 있는 우수한 능력을 갖고 있다. 난 선생님을 믿는다. 실제로 우려했던 것보다 더 잘 해내는 사람들이 선생님들이다.

우리나라 선생님은 세계 최고 실력이다. 그것도 2위와는 엄청난 차이다. 교사의 자존감을 길러주고 더 잘 할 수 있도록 지원해야 한다. 교사를 평가 대상에 두고, 도마 위에 올려놓고 저울질하는 것은 바로 망국(亡國)의 길임을 우리는 여러 번 봐왔다. 교사에게 책임을 떠넘기고, '학교에서 일어난 모든 책임은 교사'라고 몰아세우면 학교의 교사는 다 떠나고 나라는 망한다.

어떻게 하면 선생님을 더 존중하고 배려하고 성장하게 해줄까 늘 고민해야 한다. 오늘의 우리나라가 있기까지 노고를 아끼지 않은 이 땅의 교사들을 위해서는 큰 박수를 보내고, 큰 상을 내려야 한다.

너무 늦었다고 생각하지 마라.

나도 군대를 갔다 와서 교직생활을 여자 동기들보다 늦게 시작했다.

1정 자격연수도 늦게 받았고, 많은 연수에서 경력이 밀려 받지 못한 것도 많았다. 나이는 있는데 "신규 선생님"하니 그리 반갑게 듣지 않았다. 하지만 나는 묵묵히 제 할 일을 하며 계속 도전하였다. 남들 할 때 스카우트 대장도 하고 지구연합회 커미셔너도 했다. 5, 6학년 부장도 연속으로 여러 번 하고, 농어촌 학교에도 갔다. 영재학급도 운영하고 좋은 수업 만들기 대회도 참가하고, 연구학교에 연구대회에도 나갔다. 하다 보니 물부장(부장역할을 수행하나 가산점이나 수당이 없는 것을 빗대어 학교에서는 물부장이라 칭함)도 해봤고, 연구대회에 나가 수차례 떨어지기도 했다. 농어촌 학교라고 갔더니 1년 만에 행정구역이 동이 되어 2년 근무하고 다시 농어촌 학교를 갔다. 이번에는 계속 면지역이던 학교가 갑자기 읍이 되는 게 아닌가? 그래도 5년 동안 다니다 결국 면지역의 학교에 가서 겨우 5년 만기를 채우게 되었다. 낮에는 가르치고 야간에는 대학원을 다녔다. 그것도 모자라 교과 교육의 중요성을 알고 교대에서 계절제 대학원을 하나 더 다녔다. 점수와는 상관없이 더 배워서 아이들에게 적용하고 학위 논문도 쓰고, 학술지 소논문도 발표하고 전국 규모 학회에서 교수들 앞에서 발표도 했다. 그래도 18년 만에 교감자격연수 대상자가 되었다. 뜻있는 사람들과 수업연구회, 교육과정 연구회, 수학연구회, 협동학습연구회 등등을 조직하였고, 주말에 세미나를 개최하여 수많은 봉사를 하고 수업에 대한 공저(共著)를 내기도 했다. 땀흘려 일한 노력의 대가는 늘 나를 성장시키기에 배신하지 않는다.

가진 것이 없다고 생각하지 마라.

교사 월급으로 아껴 쓰면 가족 먹고사는 데 아무런 문제가 없다. 가진 것이 없다면 욕심이 많거나, 낭비가 있는 것이다. 재테크 계획도 잘 세워 아파트도 사고 상가도 사고, 부동산도 가진 선배 교사들 많이 있다. 돈 걱정 없이 연금 받으면서 편하게 노후까지 보장받을 수 있다. 나도 부부교사로 살면서 한 번도 돈 걱정한 적이 없다. 대학에서 학군단 생활 거쳐 전방 소대장 생활하다보니, 전역할 때 중고차도 사고 공무원 아파트 마련할 준비자금에도 보탰다. 지금처럼 현장체험학습이 흔하지 않던 초임시절부터 주말이면 야간이면 우리 반 아이들 데리고 체험시켜주고 야구장, 축구장 데리고 다니고 문화재 순례도 했다. 돈 없는 제자들에게 장학금을 주기도 하고 방과 후에는 모둠별 떡볶이 파티도 하고 삼겹살 파티까지 했다. 중요한 것은 돈이 아니라 열정이요 꿈이었다. 내가 좋은 일을 하고자 노력했을 때 기회는 주어졌고, 더 큰 힘을 가지게 된 나를 발견하게 되었다.

차별받는다고 생각하지 마라.

여자라서, 남자라서, 젊어서, 지방 사람이라서, 다른 교대 나왔다고, 기득권이 없다고, 교육청 탓에, 정부 탓에, 못난 집안 탓에… 다 핑계다. 열심히 살고 겸손하면 누구든 인정하지 않을 수 없다. 오히려 가진 것을 생각하면 엄청 많이 가졌다. 핑계를 댈 시간에 학급 아이들에게 베풀고 후배들에게 나누어줘라. 우리는 매일 더 좋은 세상, 더 나은 학교를 위해 노력해야 한다.

사랑을 나누어주고, 좋은 추억을 만들라! 나는 선배들에게 의존하고 기대기에 앞서, 제자들을 훌륭히 키우고자 했다. 벌써 장성한 제자들이 찾아올 때 얼마나 마음 뿌듯하고 보람이 있는지 모른다. 교사의 인생은 제자들이 잘 커가는 곳에서 찾는다. 제자가 군인이 되기도 하고, 선생이 되기도 하고, 회사원이 되고, 해외에서 공부하기도 하고, 결혼을 해 사회를 위해 제 역할을 해 나갈 때 교사의 보람은 절정을 이루게 된다. 교사는 가르침으로 승부해야 한다. 내가 학교에 존재하고 있는 것만으로도 아이들은 배운다. 내가 아이들 앞에서 책을 볼 때, 내가 복도에서 바르게 걸을 때, 내가 질서를 지키며 살 때, 내가 체육시간에 진심을 다해 가르칠 때 등등 내 모든 것을 보며 아이들은 자란다. 그것이 아이를 크게 하는 잠재적 교육과정이다. 아이 가르침은 말과 문서로 끝나는 것이 아니요, 삶의 실천과 행동으로 자연스럽게 전해 주는 것이다. 모든 학교와 모든 교사에게 기회는 똑같이 부여된 것이다.

그러니 일단 한 번 해보자!
우린 할 수 있다. 재미있고 신나게 행복한 학교를 만들 수 있다. 내가 배움을 좋아하는 것이 아이에게 전이가 되는 것이 교육이니 살얼음판 걷듯이 묵묵히 가야 하는 곳이 학교다. 안된다, 못한다 핑계보다, 할 수 있다, 해보니 걱정보다 잘 되었네라며 나누며 성찰하며 깨달으며 함께 좋은 학교를 만들도록 하자! 우린 할 수 있다!

A B C 다 같이 해보고 싶어요! ─────────

★ 남 탓하거나 핑계대기보다 최선을 다해 겸손한 태도로 산다면
   인생은 꽤 살 만합니다.

★ 이순신도 12척의 배로 일본의 대군을 섬멸시켰습니다.

★ 중요한 것은 인생을 대하는 태도입니다.

아이 다치면 모두 교사 책임이라고?

아이와 교사를 동일시하면 교사는 무한 책임에서 벗어날 수 없어
교사를 보호하고 학생을 가르치는 데 전념하도록 해 주어야

학교에서 생활하다 보면 크고 작은 사고들이 일어난다. 쉬는 시간에 다치기도 하고, 체육시간에 운동을 하다가 다치기도 한다. 아이가 부주의하여 넘어지기도 하고 친구들과 다투기도 한다. 아이들은 그렇게 사람과 부대끼면서 큰다. 아이들은 몸으로 놀고 몸으로 배우고 몸으로 사귄다. 초등학교 아이들은 뛰기를 좋아하다보니 곧잘 다치고 보건실 방문을 하게 된다. 그래서 꾸준한 지도로 사고를 예방하는 것이 중요하므로 교사는 매일매일 주의를 주고 교육을 하게 된다.

아이가 다치거나 사고가 난다 하여 "그 아이 몇 학년 몇 반이야?"라든가, "담임이 누구야?"등의 오랜 상투적인 표현을 하게 된다. 교사라면 누구라도 한번쯤 겪게 되는 경험일 것이다. 그런데 이런 추궁을 받게 되면 교사의 자존감은 크게 떨어지고 불만은 가중될 것이다. 교사 입장에서 '아니 왜 내 잘못인가? 내가 아이 뒤를 졸졸 따라다녀야 한단 말인가?'하고 말이다.

교사를 아이처럼 탓하면 교사 효능감과 사기는 크게 떨어진다. 교사는 투철한 사명감과 양심으로 무장된 교육자이다. 자칫 교사를 일개 하위직 공무원으로 취급하게 되면 어떻게 아이들을 제대로 가르칠 수 있겠는가?

아이가 다쳤을 때 해야 할 일은 학교가 함께 아이를 위로해주고 고쳐주고 더 큰 사고를 막는 것이다. 아이 입장에서 보면 치료를 받고 위로를 받으면 큰 문제가 되지 않는다. 괜히 선생님이나 부모님께 혼날까봐 걱정하기도 할 것이다. 교사 입장에서는 아이가 많이 다치지 않았는지, 보고를 어찌 해야 할지, 혹여 학부모 민원이 있지는 않을지 안절부절하게 된다. 크든 작든 사고가 있을 경우 교사는 이렇게 여러 가지 부담을 안고 수행하게 된다. 본질을 본다면 아이가 치료받고

건강하게 생활하면 그만인 것이다. 그러나 담임이 평소에 지도를 했는지, 아이가 다치도록 옆에 있지 않았는지, 왜 그 반만 사고가 나느냐고 무의미한 추궁과 비판을 할 필요는 전혀 없는 것이다.

아이와 교사를 동일시하면 교사는 무한 책임에서 벗어날 수 없다. 교사를 아이처럼 다루어서는 안된다. 교사의 자존감을 살리고 사기를 올리고 학교 와서 아이를 가르친다는 보람과 긍지로 살 수 있도록 교사의 기를 살려주어야 한다.

교사를 믿으면 교사는 그 이상으로 보답할 것이다. 학교에서 생활하는 교사와 학생을 보호하고, 교사는 학생을 가르치는 데 전념하고 학생은 배우는 데 전념하도록 하는 것이 가장 선행되어야 할 것이다.

A B C 다 같이 해보고 싶어요!

★ 함께 있다고 모두 교사 책임이면 어느 누가 교사하겠습니까?

교사가 가르치는 데 전념하도록 해주어야 합니다.

제자, 스승이 되다!

지난 3월 스카우트 대장회의에 참석했다. 학년 초 첫 모임이다보니 새로운 지도자가 참석을 한다. 한 명의 젊은 선생님이 와서 내게 인사를 건넸다. "저 곽주철 선생님 아니세요?" 나는 맞다고 했다. "선생님 저예요. 김이랑입니다." 내가 신규로 근무하던 수원 영덕초 3학년 난초반 제자였다. 제자가 지난 2월에 교대를 졸업하고 올 3월에 화성에 있는 학동초등학교 교사로 발령을 받은 것이다. 그것도 수원에서 만난 제자가 타 지역에서 함께 교사를 하게 되다니 인연(因緣)이기도 하고 세상 좁다는 생각이 들었다. 이랑이는 초등학교 3학년 2학기에 전학을 와서 내가 한 학기를 가르쳤고, 난 만기가 되어 한 학기가 지나자마자 곧바로 인근 학교로 전근을 갔다. 짧은 시간이었지만 나 역시 이랑이가 열심히 공부하던 모습이며, 친구들과 함께 즐겁게 생활했던 시간을 또렷이 기억하고 있다. 그때 열정 많은 젊은 교사 시절이라 주말에 시간을 내어 학급 아이들과 함께 야구장에도 데리고 갔고, 학기 초에 묻었던 타임캡슐을 학년말에 꺼내기도 하였다. 지금에 비하면 과밀학급에 해당하는 마흔일곱이나 되는 아이들이었지만, 아이들과 추억도 많이 쌓고 열정을 쏟았던 신규 교사 시절은 다른 해보다 애착이 많이 간다.

제자 역시 교사로 발령받아 기뻐하고 있었으며 스승인 나와 함께 교단에 선다는 것을 자랑스럽게 생각하고 있었다. 기쁜 나머지 3월말에 제자가 있는 동탄에서 저녁 식사를 함께 하기로 했다. 나는 서재에서 손때 묻은 학급문집을 꺼내 제자에게 보여 주었다. 그 때 아이들과 함께 만들었던 글이며 사진이 추억으로 남아 있어 15년 전의 일이 어제처럼 생생했다. 그리고 같은 반이었던 동창들의 이야기도 들을 수 있어서 더욱 좋았다. 지금도 서로 연락한다고 하니 잘 지내고 있는 것 같구나 싶어 다행이라 생각했다. 그리고 문집 속에서 "내가 만약 선생님이라면"이라는 코너가 있었는데 이랑이는 이렇게 적었다.

"내가 선생님이라면 당연히 아이들을 먼저 사랑해야 하는 것은 물론이고 아이들을 위한 교육에 대한 자료를 인터넷이나 책을 통해 알아보아야겠다. 그리고 홈페이지를 만들어서 아이들이 대화할 수 있고 학교에 안 온 아이들을 위해 숙제를 알려주는 게시판을 만들고 사진방을 만들어 아이들의 추억을 남겨 주어야겠다. (중략) 그리고 항상 따뜻하고 깨끗한 교실을 위해 내가 할 수 있는 모든 것을 하겠다. (중략) 장애인 같은 불쌍한 사람을 돕기 위해 사랑의 열매나 카드, 크리스마스 씰을 사서 도와줘야겠다."

될 성싶은 나무는 떡잎부터 알아본다고 초등학교 3학년 제자로 쓴 글로 이랑이는 매우 논리정연하고 자신 있는 글 솜씨를 갖고 있었다. 아울러 홈페이지나 깨끗한 교실, 그리고 사랑의 열매는 그 해에 이루어진 우리들의 이야기들이다. 즉 아이들은 자신이 직접 보고 겪은 일을 중심으로 생각하고 말하며 글로 쓰게 된다. "내가 만약 선생님이라면"을 하는 이유는 바로 교사인 내가 피드백을 받고 싶어 하기 때문이기도 하다. 내가 잘 하고 있는지, 또 아이들의 관심사가 무엇인지를 볼 수 있기 때문에 순수한 아이들의 생각을 짚을 수 있는 좋은 활동이다. 그래서 나는 이번에 제자에게 제안을 했다. 바로 내일 학교에 가서 현재의 제자들에게 "내가 만약 선생님이라면"을 해보라고 하였다. 그것을 통해 선생으로서 간접적인 평가를 받고 학급 운영에 참고하라는 뜻에서였다. 물론 이랑이는 바로 그렇게 하겠다고 약속을 했다.

같은 교육청 안에서 근무하다 보니 앞으로 볼 일도 있을 것이고 서로 연락하며 지내기로 하였다. 다른 직업보다 제자가 교단에 서는 것은 참 자랑거리이다. 이랑이와의 만남은 제자뿐만 아니라 선생인 나에게도 큰 자랑거리이다. 맹자는 군자삼락(君子三樂)에서 천하의 영재를 얻어 교육하는 것이 군자의 세 번째 즐거움이지(得天下英才 而教育之 三樂也), 나라의 왕이 되는 것이 군자의 큰 즐거움에 속하지 않는다라고 하였다.

좋은 제자를 가르쳐 훌륭한 성인으로 성장시키는 것이 큰 기쁨일 거라는 맹자의 심정을 충분히 공감하며, 나의 제자가 나와 함께 천하의 영재를 교육하고 있는 것은 한 나라 대통령도 부럽지 않은 어마어마한 보람이란 생각이 든다. 그리고 다음 날 제자의 제자들이 과연 "내가 만약 선생님이라면"에 무엇을 썼을지 기대를 해본다. 아마 신규 교사로서 열정과 새로움을 배운 아이들의 글이 살아있을 거라고 예상해본다. 그리고 또 십여 년, 이십여 년이 흘러 그의 제자를 만났을 때 지난 날의 추억을 떠올리는 흐뭇한 모습을 떠올려본다. 교육은 교학상장(敎學相長)이라 했는데, 이렇게 꼬리에 꼬리를 물며 이어지고 있으니 전혀 헛고생을 하는 것 같진 않아 좋았다. 지금의 자리에서 능히 자기 일을 잘 수행해 좋은 스승으로 우뚝 서기를 진심으로 기대해본다.

신규 교사에게 힘내라고 박수를 보낸다. 이제 스승이 된 이랑아~

ABC 다 같이 해보고 싶어요!

★ 청출어람(靑出於藍)! 선생보다 더 뛰어난 제자를 보는 게 인생의 큰 기쁨입니다.

교실 이야기

나는 교실에서 하루를 시작한다.

나는 교실에서 우리 반 아이들을 만난다.

나는 교실에서 아이들과 꿈을 꾼다.

나는 교실에서 사랑을 느낀다.

나는 교실에서 중요한 생각을 한다.

나는 교실에서 질문을 한다.

나는 교실에서 웃는다.

나는 교실에서 책을 본다.

나는 교실에서 생각을 한다.

나는 교실에서 꽃을 가꾼다.

나는 교실에서 말한다.

나는 교실에서 듣는다.

나는 교실에서 상상을 한다.

나는 교실에서 많은 결정을 한다.

나는 교실에서 칭찬을 한다.

…

그래,

나는 교실에서 산다.

4부

어떻게 가르칠 것인가?

좋은 수업과 나쁜 수업

좋은 수업에는 희망이 들어있다.

그 속에는 창의성과 인성이 가득하고,

아이들의 호기심과 질문이 살아 숨 쉰다.

교실에는 교사의 열정이 가득하다.

그리고 그 열정은 고이 아이들에게 전이가 된다.

좋은 수업은 좋은 삶이다.

나쁜 수업에는 절망이 들어있다.

그 속에는 미움과 증오와 차별과 욕심과 무관심과 불공정이 있다.

나쁜 수업은 무책임이요 폭력이요 쓰레기다.

차라리 휴강하는 편이 낫다.

　　나쁜 수업은 나쁜 삶이다.

　　　　그러기에 수업에는 삶이 녹아있다.

　　　　교실에서 평생 수업하는 교사들

　　　　더불어 꿈을 꾸며 행복을 찾는 아이들

　　　　수업이야말로 바로 우리의 삶인 것이다.

가르침은 위대한 힘!

가르침은 이 세상 가장 위대하고 보람된 일이요,
평생을 걸고 해볼 만한 큰일이다.
아이들과 함께 교실에서 무지를 깨치고
이기적인 마음을 봉사하는 사회인으로
변하게 하는 성스러운 작업이다.

가르침은 때로 고통이 따르는 산고의 과정이기도 하다.
품은 알이 몇 달 지나 새끼 되어 나오듯
몇 년, 몇십 년 뒤에 보답되어 돌아오니
긴 기다림과 인고의 시간 없이 어찌 교단을 지킬 수 있으랴?

한 번으로 안 되면 열 번으로, 열 번이 안 되면 백 번으로
사랑의 수고 마땅히 감수하며,
알아주는 이 없어도 그저 교실에서 묵묵히 봉사하고
밝은 미소와 조심스런 언행을 지향함은
이 시대 남은 마지막 양심적인 선비라 이르기에 부족함이 없도다.

스승의 뒷모습 보며 아이들 타박타박 걸어오니
발걸음 함부로 하지 못하고,
손짓 몸짓 온몸으로 가르치니
그 열정만은 오래도록 기억할 것이다.

스승의 땀방울은 나라의 재산이요,
스승의 외침은 일평생 메아리칠 것이니,
그저 열정 쏟아내는 것은
바로 가르침의 힘이 아니고 무엇이겠는가?

보다 더 인간적이기에 다른 직업보다 고뇌가 많고
사랑을 한 아름 더 주고픈 맘
이 세상 누구에게도 존경받아 마땅하다.

한 번 태어나 좋은 스승 노릇 해보고 싶은 것은
바로 가르침이 운명인 것이니
주고 또 주며
온 맘과 몸을 닦아
깨달음과 혼이 있는 교육에 청춘을 걸어보라!

하늘 아래 최고의 일을 꼽으라면
바로 어린 아이들과 행복을 노래하고
희망의 시를 적고,
선한 마음을 주고받는 일일 것이다.

사랑의 실천 그리 멀리 있지 않다.
바로 이 삶터에서 학동의 아이들과 함께 마음껏 사랑하라!

가르침이야말로

평범한 사람을 위대한 반열에 올릴 수 있는 길이다.

제자들이 자신의 삶의 주인공으로 당당히 서는 날

먼 하늘 바라보며

선생님 하길 참 잘했다는 빛나는 보답 받을 것이다.

교사된 제자의 첫 스승의 날 즈음하여 읊다!

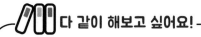 다 같이 해보고 싶어요!

★ 하늘 아래 최고의 일은 무명교사의 아낌없는 사랑입니다.

수업이 행복하다는 것은?

행복한 수업은 웃으며 공부하는 것일까?

나는 줄곧 담임을 해 왔다. 물론 웃으며 공부할 때도 있고, 그렇지 않을 때도 있다. 초등학생이라고 무조건 쉽고 웃기만 하는 것은 아니다.

행복한 수업이란 여러 가지 방법으로 수업의 목표를 도달하는 것을 의미하는 것이다. 수학시간 받아 내림이 있는 (두 자리 수) - (두 자리 수)의 계산이 나온다. 이 문제를 해결하기 위해서는 선수학습이 필요하다.

선수학습으로는 먼저 1학년에서 배운 (한 자리 수) - (한 자리 수)를 알아야 하고, 10-7과 같은 10-한 자리수를 알아야 한다. 10-7을 할 때에는 7과 어떤 수를 더하여 10이 되는지를 알아야 한다. 즉 7과 3을 더하면 10이 됨을 알아야 하니, 뺄셈은 덧셈을 알아야 가능한 것이다. 그 다음 선수학습은 바로 2학년에서 앞서 배운 (두 자리 수) - (한 자리 수)와 받아 내림이 있는 (몇 십) - (두 자리 수)를 알아야 한다.

세로 셈으로 계산하면 쉽게 아는데, 같은 문제라도 가로 셈으로 되어 있으면 어려워하고, 또한 같은 문제라도 문장제로 식을 쓰고 답을 쓰라고 하면 어려워한다.

이렇게 수학 수업은 매우 체계적이고 단계적으로 이루어진다. 교사인 내가 가르치지 않아도 '이렇게 될 거야'라는 예상과 기대를 가질 수 있다. 맞다. 이전 공부를 충실히 했다면 이번 시간을 충분히 할 수 있다. 그것이 바로 원리탐구이다. 원리와 기본에 충실하면 세 자리 수, 네 자리 수, 열 자리 수의 계산도 가능한 것이다.

그러나 앞선 과정이 충실하지 않고 허술하다면 아무리 문제를 많이 대해도 소용이 없다. 문제집을 이용하여 매일매일 정해진 것을 맹목적으로 반복하는 아이는 문장제와 새로운 유형의 문제를 해결할 수 없는 것을 많이 봐왔다. 그래서 초등학교 수업은 구체적 조작물을 이용하여 차근차근 단계를 밟아야 한다. 친구와 말해보고, 같이 해결해보고, 모둠의 생각과 발표를 전체와 공유하면서 협동적인 배움을 해야 한다. 교사의 시범이 필요할 때가 있지만, 문제를 제시한 후 "어떻게 하면 좋을까?"또는 "좀 더 쉽게 할 수는 없을까?"라며 학생의 확산적인 생각을 유발하는 발문을 하는 게 좋은 수업이다.

발견하고 깨닫는 수업은 희망으로 이어져

행복한 수업이란 단순히 웃는 수업, 웃으며 하는 수업에 그치는 것이 아니다. 아이가 원리를 찾아내는 발견의 쾌감과 발명의 행복을 뜻한다.

배우다 보면 어려운 부분도 있고 전혀 모르는 부분이 나오기도 한다. 선생님 말씀이 빠르기도 하고 전혀 별개의 일로 여겨 혼란이 발생할 수도 있다. 원래 학교는 모르는 것을 배우고 나누러 오는 곳이다. 모르는 것을 두려워하거나 부끄러워할 필요도 없다. 교사 입장에서도 어떤 부분, 어떤 과목에서는 부진아가 발생하기 마련이다. 이를 받아들이고 아이들의 입장에서 관심을 갖고 관찰하다 보면 학생 수준에 맞는 맞춤형 교육을 하게 된다. 예시를 들어 설명하기도 하고, 한번 더 반복하기도 하고, 그림을 그리기도 하고, 구체물을 통하기도 하고, 또 친구를 통한 상호 협력적 배움을 전개하기도 한다.

교사도 행복이 중요하다고 여기는 주장도 있다. 그것도 맞다. 하지만 본질적으로 학교에서 제일 중요한 것은 학습자의 배움이라는 것에는 이견의 여지가 없다.

새로움을 발견하도록 이끄는 것이 교사의 큰 보람과 행복이기도 하다. 아이의 발견을 돕고, 의지가 없는 아이를 높은 수준의 목표와 성과를 도달하도록 불을 지피는 것도 큰 행복이다. 운 좋게 영재를 발견하거나, 교과 특기자가 되거나,

교사를 통해 그 과목을 더 좋아하게 되어 학교 가기 좋아하는 아이까지 생긴다면 일석이조이다. 아이가 학교에서 희망을 찾고, 삶의 의미를 갖는 것은 교사를 떠나 한 인간으로서도 큰 보람인 것이다.

아이들은 쉬는 시간, 방학이 좋다고 한다. 당연히 대부분 아이들은 그러할 것이다. 그러나 앎에 몰두하고 새로운 수업에 몰입하다 보면 수업이 더 좋을 때가 있다. 그 비중을 나날이 높여나가는 것이 바로 행복한 수업을 이끄는 교사의 역할이 아닐까? 일신우일신(一新又一新) 하면서 오늘 하루를 새롭게 보고 새롭게 창조하는 수업은 바로 자기 삶의 주인이 되어가는 지름길이 될 것이다.

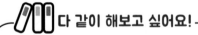다 같이 해보고 싶어요!

★ 무명교사는 오늘도 행복한 수업으로 주인을 하나씩 만들어 갑니다.

질문하는 교실을 만들자!

저요저요 현상

초등학교 교실에서 나타나는 일상적인 수업의 특징 중 하나는 바로 "저요저요 현상"이다. 교사가 질문을 하고 학생들은 발표를 하는 일종의 암묵적인 약속과 질서가 있다. 학부모 수업 공개나 교내 수업 장학에서 이러한 현상은 더욱 심화된다. 의자를 조심스럽게 빼서 정중하게 일어나 바른 자세로 발표하는 '격식'이 예절 바른 아이나 교육을 잘 받은 아이로 여겨지곤 했다. 어느샌가 우리에겐 발표를 잘 하면 수업을 잘 하는 반으로 인식이 되고 있다는 것이다. 수업이 활성화되어 있고 살아있는 교실이라 여기기도 한다. 교사는 학생들에게 "발표 많이 하라"를 직간접적으로 요구하고, 학부모는 자녀들에게 "선생님 말씀 잘 듣고 발표도 하라"고 가정교육을 단단히 시킨다. 발표 많이 하는 학생은 칭찬을 받고 우수아로 선정되는 영예를 얻는다. 반대로 발표에 제대로 응하지 않거나 여러 학생들과 선생님 앞에서 떨려 말도 못하는 학생은 발표 못하는 학생으로 낙인이 찍힌다.

질문과 대답이 이루어지는 것은 반가운 일이지만, 인위적으로 이루어지는 데는 분명 문제가 있다. 교사가 일방적으로 질문하고 학생은 기계적으로 대답하거나, 일종의 보상을 바라는 마음에서 "발표 많이 하기"가 가중된다면 분명 부담으로 작용하게 된다. 또한 모둠별로 점수를 부여하게 되면, 발표 많이 하는 적극적인 아이는 소극적인 아이를 통제하게 되어 진정 인간적인 만남을 기대하기 어렵게 된다.

특히 교사가 수업을 유도하고 학생이 교사의 눈치나 통제에 이끌려 가서는 진정으로 학생 중심 수업이 될 수 없다. 궁금한 내용에 대해 기꺼이 질문을 할 수 있어야 한다. 교사는 언제든지 학생의 어떠한 물음에도 관심을 갖고 존중해 주는 수업 문화가 필요하다. "너 왜 그런 엉뚱한 질문을 하니?"라고 윽박지르면 과연 차후 질문과 발표가 정상적으로 이루어지겠는가?

학급에서 소극적인 아이가 손을 든 적이 있다. 너무나 기뻐서 지명을 하였다. 아이의 대답이 걸작이다. "선생님 화장실 다녀와도 돼요?" "화장실? 그래 다녀와~" 무엇이라도 받아주고 싶은 마음이었는데 고작 화장실이라니라고 생각하였지만 이렇게라도 얘기해주는 것이 고마운 적이 있다.

아이들은 저요저요 하며 자연스럽게 발표를 한다고 볼 수 있다. 그런데 그 속을 자세히 들여다 볼 필요가 있다. "저요저요"에는 다른 사람 말고 나에 대한 지명의 요구이다. 즉 은연중에 자기중심 사고를 심화시키고, 이는 학교 학습 공동체의 근간을 저해할 수 있다. 함께 생활하는 공간에서 경청을 배우고 상대방을 존중해야 하는 교육 현장에서 이기심을 유발하는 것은 좋은 교육이 될 수 없다. 타인을 존중하고 배려하는 마음은 민주주의의 기본으로서 어릴 때부터 습관을 들이는 것이 바람직한 공동체 생활의 기초가 된다.

마음껏 상상하고 자유로운 교실 되어야

교실은 민주주의를 경험하는 곳이다. 교사가 민주적이고 학교가 민주적인 문화가 꽃피어야 한다. 질문과 발표는 자유로운 상상력과 창의력이 바탕이 되어야 한다. 자발적인 학습이 수업의 효과를 극대화하며, 자유로움을 경험한 학생이 민주주의에 노출이 되어 민주 시민으로 성장할 가능성이 높다. 교사가 수용적이고 무한 상상을 격려한다면 학생은 반드시 마음껏 상상하고 창의적인 인간으로 성장할 것이다. 학생의 작은 말과 몸짓에 교사의 작은 칭찬과 관심은 학생을 수직 성장하는 기폭제가 된다. 하지만 담임 교사에게 말 한마디 건네기 어려워 덜덜 떤다면 과연 제대로 된 학습이 이루어질지 걱정이 앞선다.

이에 발표가 자유로운 교실을 위해 손을 들지 않고 자연스럽게 대화하기를 제안한다. 일명 '손 안 들기 발표'이다. 교사가 지명을 안 해도 자유롭게 말할 수 있고, 굳이 일어나서 발표를 하지 않고 앉아서 해도 된다. 발표할 내용을 생각하다가 일어나서 잊어버리는 경우를 종종 본다. 일상생활 속에서 우리는 동등한 위치나 자리에 있을 때 부담감도 덜고 친숙해 질 수 있다. 손 안 들기 발표를 통해 줄어든 부담감으로 말하기 능력과 듣기 능력이 충분히 향상될 것이다.

나는 학급에서 10여 년간 "아침 이야기"를 진행해왔다. 학급의 임원이 진행을 하고, 매일 2명씩 자신이 정한 제안사항과 이유를 발표한다. 한 달에 1-2번 발표하게 되니 자기 순서에 맞게 준비를 할 수 있고 부담감도 적다. 친구들의 발표를 경청하는 기회를 갖고 질문과 대답할 시간이 있다. 가장 중요한 부분이 바로 이 부분이다. 발표자가 제안한 부분에 다른 학생이 질문하고, 이에 대해 발표자가 대답을 한다. 동료들 간의 질의응답이니 교사-학생 간 질의응답보다 더 자유롭게 질문의 폭도 넓고 진지하며 재미있다. "복도에서 학생들이 뛸 때 발표자라면 어떻게 하겠습니까?"라든가 "당신이 우유를 마시면 키가 큰다고 하는데, 정말로 우유를 마시지 않으면 키가 크지 않나요?" 등 자신의 입장에서는 제법 진지한 담론을 펼친다. 교사는 그저 경청할 뿐이고 학생 주도적으로 진행이 되도록 놓아 둔다.

최악의 수업은 교사가 질문하고 교사가 답하는 수업이다. 즉, 자문자답으로 일관하는 혼잣말 독백 수업이다. 자연 학생들은 수업에서 소외될 수밖에 없는 무미건조한 수업이다. 어떠한 학생들의 관심과 참여를 가져올 수 없다. 최고의 수업은 학생이 질문하고 학생이 답하는 수업이다. 동료의 수준에 맞는 질문을 하고 수준에 맞는 답을 하니 몰입도가 높을 수밖에 없다.

좋은 질문은 평생 기억에 남게 된다. 학창 시절 선생님에게 질문한 것이나 선생님의 질문이 머릿속에 남아 평생의 과제로 삼고 뜻을 이룰 수 있는 것이다.

"어떤 학교에 가야 할까요?"라는 질문에 중3 시절 담임 선생님께서 고등학교 진학을 앞두고 하신 말씀이 기억난다. "유명한 장수가 되려면 유명한 적장을 만나야 한다. 어디로 갈래?" 그 말씀이 뇌리에 스쳐 큰 생각 없이 무난한 학교에 진학하리라던 당초의 생각을 접고 당시 '적장들이 많은' 학교에 진학하여 치열하게 공부한 경험이 있다.

나는 교실마다 자유로운 대화가 넘치고 생각의 자극을 가져오는 질문하는 교실이 되길 희망한다. 질문을 칭찬하면 질문은 배가된다. 하지만 시간이 없다고 질문을 가로막거나, 쓸데없는 질문이라고 무시하면 절대로 질문하지 않는 게 학습자의 특징이다. 질문은 단순히 모르던 것을 알게 된 것에 불과한 것이 아니다. 질문 속에는 인간에 대한 관심과 사랑, 그리고 호기심이라는 선물이 들어있다. 질문 속에 삶이 있고 꿈이 있고 새로운 희망과 열망이 들어있다. 질문을 통해 새로운 삶을 살게 되고 인생을 바꾸게 된다. 모든 학교에 질문하는 교실을 만들자!

다 같이 해보고 싶어요!

★ 수업 속에서 아이들이 새로운 것을 발견하고 궁금한 것을 진지하게 묻는 가운데 무명교사는 무림의 고수로 성장해 갑니다.

나에게 해보는 큰 질문

바쁘게 살면서 망중한(忙中閑)의 시간을 내어 나를 되돌아보는 것은 참 의미 있는 일이다. 어제도 바빴고 오늘도 바쁘고, 또 내일도 바쁠 것이다. 그러면서 가끔 나 자신에게 물어본다.

"내가 왜 살까? 내가 왜 태어났지?"
"교사는 내가 잘 하고 있는가?"
"앞으로 무엇을 해야 하는가?"

아주 상식적이고 기초적이지만, 제일 중요한 부분인데도 불구하고 우리는 그냥 그날그날 하루를 보내고 있는 게 아닌가라는 생각이 든다. 왜냐하면 어제도 그럭저럭 살았고 오늘도 이래저래 살았으니 내일도 비슷할 거라는 마음이 들기 때문이다. 이런 마음은 삶의 큰 변화가 없으며, 그저 그런 사람으로 만들기 십상이다. 그런데 이런 '비슷한 삶'을 깨는 것이 바로 여행이라는 생각이 든다.

아날로그를 여전히 강조하는 일본

지난 주 일본 방문에서 동경 신주쿠에 있는 초등학교를 방문하게 되었다. 일본을 처음 가보는 것은 아니지만 우리나라의 학교와는 다른 모습을 많이 보게 된다. 일본의 학교는 아주 아날로그적이고 기초기본을 중요시하는 느낌을 갖게 한다. 가령, 복도나 교실 곳곳에 붓으로 서예를 써서 게시하는 모습, 수업 중에 쓰기를 강조하며 반듯한 글쓰기를 흔히 볼 수 있는 모습, 아예 교실 앞면에는 컴퓨터나 프로젝션 TV가 없는 점, 교사 역시 판서와 필기를 정성들여 쓰고 강조하고 있다는 점이다. 우리나라는 컴퓨터 도입 이래, 정보화 교육 및 ICT 교육에 집중 투자하였다고 해도 과언이 아닐 정도다. 교실마다 컴퓨터와 인터넷, 프린터기가 큰 차지를 하고, 교사는 쓰기 보다는 화면이나 영상을 보여주며 수업을 전개하고, 학생들은 그 영상을 보며 마치 새로운 세상을 자극적으로 만나는 것을 배우는 것으로 여기는 정도가 되기도 하였다. 일본 교사는 칠판, 학생과의 의사소통, 쓰기를 강조하는 반면, 우리나라 교사는 모니터와 인터넷, 영상 보여주기를 강조하고 있는 것이 대비되었다. 과연 어떤 것이 초등학교 아이들에게 더 효과적인지 나는 곰곰이 따져 보았다. 태어나자마자 아기 때부터 영상을 보여주며, 식당에서 아이 울 때 '진정시키는' 수단인 영상 보여주기가 전국의 교실 곳곳에서 이어져 스스로 생각하고 여유 있게 배우는 시간을 빼앗아가는 것은 아닐까? 학생 발달 단계를 볼 때 초등학교 저, 중학년은 구체적 조작기로 실제로 만져보고 체험하며, 교사와 친구들과의 많은 상호작용으로 배움이 이루어지도록 하는 게 자연스러운 것이다. 경험의 원추에서도 듣고 보는 것은 배움의 아주 일부분이라 시간이 지나면 쉽게 잊히는 반면, 실제로 말하고 체험하고 남에게 설명해주는 과정은 기억에 아주 오래 남는 것이다. 이에 유아기와 초등학교에서 구체적 조작기를 거치지 않고 영상 중심의 교육을 받은 아이들이 청소년기에 가서 형식적 조작기를 접할 때 과연 제대로 적응을 하고 있는가? 게임과 인터넷에 빠져들고 심지어 중독자들이 교실 여기저기서 발생하고 있는 것은 문제가 아닐 수 없다.

배움의 본질을 보며 답을 찾아야

가까운 나라 일본과 우리나라를 비교해 볼 때도 우리는 너무 세계화, 정보화에 뒤처지지 말아야지 하는 조급함이 묻어 있는 듯하다. 그것의 긍정적인 효과도 물론 있겠지만, 아이들 성장과 학습 측면에서 볼 때 의구심이 드는 것이 사실이다. 학교 현장에서 우리의 교육이 제대로 이루어지고 있는지, 교사가 제대로 아이들을 가르치고 있는지에 대한 점검은 국가 발전과 아이 성장 관점에서 매우 중요하다고 본다.

1월의 추위 속에서도 일본 아이들은 긴바지를 입지 않고 반바지와 치마를 입는다. 살이 빨갛게 드러나도 일본의 부모들은 강인하게 키우며 모든 친구가 그렇게 사니 익숙하게 살며 겨울을 견딘다. 우리는 어떠한가? 만약 대한민국 서울에서 1월에 반바지와 치마를 입고 초등학교에 다니라고 한다면 교장과 교사는 아동학대로 즉시 처벌을 받을 것이다. 우리가 어느새 너무 아이를 신체적, 정신 건강학적으로 나약하게 키우는 건 아닌지 되돌아봐야 한다.

2015 교육과정 개정에서는 아이들이 살면서 길러야 할 힘을 역량이라 표현하고, 자기관리 역량, 창의적사고 역량, 의사소통 역량, 공동체 역량 등 교육부, 교육청에서 앞다투어 새로운 용어를 도입시키며 강조하고 있다. 진정 중요한 것은 힘이라는 것이다. 교육부와 교육청에서 강조하는 것과 일치하게 전국의 교실마다 바르게 생각하고 판단하는 힘을 기르고 있는지 고민해 보는 것이 필요하다.

힘을 기르는 교육이 중요하다
큰 질문은 클 질문

우리는 매일 교실에서 아이들과 호흡하며 시간을 보낸다. 과연 내가 살아있는 이유를 찾을 때는 다른 교실, 다른 나라 교실과 대비해보면 힌트를 찾을 수 있다. 영상이 교사를 대신한다면 교사인 나는 필요 없을 것이다. 지나친 비약이라 할지라도, 얼마의 시간이 지나지 않아 인공지능 AI가 교사를 대신할 것이다. 하지만, 초등학교에서 아이와 교사가 대면하면서 느끼고 생각하는 힘을 키우는 것이 얼마나 중요한가? 아이의 수준에 맞게 하나하나 관심을 갖고 들어주며 이해하고 키워주는 것이 바로 교사의 역할 아닌가? 세계적으로 우수한 인재를 교사로 선발하는 대한민국의 교육이 제대로 서기 위해서는 바로 우수한 인재를 아이들에게 대면하고 생각을 공유하며 아날로그적이지만 가장 기초적인 교육을 정착시켜야 한다. 그러면 아이는 왜 사는지 스스로 답하게 되고, 배움의 주인으로 우뚝 설 것이다.

교사인 나의 큰 질문은 바로 아이가 클 질문이다. 내가 사는 이유는 바로 다른 사람, 다른 대상이 대신할 수 없는 것이다. 교실에서는 부모가 할 수 없는 그 이상의 것을 교사가 담당한다. 부모가 아무리 잔소리를 해도 안 되는 것을 해내는 사람이 바로 교사이다. 그래서 교사는 위대하며, 예로부터 군사부일체라고 간주하는 것이다. 교사의 존재 이유는 분명하다. 이웃나라 일본의 예를 들었지만, 차이를 보며 좀 더 본질적인 것에 대한 고민을 지우기 어려운 것은 우리가 이웃보다 힘을 길러야 한다는 나의 내면의 뜨거운 피가 여전히 흐르고 있어서일까?

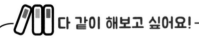다 같이 해보고 싶어요!

★ 무명교사는 결국 알게 될 것입니다.

강호의 고수는 스스로 질문을 하는 사람이란 걸…

대한 어린이 독립 선언

야단치는 엄마 & 주눅든 모범생

토요일이 되어 집 앞 도서관을 찾았다. 그곳 1층에는 휴게실이 있는데 최신식 도서관이라 편하게 차를 마실 수도 있다. 그리고 테이블과 의자를 다양한 형태로 구성해 편하게 책을 볼 수 있고 또 이용자들이 쉴 수 있도록 다용도로 구성이 되어 활용도가 높다.

열람실을 가기 전에 아내와 차를 마시고 있는데 칸막이 너머로 야단치는 엄마와 야단맞는-일방적으로 야단당하는-아이가 애처롭게 앉아 있는 것이 보였다. 슬쩍 보아도 초등학교 중학년 정도의 아이는 똘똘해 보이고 순해 보이는데, 엄마는 아이가 공부하는 것이 성에 차지 않는 모양새다. 무심코 지나치고자 했는데 갈수록 엄마의 커진 목소리에 아이는 점점 주눅이 드는 것이 왠지 교사인 나로서는 애처로움이 느껴졌다. 영어 쓰기를 하는데 아이가 잘 안되었나 보다! 아니 미국 원어민처럼 완벽한 영어를 구사하지 못한 탓일 게다. 심지어는 "너 바보야?", "너 지금 장난하니? 엄마를 무시하니?"처럼 엄마는 하고 싶은 말 다한다. 결국 "너 밖으로 가서 맞아야겠다!"라며 5분 정도의 짧지만 그 아들(그리고 우리 부부)에겐 아주 긴 시간이 일단락되었다. 통유리로 되어 있는 1층 휴게실 밖으로 모자의 2차전, 아니 엄마의 매서운 잔소리가 끊이지 않은 것이 보여 안타까웠다.

누가 엄마를 말려줄 것인가?

이 광경은 어찌 이 모자만의 일일까? 마치 우리 시대 가정의 한 단면이자, 우리 교육의 현장 그 자체가 아닐까라는 생각이 들어 가슴이 아프다. 일단 엄마는 기대가 크다. 아이들이 잘 해 주었으면 하고 바란다. 배운 것을 모두 기억하고 완벽하게 해 주었으면 하고 자식에게 엄격하게 공격한다. 이 공격성이 어디서 왔을까 분석해보면 30-40대 엄마 세대의 과거 교육의 행태에서 크게 벗어나지 않았음을 직감하게 된다. 아울러 우리 사회가 갖고 있는 경쟁 체제의 일면이 반영되는 것 같아 여기에서 자유로울 수 없는 한 엄마가 '자녀의 확실한 미래'라는 지푸라기를 잡고 싶은 마음에 대해 섣불리 욕하지는 못할 것이다. 요즈음 같은 저출산 시대에 귀한 자녀가 다른 집 아이들처럼 대충 크기보다는 완벽한 엄마의 플랜을 모범적으로(?) 따라주면 얼마나 좋으련만, 과연 이 시대 그 귀한 아이가 너무나 무서운 엄마의 폭언과 성난 얼굴에 무언의 반항과 반발심이라는 최소한의 방어 기제를 갖고 있는 것은 너무한 것일까? 여린 목소리의 대답은 엄마의 강압적인 말에 처참히 짓밟히는 현실 속에서, 엄마의 "너 커서 뭐가 될래?"라는 말에 "요리사"라고 답한다면 진정 아이가 그 자리에서 살아남을 수 있을까? 아마 엄마의 진부하고 장황한 연설은 불을 보듯 뻔한 것이다. 아이를 살려야 하는 이 처절한 승부 속에서 과연 누가 이 엄마를 말려 줄 것인가?

하고 싶은 공부를 하고 있는가?

PISA 결과 우리나라는 선진국 중에서 읽기와 수학과 부문 1위를 놓친 적이 없으나, 학습 동기와 흥미도 부분에선 매 평가마다 하위권을 맴도는 것은 세계가 다 아는 사실이다. 그리고 성인 읽기 테스트인 국제성인역량조사(PIAAC)에서는 최하권으로 밀려간다는 것은 부모와 교사의 타율적인 학습에 길들여진 결과 학습 동기는 당연히 낮은 것이고, 대입을 거쳐 사회생활을 하면서 공부에 대한 부정적인 인식과 과중한 직장 스트레스와 격무와 무관하지 않은 것이다. 우리의 목표 중 하나는 창의적인 글로벌 인재 양성 또는 노벨상 수상일 터인데, 똑똑해 보이는 대한민국 아이들이 학습동기와 흥미도가 없는 가운데 과연 평생 동안 업적을 쌓아도 힘들 노벨상의 주인공이 쉽사리 되지는 않을 것이 뻔하다.

과연 우리는 하고 싶은 공부, 배우고 싶은 배움을 하고 있는지 묻지 않을 수 없다. 대부분 입시교육에 질식되어 이 길이 아니면 아니라는 식으로 내몰리고 있지는 않은지... 왠지 명문고를 나와서 명문대, 혹은 최소 이름 있는 4년제 대학을 나와서 좋은 직장을 들어가는 공식(?) 속에 갇혀 개성을 상실하고 살고 있는 것은 아닌가? 자신에게 맞는 적성은 온데간데없고 성인인 엄마의 바람, 기대, 마스터플랜에 따른다면 과연 진정한 아이의 인생은 어디에 있을까? 좀 더 아이들이 큰 그림을 그리고 내가 배우고 싶은 것을 배우고 행복한 배움은 없는 것일까?

대한 어린이의 독립을 지지한다

3.1절을 즈음하여 대한 아이 독립 선언을 제안한다. 그것은 그리 큰 선언이 아니다. 그저 아이의 이야기를 들어주고 믿어주는 것이다. 기다리고 박수쳐주는 것이다. 실패해도 용서하고 다시 일어설 때까지 또 기다리고 바닥 치면 함께 손잡아는 주는 것이다. 아이가 주인 되도록 하고 어른들은 그저 따뜻한 눈빛을 보내주는 것이다. 요구하기에 앞서 맞장구쳐주고 길을 만들어주기보다 스스로 개척해내는 작은 길을 인정해주기. 답을 알려주고 외우게 하기보다는 엉뚱하고 참신함에 "왜 그럴까?"로 관심을 가져주기. 엘리트코스에 모범적인 답만 빨간색으로 동그라미 치기보다는 함께 대화하고 마음을 열어주기. 아이의 영어 스펠링이 틀려도 다시 도전하게 그 엄마가 응원해 주었으면 하고 간절히 바란다.

어린 아이 입장에서 짧은 시간에 어른의 규율을 다 지키기는 너무나 힘들고 까마득한 것이다. 이 험난한 여정을 과연 부모는 함께 하고 있는 것인지 아니면 불확실한 미래에 그저 낭떠러지 속으로 내몰고 있는 것인지 스스로 성찰이 필요한 때이다.

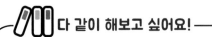

다 같이 해보고 싶어요!

★ 엄마의 태도가 중요합니다.

"아이야 괜찮다. 기다려줄게. 다시 한번 해보렴."

이런 무명엄마가 되어야 합니다.

잘 가르치는 방법에 대한 고민

잘 가르치는 방법은 바로 수업 잘 하는 방법이다. 그것은 바로 사람 대 사람이 교육과정을 이야기하는 과정이기 때문이다.

1. 자기 경험으로 받아들인다.

자신의 관심, 흥미, 경험, 지적 수준에 따라 다르게 받아들인다. 같은 지식이라도 서로 다르게 보이게 된다. 사과를 보면 먹고 싶다는 사람이 있고, 어릴 적 과수원에 가본 적이 있다는 사람이 있다. 사과가 비싸다는 사람이 있고, 사과 때문에 기쁘거나 슬펐던 경험이 있는 사람이 있다.

2. 라포가 중요하다.

아무리 좋은 주제나 뛰어난 화술이 있더라도 교사와 학생간의 관계가 중요하다. 내가 선생님을 좋아하면 당연히 그 과목과 그 시간은 관심이 간다. 영어 선생님을 좋아하면 영어 성적이 올라가게 된다. 하지만 무서운 수학 선생님이 있어서 억지로 공부한다면 그 과목의 성적과 흥미, 만족도는 나아지길 기대할 수 없다.

3. 첫 인상이 중요하다.

교사의 좋은 인상이 수업의 질을 결정짓는다. 표정, 목소리, 억양, 높낮이는 이미지를 나타내며 첫 대면의 시간이 바로 수업의 성패를 좌우한다. 이에 준비된 모습, 완벽한 모습으로 자신 있게 서는 것이 중요하다. 그렇다고 너무 아는 체하거나 남을 무시하는 행동은 절대 금물이다. 상대를 존중하고, 과목의 요지이나 목적, 자신에 대한 소개, 최신 화젯거리나 유머 등으로 동기를 유발해야 한다.

4. 수업 운영 능력이 중요하다.

적절한 시간 배분, 참여도를 높이기, 발문하기, 기다리기, 영향력 미치기 등은 철저한 수업 준비와 사례, 경험에서 나오게 된다.

5. 수업은 교사 혼자 하는 게 아니다.

수업은 교사 혼자만의 힘으로 이루어지지지 않는다. 좋은 수업은 바로 참여를 시키는 것이다. 능력, 준비는 기본이며, 강사-수강자가 함께 웃고 말하고 대답하고 느끼면서 움직여야 한다. 혼자 하면 할수록 수강자는 강사에게서 점점 멀어지게 되고, 강사는 점점 수업하기 힘들어진다.

때는 바야흐로 스토리의 시대다. 같은 주제라도 이야기를 통해 재미있게 구성하고 전달해야 한다. 특히 자신의 경험과 사례가 필요하다. 공감은 바로 경험에서 비롯된다. 수강자는 공감을 할 때 아하, 맞아, 박수치기 등등의 말과 행동을 한다. 감성을 자극하는 하나의 사례는 날카로운 칼보다 빠르다.

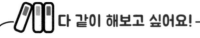 다 같이 해보고 싶어요!

★ 무명교사는 잘 가르치는 방법에 대해 끝없는 고민을 합니다.

첫 관계가 중요하다

3월 무질서한 교실은 일반적인 현상
아이는 미숙한 존재라는 인식 잊으면 안돼

3월 2일 아이들과 만나게 되면서 나는 그동안 꿈꾸었던 교실에 대한 기대와 설렘이 순식간에 사라져 실망에 빠지게 되었다. '좋은 일만 가득하길', '꽃길만 걷기를'이란 꿈은 온데간데없어졌다. 아이들은 교실 곳곳에서 떠들고 장난치고 마냥 무질서하게 다닌다. 담임의 말을 듣고 있기나 한 건지, 내가 말하고 있어도 스테레오 방송처럼 지방 잡음이 심하다. "요즈음 아이들은 뇌구조가 다르다"란 말을 동료교사들로부터 듣고 있지만 풀어놓은 송아지마냥 날뛴다. 가끔씩 예쁘고 귀여운 아이, 반듯한 아이들이 있지만, 이들은 당연하다고 믿고 애꿎은 이 아이들에게 피해 가지 않도록 나는 담임으로서 가지치기에 바쁘다. 얼른 분위기를 잡아야 할 텐데... 하고 다짐을 한다. 그러나 선불리 지나치면 역효과가 날 것 같다.

나는 좋은 학급을 만들고 싶은 것이지만, 아이 입장에서 보면 '왜 선생님이 혼만 낼까?', '똑같이 떠드는 친구들에게는 아무 말 없고 왜 나에게만 지적을 할까?'라고 생각할 수 있으리라. 지극히 아이들은 전체를 못 보고 자기 입장만 보는 속 좁고 이기적인 속성에서 벗어나지 못하고 있다.

그래서 생각을 바꾸어 보아야겠다. 처음 성급하게 질서를 잡으려고 하지 말고, 아이들을 믿고 아이들 입장에 서보는 것이다. 분명히 아이들은 첫 날이라 모르는 부분이 많을 것이고, 그 핑곗거리 좋은 명수식어인 **아이는 "미숙한" 존재임**을 또다시 되새겨 보는 것이다. '그래 내가 참아주지.' 너희를 믿고 미숙한 너희를 내가 가르치니 결국 내가 필요한 것이다. 너희가 완벽하면 내가 여기에 필요할까? 내 존재는 이 상황을 현실로 받아들이고 성급하지 않게 차분하고도 유연하게 대하며, 하나하나 고쳐가는 것이다.

아무리 좋은 혁신도 서두르면 실패한다고 하지 않았나? 나는 이미 문제점을 파악했고 또 해결방법도 알고 있다. 그럼 됐다. 이제 내가 할 일은 시간적 여유를 갖고 하나하나 실천하는 것이다. 믿으면 통하고 믿지 않으면 통하지 않는다. "신즉통 무신불통(信則通 無信則通)"이리라. 내가 갑자기 명문장(名文章)을 만들어 낸다. 역시 궁하면 나도 통할 것이요, 하늘이 무너지더라도 내가 창의적으로 솟아날 구멍을 찾아낼 것이라는 안도감이 절로 든다.

아이들을 믿으면 결국 좋은 학급으로 이어져
학급 속에서 아이와 교사 동반 성장

믿자, 아이들을 믿자!

학급에서 아이들과 좋은 관계를 맺어보자.

시간이 해결해 줄 것이요, 천천히 그리고 부드럽고 친절하게 나아가자. 결국에 내가 승리할 것이다. 아이들과의 관계는 아주 좋아질 것이다.

이는 바로 내가 존재하는 이유요 가치다.

그리고 솔직한 한 반 전체를 보았을 때, 개구쟁이와 말괄량이보다는 천사같이 순하고 착한 아이들이 훨씬 더 많음을 한눈에 볼 수 있었다. 그러니 괜한 짓 하다가 망치지 말고, 긍정적인 면을 보면서 맑고 밝은 반을 만들자. 악화가 양화를 구축하지 않도록 내 소임을 다하리라.

나는 아이들을 위해 존재하는 교사다. 그리고 이런 문제는 대한민국, 전 세계의 교사와 담임이 겪는 불가피한 부분이다. 내가 이 정도의 반을 약간의 부정적으로 보는 것은 사치다. 이정도면 할 만하고 괜찮다. 내가 가르칠 것이고, 내가 감동케 하고, 끝내 내가 너희가 성장하도록 할 것이다.

내가 아이들을 믿고 아이의 말을 듣고 함께하면 분명 좋은 학급이 될 것이요,

더불어 나도 좋은 교사가 될 거라 확신해본다. 우리 반, 이제 희망이 슬슬 보인다. 내가 생각을 바꾸면 세상이 달리 보인다.

교실에서 아이들이 자라고 내가 성장한다. 교실에서 교사는 아이들과 함께 동반성장하는 것이다.

오늘 우리 학급을 통해 내가 또 하나 더 배운다.
오늘 내가 익어간다.

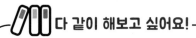다 같이 해보고 싶어요!

★ 무명교사는 아이들을 믿고 또 믿습니다.

살아있는 글쓰기 교육

모둠 배움 일기를 소개합니다

요즈음 아이들은 글쓰기를 힘들어한다. 각종 영상매체와 스마트폰, 인터넷의 영향이 크고, 또 스피드 시대에 디뎌 지는 것을 못 참고 팝콘 브레인(popcorn brain)이 되었기 때문이다. 네이버 지식백과에 따르면, 팝콘 브레인이란 즉각적인 반응이 나타나는 첨단 디지털기기에 몰두하게 되면서 현실 적응에는 둔감한 반응을 보이도록 변형된 뇌구조를 가리킨다.

우리 반 아이들에게 이 단어는 해당되지 않는다. 모둠 배움 일기를 쓰면서 자유롭게 하루 학습을 되돌아보며 정리하고 공유하기 때문이다. 처음에 쓸 때는 서툴기도 하지만, 하루하루 쓰다 보니 1년이 다 되어가는 지금 학급에서 50권의 모둠 배움 일기를 작성하게 되었다. 놀랍다. 매년 이렇게 학년 말이 되면 50-60권을 쓰게 되는데 함께 큰일을 해낸 거 같아 모두가 뿌듯함을 느낀다. **글 속에는 학교가 들어있고 우리가 들어있고 배움이 들어있다.** 즉, 아이들의 글 속에는 삶이 들어있다. 기쁨, 행복, 놀람, 긴장, 아쉬움, 나눔, 소속감 등등이 녹아 있다. 다음은 스킬자수를 한 날의 라연이의 모둠 배움 일기이다.

라연이의 모둠 배움 일기 2019년 1월 11일 금요일 날씨 : 미세먼지 나쁨, 추움

오늘 2,3교시에 미술을 하였다. 미술에는 스킬자수를 하였다. 처음에는 엄청 안 되고 친구들이 알려주어도 못 알아들었다. 그런데 자세히 보니까 잘 되어서 빨리 하게 되었다. 하다 보니 재미있고 실이 풀어지고 헷갈리고 그랬는데 좀 빨리 하게 되었다. 나도 이제 할 줄 알아서 은지를 도와줬는데 은지도 잘 하게 되어 뿌듯했다. 많이 남았지만 다음 주까지는 끝낼 수 있다. 너무 재미있다. 완성하면 예쁜 작품이 나올 것 같다.

칭찬 릴레이 : 저는 우리 반을 칭찬합니다. 우리 반은 재미있고 멋진 반이기 때문입니다.

선생님 댓글 : 처음에 스킬자수가 안 되었는데 점차 알게 되어 다행이야. 친구까지 가르쳐 주다니 정말 대견해. 참 잘 했어. Good! 선생님이.

스킬 자수를 하면서 처음엔 어떻게 할지 몰라 서툴고 당황했지만 알게 되었을 때의 기쁨이 나오는 순간이 있다. 학교에 오기 전, 수업 전에는 몰랐던 것을 수업을 통해 친구와의 만남, 선생님과의 만남과 대화를 통해 알게 되고 이루게 된다. 이 순간이 수업에서 제일 중요하다. 학교에서 수업이 제일 중요한데, 수업에서 이 순간이 제일 중요하니, 모르는 것을 알게 되는 순간은 학교에서 결정적인 순간이라 할 수 있다. 우리는 공부하기 위해 건강해야 하고 밥을 먹어야 한다. 결국 건강하고 밥을 먹는 이유는 이 순간이 이루어지기 위해 있는 것이다. 이러한 과정은 한 순간에 머물지 않고 남에게 영향을 미치기도 하며, 다음에도 또 도전해서 이루도록 견인한다. 참다운 배움의 순간을 지속적으로 이루어지도록 해야 함을 모둠 배움 일기를 통해 우리는 매일매일 깨닫는다.

다음은 서빈이의 모둠 배움 일기이다.

서빈이의 모둠 배움 일기 2018년 12월 6일 목요일

오늘은 6교시를 했다. 1교시는 국어였는데 국어시간에 정약용 선생님께서 무엇을 하셨는지 보고 쓰는 건데 읽는 사람을 뽑는데 내가 뽑혔다. 그 순간 당황했다. 앞자리에서는 뒷자리가 어떤 느낌인지 궁금했는데, 뒷자리는 은근 집중이 안 된다. 그래서 많이 실수한다. 진짜다. 뒷자리는 집중 안 된다. 그래서 선생님께서 뒷자리에 앉은 사람을 많이 지적하신다. 빨리 자리 바꿨으면...

칭찬 릴레이 : 저는 지현이를 칭찬합니다. 왜냐하면 저에게 상냥하게 대해 주기 때문입니다.

선생님 댓글 : 뒷자리에 앉아 집중이 덜 됐나 보네. 다음 주 앞으로 오게 되는데 열심히 하자. 선생님이.

서빈이는 국어시간에 뒷자리에 앉아 집중이 되지 않는 일을 적었다. 매주 모둠 좌석을 앞뒤로 이동하긴 하지만, 마침 뒷자리에서 키 작은 서빈이가 앞을 보니 더더욱 집중에 문제가 있었을 것이다. 아이들로서는 충분히 공감할 수 있는 일이다. 그래서 이런 부분에 대한 소통이 필요하다. 모든 아이가 동시에 자기의 의견을 표현하기는 어렵다. 이런 공책을 매개로 학급은 소통한다. 친구의 마음을 읽고 친구를 이해하고, 아이의 마음을 보며 담임인 나도 아이를 이해하게 된다. 즉 수시로 올라오는 건의사항이기도 하다. 담임은 늘 아이들을 보며 아이들을 들어야 한다고 생각한다. 언제나 아이를 향해야 한다.

다음은 윤하의 모둠 배움 일기이다.

윤하의 모둠 배움 일기 2019년 1월 7일 월요일 날씨 : 춥다

제목 : 게임에 이기려면 친구들과 팀워크가 중요해.

체육 시간에 배드민턴을 하였다. 나는 상혁, 우진, 동욱, 의준, 준영이와 같이 3대 3으로 시합하였다. 첫 번째 팀은 나, 의준이, 준영이였다. 그런데 팀워크가 잘 안 맞아 11:6으로 져버렸다. 두 번째 팀은 나, 동욱, 준영이였다. 두 번째는 이기고 있다 역전당해 28:26으로 져버렸다. 세 번째 팀은 나, 동욱, 상혁이였는데, 6:5로 이겼다. 하지만 이 것도 시간이 다 돼 선생님이 부르셔서 중간에 중단되어 이긴 건데 이것도 이겼다고 볼 수 있을까?
다음엔 친구들과 환상의 팀워크를 발휘하여 게임에서 이겨야지.

칭찬 릴레이 : 저는 의중이를 칭찬합니다. 의중이는 여러 친구들과 친하게 지내기 때문입니다.

부모님 댓글 : 친구들과 협동의 중요성을 알게 된 윤하! 정말 중요한 것을 배웠구나. 친구들과 서로 양보하고 협동하면서 잘 지내는 법을 열심히 배웠으면 해. 엄마는 열심히 기도할게. 의중이는 친구들에게 인기 짱이구나. 정말 멋지구나. 의준이 짱. 너무 멋지고 바르게 커가는 4학년 7반. 자랑스럽고 뿌듯합니다.

선생님 댓글 : 밖은 춥지만 강당에서 즐거운 체육시간이었어. 이기고 지는 승부에 연연

윤하는 체육시간 배드민턴한 내용을 실시간 중계하듯이 적었다. 어른들은 감히 할 수 없는 부분이다. 아이들의 글은 살아있고 마치 그 상황에 와 있는 듯하다. 몇 대 몇인지 기억을 다 하며, 기쁨과 아쉬움이 녹아 있다. 그리고 마음을 만져주는 부모님의 마음도 일품이다. 아이의 성장을 격려하며, 또 칭찬한 친구를 언급함으로써 학급 친구들 간의 마음을 이어주고 있다. 이렇게 모둠 배움 일기에는 따스함이 들어있고 가정과의 연계가 있다. 바쁜 부모님들이 저녁에 아이가 학교에서 무엇을 했는지 꼬치꼬치 캐묻기도 쉬운 일이 아니며, 배움 일기처럼 자세하게 옮기기도 쉽지 않다. 이렇게 모둠 배움 일기는 사랑과 우정이 오고 가는 우리 반 보물이 되었다.

다음은 하영이의 모둠 배움 일기 내용이다.

하영이의 모둠 배움 일기

오늘은 체육관에서 체육 줄넘기를 인증제를 했다. 2분 30초를 통과한 사람은 피구를 해도 좋다고 하셨다. 인증을 통과한 사람들이 신나게 피구하고 있을 때 바로 옆은 아주 뜨겁고 열정적인 모습이었다. 분위기가 엄청 다른 것 같았다. 그러다가 다 같이 피구를 하게 되었다. 1, 2, 3모둠이 한 팀, 4, 5, 6모둠이 한 팀인데, 7모둠은 여자애들이 1, 2, 3모둠으로 가고, 나와 남자애 한명은 4, 5, 6모둠에 갔다. 질 뻔했지만 무승부로 끝나 다행이었다. 인증까지 하고 피구를 하니까 뿌듯해서 나는 너무 재미있고 좋았다.

칭찬 릴레이 : 저는 상천이를 칭찬합니다. 상천이는 친구가 잘못을 해도 사과를 잘 받아주기 때문입니다.

부모님 댓글 : 인증제를 통과하고 난 뒤 홀가분하게 피구를 해서 피구가 더 재미있게 느껴졌나 보다. 줄넘기 2분하는 것도 힘든데, 체력 짱 하영이.

선생님 댓글 : 아주 아주 축하해. 승자의 여유 ~ 선생님이.

초등학생들은 체육을 좋아한다. 밖에서 움직이고 활동하는 동안 친구와 친해지고 웃을 기회가 많다. 그래서 나는 체육시간을 빠뜨리지 않는다. 때론 담임은 심판이 되기도 하고, 때론 한 편이 되어 참가하기도 한다. 위 배움 일기에서는 인증제 통과를 위해 조마조마한 마음이 들어있다. 그리고 좋아하는 피구를 하기 위한 열망이 고스란히 담겨있다. 인증제를 통과하고 나서 피구를 하여 더욱 기쁜 기분이다. 이렇게 모둠 배움 일기에는 학급 이야기, 모둠 이야기, 친구와 선생님에 대한 이해와 관심, 학업에 대한 마음가짐과 자신의 감정이 녹아 있어 살아있는 글쓰기를 달성하고 있다.

처음에 글쓰기를 힘들어하던 아이들은 1년을 보내면서 자연스럽게 글을 쓰게 되었다. 본인이 쓸 기회도 많아졌고, 친구들과 함께 하다 보니 자연스레 쓰게 된다. 아이들 스스로 혼자 쓰는 것은 참 어려운 일임에 분명하다. 그래서 오자, 띄어쓰기는 보지 않으려고 한다. 이는 나이가 들고 상급 학년이 될 때 자연스럽게 극복되는 것이지, 너무 지엽적으로 지적하다보면 글쓰기의 흥미를 잃어버릴 수 있기 때문이다. 그리고 댓글은 주로 아이들을 이해하고 격려해주는 식으로 이루어진다. 학교에서 하는 잔소리를 글속에서까지 할 필요는 없는 것이다. 알고 있으면서 실수하기도 하고, 또 어른들이 보지 못했던 부분까지 창의적으로 글을 쓰게 되기도 함을 알게 될 때 아이들의 글은 더 생생해지고 진솔해진다. 그러면서 배운다. 아이들은 콩나물시루에 물을 주면 물이 빠지는 듯하지만 어느새 자라나는 콩나물처럼 실하게 자라고 있다. 아이들을 믿고 기다리는 것이 좋은 글을 쓰게 되는 계기가 되는 것이다. 아이들이 팝콘 브레인(popcorn brain)이 되지 않고 자기 삶을 글 쓰는 유능한 사람으로 자라길 바란다.

다 같이 해보고 싶어요!

★ 글쓰기를 통해 아이들이 성장해 가는 것을 무명교사는 잘 압니다.

아이들에게 절대 끌려 다니지 마라

-진정한 교실을 위하여-

교권 붕괴는 모두의 책임, 교사 지원 장치 필요
눈치 보지 않고 마음 놓고 가르쳐야 바른 교육 이루어져

교사가 제일 듣기 싫어하는 말은 '교실이 무너졌다!'가 아닐까? 듣기만 해도 섬뜩한데, 너무나 쉽게 쓰고 있어서 일상화가 되어 안타깝기 그지없다. 교실이 무너진 후에 나오는 말은 바로 교권이 땅에 떨어졌다이다. 교권이 하늘에 있는 것도 아니고, 심지어 나무에 걸려있는 것도 아니고, 땅에 떨어지고 나아가 땅 속으로 처박혔으니 속이 터질 지경이 아닌가? 말만 하지 누구 하나 책임지지 않고 교사 탓하고, 교사를 도마 위에 올려놓고 까기 일쑤다.

교사 입장에서 보면 걱정이 태산이며, 나부터 해야 할 일을 찾아보았다. 그것은 바로 아이들에게 절대 끌려 다니지 말라! 이다. 이건 민주주의와 전혀 다른 차원의 문제이다. 나는 자유 민주주의를 수호해야 하는 중대한 역할과 사명감을 지니고 있다. 그러기 위해서는 전국의 학교와 각 교실마다 교권을 세워야 한다고 주장한다. 매 시간마다 교권을 세워야 한다. 틈을 보이는 순간 앞서 표현한 대로 무너지고 떨어지고 흔들린다. 교권은 교사를 위한 권리가 아니다. 교권은 모든 아이들을 위하는 것이고 교육을 위하는 것이다. 즉, 교권은 우리 모두를 위한 것이다. 이는 곧 수업을 잘 하기 위해서다. 행복한 교실을 만들기 위해서다. 행복한 학교는 자신과의 투쟁이자, 교육 적폐와의 싸움의 결과가 될 것이다. 아이들의 비뚤어짐, 반항, 불손, 무식과 정식으로 맞서 싸워야 한다. 이 과업은 다른 어떤 이도 대신 해 줄 수 있는 부분이 아니다. 우리는 정의를 위해 싸우는 것이지, 미숙한 아이들과 다투는 것이 아니다. 그러니 교실 적폐와 맞서 싸워라.

여기에서 밀리거나 거부하거나 회피해서는 안된다. 혹시 내가 너무 심한 거 아니야 라는 말과는 다른 부분이다. 아니 교권을 땅에 떨어뜨리는 상황에서 못 본 척 하면 어떻게 되겠는가? 교실에서 어떻게 해야 할지는 교사가 누구보다 더 잘 안다. 학교에서 어떻게 해야 할지는 교사가 누구보다 더 잘 안다.

복도에서 소리치고 떠드는 게 자연스러운 일인가? 이것을 비정상적으로 볼 줄 알아야 한다. 그냥 지나치는 것은 나태함이요, 비겁함이다. 우리는 교실과 복도에서 정의를 외쳐야 한다. 허점을 노출하면 아이들은 기가 막히게 알아차린다.

문제는 모두가 함께 같은 마음을 가지면 된다. 혹시 이웃 반 교사가 '옆반 선생님은 나와 달라'라든가, 어떤 학부모가 '선생님이 우리 애를 너무 심하게 잡는다'라는 문제와는 다르다. 자녀를 잘 가르치려고 하는데 뭐가 잘못된 것인가? 자기 자녀 보호해 주려고 하는데 지나친 간섭과 교권 침해 상황에서 밀린다면 어떻게 되는 것인가? 이를 법적으로 옹호해주고 보호해 주어야 교사가 살고 학급이 살고 학교가 산다. 주로 이때 교사의 태도를 문제 삼는 비상식적인 접근은 절대 하지 말아야 한다. 왜냐하면 나는 교사를 믿고, 법적으로도 교사의 행동은 보호받기 때문이다.

용기 있게 행동하는 자가 모범적인 교사요, 우리 학교의 근본을 바로 잡는 사람이 되는 것이다. 그러니 마음 놓고 가르쳐라. 정의와 진리를 외쳐라. 학급에서 착하고 약한 아이들을 구하라! 사람을 향하고, 사람이 바로 설 수 있는 교실을 만들도록 노력하라.

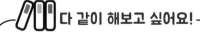 **다 같이 해보고 싶어요!**

★ 무명교사는 늘 정의와 진리를 향하고 행동으로 옮깁니다.

철저한 준비는 미소를 만든다
-한일수학 교육교류를 마치며-

제17회 한일수학 교육연구 공동발표 대회를 일본 동경에서 개최하였다. 여름에는 우리나라에서, 겨울에는 일본에서 매 3년마다 2번의 한일수업 교류를 한다. 서로 언어가 다르고 문화가 다르지만, 초등수학 수업은 많은 공통점을 가지고 있다. 교사와 아이들과의 상호작용은 통역으로 이루어지며, 통역 시간을 포함하여 10분 늘어난 50분 1차시 수업을 진행한다. 예전에 일본에 가서 교사들의 노련한 모습과 깊이를 보아왔다. 그런데 우리나라 선생님들의 수업이 훨씬 더 낫다는 생각이 든다. 교사 주도에서 벗어나 학생들의 생각을 이끌어 내기 위한 노력은 우리의 트레이드 마크가 되었다. 일본은 전통적인 수업법이 있다. 그것이 나쁜 것이 아니다. 간결하고 정확하며 군더더기가 없다. 학생의 수학적인 생각을 이끌어 내기 위해 많은 고민과 준비를 하는 것이 엿보인다. 그러나 많은 내용을 가르치려다보니 시간에 쫓기고 교사 주도로 흐르는 것을 보았다.

일본 수업 "무슨 요일일까?"

한국수업 "생각을 바꾸기"

지금 우리의 수업은 예전과 아주 달라졌다. 특별히 이번 한기완 수석선생님의 수업은 일본 열도를 뜨겁게 달구기에 충분할 정도로 탁월하였다. 주제는 "생각을 바꾸어 보다 나은 방법으로 만들어 보자"이다. 선생님의 장점인 도형을 소재로 하였으며, 그 중에서 탱그램 블록을 제시하며 공통점을 찾아보며 수업을 시작하였다. 7개의 도형을 여러 기준으로 나누어보도록 하고, 어떻게 나누었는지 다른 학생들에게 설명을 해보라고 한 것에서 참관자들의 이목을 집중하였다. 일본에서는 탱그램, 칠교라는 표현을 낯설게 들여다보았다. 5학년 학생들이 모르는 것을 보니 교육과정에서 제외된 것이 틀림없었다. 본격적으로 전개과정에서 평행사변형 학습지 위에 7개의 조각으로 도형을 만들어 보라고 했다. 학생들은 대부분 각각의 조각을 놓기에 바빴다. 그런데 2-3명의 학생이 맞추긴 하였는데 큰 의미 없이 놓다보니 우연히 되었다. 이에 수업자는 7개의 조각을 정사각형으로 만든 것을 평행사변형으로 만들어보라고 하였다. 큰 두 개의 직각삼각형을 돌리면 평행사변형이 되기도 하고, 삼각형이 되기도 한 것이다.

이어 알파벳 T, C, U, M을 만들어보게 하였다. 여전히 각각의 조각을 맞추는 경우가 있었는데, 눈치 빠른 아이는 벌써 수업자의 의도를 이해하고 쉽게 맞출 수 있었다. 수학적 발견의 수학이었다. **쉽게 문제를 해결할 수 있는 쾌감의 순간이며, "아, 쉽게 할 수 있겠어!"라는 절정의 시간**인 것이다. 결국 수업은 순조롭게 진행되었으며 전혀 시간에 쫓기지 않고 여유 있게 마무리 할 수 있었다. 정리 부분에서 "오늘 어떤 것을 알게 되었냐?"라는 물음에 재미있었다, 일본 아이들은 신기했다를 포함하여 간단하게 할 수 있었다 등의 학습목표 달성을 나타내는 발언을 들을 수 있었다.

수업협의 장면 – 판서를 그대로 두고 진행한 장면이 인상적이다.

이어진 수업협의회 시간에서도 일본 교사들의 반응은 뜨거웠다. "이 수업을 저희 학교에 오셔서 해주시면 좋겠다"는 최고의 극찬을 보였다. 우리 측 경인교대 송상헌 교수는 "앞으로 수학적으로 생각해보려는 태도를 갖는 것이 중요하다"며 "이는 일본의 가타키리 교수의 생각과 같다"라며 소감을 밝혔다.

 이번 일본 방문에서 가장 기억에 남는 부분은 바로 한일 공동 연구 진행 부분이다. "수표"라는 소재로 한일 양국이 수업을 해보며 공동으로 결과를 발표한 것이다. 우리 측 임영빈, 고준석 선생님은 달력의 9칸 수를 더해보고 가운데 수를 교사가 맞추면서 아이들로부터 마술사라는 말을 들었다고 한다. 귀납적 접근, 특수화와 단순화, 도식화 접근, 그리고 평균을 활용한 접근으로 요약 발표하였다. 한일 양국의 젊은 교사의 공동연구는 참으로 신선했고 우의를 증진하기에 충분했다.

한일 양국 공동 연구　　　　　　대회를 마치고 전체 사진

 2박 3일간의 일정으로 일본을 다녀오고, 둘째 날은 아침부터 수업공개에, 협의회, 점심식사, 오후 전체 협의회, 그리고 저녁 친목 시간까지 알차게 보냈다. 일본 학교를 둘러볼 기회도 되고, 특히 한일 양국 교사들 간의 소통은 참으로 소중했다. 그리고 이번에는 여행사 패키지를 이용하지 않고 우리가 스스로 일정을 잡아서 진행했다. 공항에서 숙소로 어떻게 이동할지, 숙소에서 학교를 어떻게 찾아갈지, 식당은 어떻게 찾아야 할지 등등 많은 고민이 있었다. 하지만 번역기가 있고 인공지능 시대를 맞이한 오늘날이다. 부딪혀보고 함께 공동사고를 하며

우리는 알차고 즐거운 시간을 보낼 수 있었다. 수업이든 여행 일정이든 준비에 준비를 한 결과, 우리는 마침내 미소를 짓게 한다.

그리고 내년에 오게 될 일본 교사를 반갑게 맞이하며 더욱 연구하고 소통하는 민간 외교관이 되기를 다짐해 본다.

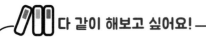 다 같이 해보고 싶어요!

★ 무명교사의 수업에 대한 끊임없는 연구와 성찰을 일본이 부러워하고 있습니다.

한글 교육을 위한 착한 받아쓰기

한글 교육이 소중하다

초등학교 2학년 아이들을 가르치는 교사인 나는 국어 시간 한 단원을 마칠 때마다 받아쓰기를 한다. 스마트폰과 컴퓨터, 그리고 TV라는 영상매체에 몰두하게 된 현실에 한글 교육의 소중함은 더해 갈 수 밖에 없다. 받침을 잘 틀리고 읽기 어려운 글자를 쓸 뿐만 아니라 글씨체도 예전 같지 않은 것 같아 교육자로서 큰 책임감을 느낀다. 하루하루 유행과 변화가 심한 요즈음은 한 글자 한 글자 또박또박 쓰던 예전이 그리울 따름이다.

아이들이 쓰고 내가 불러주니 정확하게 말하자면 나는 '불러주기'를 하고, 정작 아이들이 '받아쓰기'를 한다고 하는 게 옳을 것이다. 받아쓰기도 일종의 평가이니 아이들의 관심이 많다. 다른 시험에 비해 유난히 '100점'을 맞아야 할 대상으로 받아쓰기를 꼽는다. 비교적 노력하게 되면 목표 달성률이 높기 때문이다. 그래서 집에서 부모님과 연습하는 아이도 있을 것이고, 혼자서 연습해 보기도 할 것이다.

쉬운 받아쓰기와 착한 채점

나의 받아쓰기 지도에는 몇 가지 전략이 있다. 먼저 받아쓰기 문제는 되도록 쉽게 출제한다. 초등학교 1, 2학년에게 긴 문장을 10개씩 외우게 하는 것은 아이들에게 큰 부담이 될 게 뻔하기 때문이다. 그리고 그것을 준비하면서 부모-자식 간에 충돌과 다툼이 다분히 예상된다. 그래서 국어책 마지막 쪽에 있는 "바른 글씨 쓰기"에서 연습한 내용을 낱말 중심으로 출제를 한다. 누구든 학교에서 한

번씩 써 보고기에 받아쓰기에서 쉽게 고득점을 맞을 수 있다. 가정에서 연습하는 것은 자유다. 그리 양이 많지 않기 때문에 굳이 연습을 할 필요는 없지만, 스스로 공부해 본다는데 막을 필요도 없다. 어쨌든 시험으로 오는 스트레스와 부담은 최소화시키는 기조를 유지하고 있다.

그리고 받아쓰기 채점은 독특하게 이루어진다. 10문제를 내서 다 맞으면 100점, 1개 틀리면 90점 10개 다 틀리면 0점으로 하는 것이 일반적이다. 그게 아무렇지 않게 받아들여져 지금까지 내려왔다. 심지어 빨간 펜으로 진하게 틀린 표시를 하는 것은 아이 입장에서 큰 상처가 되지 않겠는가? 교사 중심이 아니라 학생 입장에서 자세히 보면 달리 보이는 게 있다. 바로 한 글자 틀렸는데 10점을 감점하는 제도이다. 어린 마음에 아는 것을 틀려 속상하기도 하고 심지어 선생님이 야속하게 보이기도 할 것이다. '겨우 두 글자 틀렸는데 80점이라니?' 이런 난감하고 불공평한 경우가 어디 있을까라는 생각이 든다. 본인이 몰라 틀릴 수도 있지만, 아는데 실수를 하거나 빨리 쓰다 보니 연필이 희미해 보이지 않을 수도 있다. 물론 쓴 사람은 주로 보인다고 주장한다. 이에 틀린 글자 수만큼 1점씩 빼주는 점수 채점 방식을 도입하였다. 한 글자 틀리면 90점이 아니라 99점이 되고, 세 글자를 틀리면 70점이 아니라 97점이 되는 것이다. 그런데 모든 글자를 틀렸는데 그 문제를 맞게 해줄 수는 없다. 그래서 문제 하나를 다 틀리지 않는 범위 내에서, 한 글자에 1점씩 감점하는 채점 방식을 하면 문제될 것이 없다. 아이들은 100점이 아니더라도, 주로 99점, 98점, 97점을 맞는다. 그러니까 우리 반 받아쓰기의 평균점수는 항상 95점을 넘는다. 아이들의 성취감과 만족감이 높고, 비록 틀린 문제가 있더라도 큰 무리 없이 수긍하는 모습을 볼 수 있다.

중요한 것은 점수가 아니라 바르게 쓰는 것이다. 점수와 서열 위주의 교육이 되면 틀린 것에 엄격하다. 하지만 아이의 입장에서 채점을 하게 되면 아이들이 보이고, 아이들의 성장과 배움을 새로이 보게 된다. 이번에 받은 점수에 그치는 것이 아니라, 정확히 쓰고 바른 글을 익혀 나가는 과정으로 인식한다면 받아쓰기는 큰 교육의 장이 된다. 그리고 "100점 맞으면 너 좋아하는 거 사줄게"라는 물질적인 거래와 보상이 사라질 것이다. 오히려 학습에 대한 긍정적인 생각과 성취감, 만족감을 갖게 되어 내재적인 동기는 더욱 효과적으로 유발될 것이다.

한글 교육 정상화를 위하여

현재 초등학교 국어 교과서는 기초적인 한글 학습이 이루어지기 전에, 자신의 생각을 쓰고 의견을 제시해야 하는 수준까지 되어 있다. 즉, 가정에서 학습하거나 학교 한글 교육 이전에 학습한 것을 전제로 교과서 구성이 되어 있어 학생과 학부모에게는 큰 부담이 아닐 수 없다. 교육부는 현재 개정된 교육과정에서 한글 교육을 강조하고자 시수를 확대하고 있는데, 학생의 입장에서 보기에 한글 교육이 정상적으로 이루어지는 데 기여하기를 바란다. 학교는 서열을 매기거나 평가만 하는 곳이 아니라, 모르는 것을 배우는 곳이자 학습의 장임을 기억해야 할 것이다.

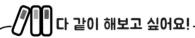 다 같이 해보고 싶어요! ─────────

★ 친구와 나를 비교하면 불행해집니다.
★ 어제보다 나은 나를 가꾸기 위해 노력하면 답이 나옵니다.

최고의 가르침

아이들은 쉽게 변하지 않는다. 나태한 것 같고 말썽만 피우고 장난치고 버릇이 없는 것은 여전하게 보인다. 그래서 어제도 가르치고 오늘도 가르치고 내일도 또 가르칠 것이다.

청소를 할 때 나는 먼저 줍는다.
읽으라 하기 전에 나는 먼저 책을 본다.
노래 부를 때 나는 입을 더 크게 벌린다.
욕 하지 말라고 하기 전에 먼저 고운 말을 쓴다.
글씨를 바르게 쓰라고 하기 전에 내가 먼저 정성스럽게 쓰려고 한다.
복도에서 뛰지 말라고 하기 전에 나부터 천천히 걷는다.

나의 말 한 마디, 나의 행동 하나가 아이에게 영향을 미친다.
아무도 보지 않을 것 같았는데 다 보고 있었다.

잔소리보다 더 필요한 것은 바로 교사의 솔선수범이다.

내가 먼저 행동하고 실천하니 아이들이 변했다.
아이들은 말로 배우지 않는다.
아이들은 명언으로 배우지 않는다.
아이들은 교사의 행동을 보고 배운다.
내가 하하 웃으면, 아이들은 하하하 웃는다.

그리고 그것은 매우 느려 마치 이루어지지 않는 것으로 착각할 정도다.

봄 동산의 풀을 보라.

어느 새 꽃이 피고, 어느 새싹이 나고, 산 빛은 옷을 갈아입는다. 일주일 새 많은 변화가 있는 것이 바로 봄의 자연이요 봄의 빛깔이다.

콩나물시루의 콩나물을 보라.

물을 주어도 빠져 나가고, 또 주어도 빠져 나가지만 어느 새 키가 큰 콩나물이 된다. 콩나물 자라지 않는다고 주인이 물 주는 것을 아끼랴? 그렇지 않다. 주인은 콩나물이 자라기를 기대하고 있다. 지금은 보이지 않지만, 얼마나 자라고 있는지도 생각할 필요 없는 것이다. 아마 자랄 거야라는 마음과 반드시 넌 해낼 수 있어라는 확신이 있다.

교사는 봄빛을 믿어야 한다. 교사는 콩나물시루 주인이 되어야 한다.
교사는 아이를 볼 때 미래를 보아야 한다.

지금 내 앞에 있는 아이를 보면 코흘리개, 무지한 아이, 장난꾸러기에 학습 부진아일 뿐이다. 하지만 위대한 교사일수록 아이에 대한 믿음이 있고 기다릴 줄 안다. 재촉하지 않고 격려한다.

그러니 교육정책을 담당하는 행정가나 학교의 관리자는 교사를 재촉해서는 안된다. 아이가 쓰레기를 버리니 환경교육이 안됐다거나, 복도에서 시끄러우니 질서교육을 시켜야한다고 속단교육을 시켜서는 안된다.

최고의 가르침을 하는 위대한 교사를 위해서는 최고의 정책가와 최고의 관리자의 뒷받침이 필요하다. 눈에 보이는 것만이 교육이 아니다. 교육은 백년지대계(百年之大計)라고 믿는 지원을 하라고 책임과 의무를 받고 있는 것이지, 직위를 이용하여 교사를 재촉하고 괴롭히라고 존재하는 것이 아니다.

그리고 아무리 좋은 정책과 지원이 있더라도 교사가 모범을 보이지 않으면 어떤 것도 불가능하다. 모든 것은 교사에게 달려있다. 교사와 학생의 관계 속에서 형성된다. 교사와 학생의 관계를 개선하고 지원하고 믿어 주는 행정백년대계, 지원백년대계가 이루어져야 한다.

최고의 가르침은 바로 교사의 손 안에 달려있다.

마그리트의 통찰력 (1936)

다 같이 해보고 싶어요!

★ 남이 못 보는 것을 내다볼 수 있기에 선생(先生)입니다.

★ 솔선수범하는 선생님 뒤에 뛰어난 제자가 있기 마련입니다.

공부 못한다고 꾸짖지 말자

선행학습이 칭찬받아서야

나는 공부 못한다고 우리 반 아이들을 꾸짖지 않는다.

기본적으로 아이들은 저마다 학습 수준과 소질이 다르다고 생각한다. 물론 선행학습을 했거나 예습을 하는 아이도 있겠지만 그것이 그리 중요하지는 않다. 심지어 잘못된 지식으로 인해 방해를 받기도 한다.

그런데 학과 성적이 부족하다는 이유로 야단을 맞는 경우는 허다하다고 볼 수 있다. 그래서 영어를 배우지도 않은 초등학교 1학년 아이 입에서 "저는 영어를 잘 못해요"라는 말이 저절로 나오는 것을 보면 얼마나 학업 스트레스를 갖고 있는지 알만 하다.

중요한 것은 아이들이 한 시간 한 시간 수업 속에서 열심히 배우고자 하는 의지와 바른 자세를 갖고 있느냐에 있다. 좋은 마음가짐을 갖고 의욕을 가질 때 학습은 크게 이루어진다. 수업 시간은 내가 알고 있는 것과 교사의 발문, 학생들과의 소통 속에서 새로운 지식을 쌓아가는 과정이다. 좋은 수업은 스스로 발견하고 깨닫는 즐거움의 경험을 많이 하는 것이다. 이는 교사가 주입하거나 설명하는 것에서 비롯되기보다는 자신의 경험과 연결시키고, 자신이 갖고 있는 개념에 덧붙여나가고 통합하고 융합해가면서 나아가는 인간 노력의 결정체이다. 그래서 배움을 가벼이 여겨서는 안된다.

선행 학습은 속도위반이다. 속도위반은 단속 대상이며 과태료를 물게 된다. 다른 차량에게 해를 끼치고 사고의 위험을 갖고 있기 때문이다. 선행 학습도 마찬가지이다. 함께 알아가야 하는 공동체 속의 수업이 소수의 과속으로 모두가 사고의 위험을 가져서는 안된다. 내가 생각할 시간은 가져야 진정한 배움이 일어나는데 그것을 빼앗아가니 엄연한 도난 행위요 범죄행위이다. 생각할 시간과 여유, 함께 도우면서 배워야 하는 시간을 없애는 탈취 행위가 된다.

그러나 이러한 엄정한 규칙이 존재해야 할 곳에서 오히려 "선행학습 한 아이는 다르구나"라든가 "넌 학원 안다니고 뭐하니?" 식의 발언은 거의 조폭 수준의 교실 파멸 행위이다. 질서를 무너뜨리는 것이고 정의로운 교실 학업을 방해하는 만행이다.

학교는 배우는 곳이다. 더 자세히 말하자면 **학교는 모르는 것을 배우는 곳이**다. 몰라서 학교에 배우러 왔는데 모른다고 꾸짖으면 학교에 가고 싶은 마음이 생길까? 학교는 배우는 곳이 되어야지 모른다고 쫓아내고 시험 성적이 낮다고 무시하고 서열에 따라 인권을 침해하는 행위는 바람직하지 않다. 사람의 능력과 소질, 배움의 속도에서는 차이가 나는 법인데 그것을 이해하고 받아들이는 노력이 필요하다. 또 빠르다고 무조건 좋은 것도 아니요, 느리다고 영영 느리거나 모르지도 않는 것이다.

시간에 흔들리는 교실은 위험하다

좋은 수업이 이루어지는 교실에서 필요한 것은 바로 기다림이다. **속도가 빠르더라도 "다시 한번 생각해 보렴"이라는 여지를 남겨두는 마음이 필요하다.** 속도가 더디면 "처음엔 다 그런 거야. 너도 노력하면 할 수 있어"라는 마음이 있어야 한다. 그래야 아이는 안정감을 갖고 시간에 쫓기지 않고 자신감을 가질 수 있다. 그런데 실제로 학교 현장에서는 시간이 부족하고 한 시간 차시 속에서 진도에 쫓기는 것이 사실이다. 교과서의 양이 많은 것도 있지만 그 시간에 학생 지도에, 상담에, 숙제 지도, 형성평가 실시 등 많은 일을 수행하는 것이 현실이다. 이런 많은 일 중에서 교사가 여유를 갖고 있으면 다행이지만 시간에 마냥 쫓기다 보면 아이들을 재촉하게 되고 결국 아이들의 삶과 생활을 놓치게 된다. 수업 속에서 목표는 아이이지 진도빼기가 아니다. 그래서 한 시간 한 시간 이루어지는 수업 속에서 무엇이 가장 중요한지를 설정하는 교사의 명확한 철학이 우선되어야 한다. 교사의 확고한 철학과 신념 속에서 좋은 수업이 나오고 아이들은 행복해지고 교사를 따를 것이다.

누구든 잘 하는 부분은 있어

수학을 잘 못하더라도 그림을 잘 그리는 아이가 있다. 또 수학 중에서 도형 부분에 대한 이해는 잘 하지만 연산에서 애를 먹는 아이가 있다. 계산력은 뛰어나지만 고차원적인 사고력 문제나 논술형 문제에 맥을 못 추는 경우도 있다. 경우의 수는 무한하다.

나 역시 초등학교 시절 동네 형들과 함께 축구를 할 때 헛발질만 한다 하여 축구를 못한다고 낙인이 찍힌 적이 있다. 형들은 나보다 신체 조건도 좋고 축구를 잘 하나 어린 나이에 나는 내가 진정 축구를 못하는 것으로 생각하고 체념한 적도 있다. 그러고 보니 '축구도 못하는데 뭘'하며 가까이 하지 않게 되었고, 축구는 전문가들이나 형들이 하는 종목으로 여기기도 하였다. 그러나 나이가 들어 보니 내가 그리 축구를 못하는 것이 아니라는 것을 알게 되었다. 체력도 좋고 볼을 세게 차기도 하였다. 제자들과 함께 운동장에서 축구를 하다 보면 "우리 선생님 공이 하늘 높이 올라가 사라졌다"는 말을 들을 정도다. 그리고 내 아이가 초등학교를 다니게 되었다. 어린 시절 나 같은 경험을 해서는 안되겠다 싶어서 "그 정도면 아주 잘하는 거야"라는 식으로 이해하게 되었다. 운동이나 공부나 하다 보면 자연스럽게 잘하는 경우가 많다. 나는 그것을 강하게 믿고 싶다. 혹 지금이라도 운동이든 공부든, 음악이든 미술이든 처음 하는 것이라 잘 못한다고 체념하는 경우는 없길 바란다. 출발점 행동이 다르니 남이 잘 해 보이기도 하고, 경험이 없는 나는 못해 보일 수 있는 것이지 똑같은 양의 경험과 노력을 한다면 누구든 여러 부문에서 소질을 발휘할 수 있다. 일만 시간의 법칙이 있듯이 어떤 일이든 어느 정도의 연습은 필수적이니 처음부터 안돼, 못해라고 포기하기보다는 도전하고 배우고 익히다 보면 잘 할 수 있다는 자신감을 갖길 바란다.

교사가 학생의 어떤 부분에서 도움이 필요한지를 찾아내어 개인 코칭을 하면 대부분은 해결이 된다. 그러나 다인수 학급이라는 현실 속에서 놓치는 경우도 있고, 개별 맞춤형 학습이 이루어지지 않는 경우 결손은 누적되기 마련이다. 그러니 집단을 하나로 보지 말고, 한 사람 한 사람이 소중한 인격과 개성을 갖춘 능력자라는 생각을 갖고 임한다면 시행착오는 훨씬 줄어들 것이다. 교사로서는 시행착오를 축소시키는 것이지만 그에게서 배운 학생은 새로운 세상이 열리는 길이 되기도 한다. 교사가 최소한 길을 열어주고 이끌어주는 일을 해야지 방해나 장애물이 되어서야 되겠는가?

못한다고 꾸짖지 말자. 잘 하는 점을 찾아보자.
누구든 처음은 서투른 거야. 하다보면 익숙해진다.
전체를 보지 말고 하나하나를 소중히 하자.
비교하지 말고 아이를 존중하자!

나도 처음부터 잘하는 것은 아무것도 없었다.

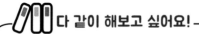 다 같이 해보고 싶어요!

★ 잘하는 점을 더 잘하게 하는 게 진정한 교육입니다.
★ 교사의 칭찬과 인정에 아이들이 춤을 춥니다.

아이들은 쉬는 시간에 진지하다

아이들은 쉬고 싶다

지금은 쉬는 시간이다. 수업을 하던 아이들이 삼삼오오 모여 이야기꽃을 피우기도 하고, 뛰기도 하고 또 놀이를 하기도 한다. 쉬는 시간 원래 목적인 화장실을 가기도 하지만, 책상을 돌아다니며 친구를 만나기도 하고, 혼자 무언가 그리기도 한다. 깔깔깔, 쌤—, 야~! 등등 아이들의 목소리는 각양각색이지만, 하나의 특징을 발견할 수 있다.

그건 바로 아이들은 쉬는 시간에 가장 진지하다는 것이다. 아이들은 놀 때 가장 집중력이 뛰어나다. 수업 시간에 흥미가 없고 어려워하기도 하고, 별로 태도가 바르지 않은 아이조차 쉬는 시간에는 엄청난 발화량과 활동량을 보이는 것을 목격하게 된다. 새로운 놀이를 소개하면 바로 동조하고 여럿에게 확산하는 것은 시간 문제다. 새로운 규칙과 약속을 정하고 협동이 있고 나름 질서가 형성된다. 참 대단한 일이다! 심지어 다른 아이들에게 호통을 치고 따지면서 리드하기도 하고 적극적인 그 자체로의 삶을 보여준다. 그러나 다시 수업 시작종이 울리면 그 적극성은 온데간데없고 수업에 열중한다는 것과는 다른 생각의 적막이 있거나 떠들썩하거나 놀이 때와는 사뭇 다른 분위기가 묘하게 나타난다. 또다시 쉬는 시간 종이 울리면 이전 쉬는 시간의 반복이 이루어진다. 여기서 나는 학교의 형식성과 아이들의 길들여짐을 발견할 수 있다. 학년이 올라갈수록 수업은 매우 정형화된 것으로 굳어진다. 진지한 아이들이 수업 시간에도 진지하게 탐구하고 집중하게 되면 얼마나 큰 에너지가 될까?

쉬는 시간 교사 풍경

쉬는 시간 교사의 모습은 어떠한가? 교사는 쉬는 시간에도 학생들 지도하기에 바쁘다. 교사는 학교에 오면 쉬는 시간이란 것이 없다. 수업과 쉬는 시간의 구분이 불분명하다. 아니 오히려 수업시간보다 더 통제하고 단속거리(?)가 많기도 하여 신경이 곤두 서기 일쑤다. 수업 중에 분명 지도를 하고 당부를 했건만, 아이들은 뛰기도 하고 소리 지르며 복도를 향한다. 교사의 잔소리 한두 번에 어디 아이 인생이 달라지랴? 물론 요즈음은 학생들에게 휴식 시간을 보장하기 위해 애쓴다. 하지만 그것도 안전한 생활 가운데 이루어져야 할 부분이다. 교내에서 일어나는 일의 전부를 담임에게 큰 짐과 책임을 지워 놓은 것은 분명하다.

2015년 9월 15일자 신문보도에 따르면 학교폭력은 "교내에서", 그것도 "쉬는 시간"에 주로 이루어진다는 것이다. 아이들이 대놓고 수업시간에 대놓고 때리겠는가? 주로 쉬는 시간에 교사 안보는 곳에서 폭력을 일으키게 된다.

자유로운 수업 시간

수업은 쉬는 시간처럼 자유로워야 한다. 편하고 자연스러울 때 발표하고 경청하게 되고 학습자가 학습을 받아들이고 내면화하기 쉽다. 협동학습, 토론학습, 역할놀이 등 **참여식 수업은 학생들의 뇌를 유연하게 만들며, 학습의 효율성을 높인다.** 또한 수업 시간이 자유롭다면 쉬는 시간에 굳이 비행을 저지를까? 그 확률은 지극히 떨어질 거라 생각한다. 왜냐하면 수업과 학업에 대한 스트레스가 과중하기에 참았던 것이 쉬는 시간에 폭발하는 것이라 볼 수 있다.

아이들의 언행의 변화는 짧은 시간에 이루어지는 것이 아니라, 지속성과 반복성을 통해 이루어진다. 그리고 주어진 여건과 환경이 영향을 많이 미치는 것이다. 그러기에 학급의 문화를 교사 혼자서 바꿀 수도 없고, 금방 뚝딱하고 바꿀 수는 없는 것이다. 문화는 구성원이 함께 시간을 두고 가며 은연중에 만들어 가는 것이다.

그러기에 교육은 백년대계(百年大計)인 것이다. 지금 바로 학업 성취도 결과나 만족도에 따라 교육의 좋고 나쁨을 가르는 것은 섣부르다는 생각밖에 들지 않는다. 하루하루 배우고 익히고 반성하는 가운데 아이들은 성장하는 것이다.

아이들에게 여유를 돌려주자!

그리고 교사에게 역시 여유를 찾아주자!

쉬는 시간이건, 수업 시간이건 여유가 있는 곳에 행복이 있다.

그것은 교육 공동체 모두를 위한 것이고, 학업과 좋은 관계, 좋은 건강 모두를 찾아 줄 것이라 확신한다.

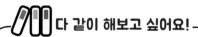 다 같이 해보고 싶어요!

★ 무명교사는 쉬는 시간에 아이들을 관찰합니다.

★ 여유를 주면 아이들의 창의성과 인성 둘 다 잡을 수 있습니다.

놀지 말고 공부하라고?

학생들의 가장 큰 바람은 실컷 놀아보기이다. 쉬는 시간을 기다리고, 방학을 기다리는 것을 보면 알 수 있다. 그만큼 휴식과 여유는 필요한 것이다. 그리고 학생들은 공부를 잘 하고 싶어 한다. 그런데 공부를 잘 하기 위해서는 "놀지 말고"라는 단서가 꼭 들어간다. 노는 시간을 줄여서 공부를 해야 하고, 놀다보면 공부를 못한다는 것이다. 언제부턴가 이렇게 공부와 놀이가 분리되었다. 존 듀이는 놀이를 통해 공부해야 하다고 주장하였다. 추상적인 내용을 전달하면 구체적 조작기에 있는 아동들은 전혀 이해를 하지 못한다. 활동을 통해 몸으로 체득하는 LEARNING BY DOING을 한다. 실제로 말을 통해 배울 때 보다는 시청각 교육이 오랫동안 남는다. 또 프뢰벨은 세계 최초로 유치원을 만들었으며, 은물을 만들어 구체적으로 놀 때 아이들이 흥미를 갖는다고 주장하였다. 그때는 혁신적인 생각이 지금은 아주 당연하며 일반적인 일이 된 것이다.

셈을 할 때도 수모형을 이용할 때 쉽게 익히고, 실험이나 발표를 통해 좀 더 흥미 있게 배울 뿐만 아니라 오래 기억에 남는다. 즉, 참여를 통해 스스로 몰입하게 될 때 학습의 효과는 극대화된다. 놀이나 게임을 좋아하는 학생들의 입장을 고려하면 이 놀이를 적절히 활용하여 공부하는 것이 아이들에게 효과적인 것은 당연하다.

시교육청 주관으로 토론대회가 있었다. 관련 도서를 읽게 하고 모의 토론을 해 보기도 한다. 그런데 한 아이가 하는 말 **"엄마가 토론 같은 것 하지 말고 공부하래요"**라고 한단다. 그 엄마에게 토론은 공부이기는커녕 공부를 방해하는 일종의 놀이나 수다에 불과한 것이다. 기껏 제대로 교육이 가다가도 이렇게 어른이 던진 한마디에 아이들은 다시 암기식, 주입식 공부로 유턴하게 된다. 토론을 통해 많은 생각을 키울 수 있고, 다른 사람의 말을 경청해야 하며, 종합적인 사고력과 논리력을 갖출 수 있다. 남과의 관계를 배우기도 하고, 자기 생각을 만들어 타인과 나눔을 실천하는 데 필수적인 토론을 무시한 처사가 빈번히 발생한다.

즉, 공부를 혼자서 하는 것, 암기하는 것, 문제집의 문제를 푸는 것쯤으로 한정하는 데는 다 이유가 있다. 바로 자신이 성장해온 과정에서 겪은 오랜(?) 경험의 결과이다. 내가 이렇게 배웠으니 너도 이렇게 배워라 하는 식이 계속 반복되어 이어져왔다.

내가 어릴 때만 해도 친구들과 함께 놀기가 많았다. 모여 함께 달리기도 하고, 숨바꼭질도 하고, 다양한 체육활동, 전쟁놀이, 잡기 놀이, 구슬치기, 딱지치기 모두다 혼자 하기보다는 함께 하기였다. 자연스럽게 또래 관계를 배우고 익혔다. 놀이를 통해 말하기를 배우고, 전략을 세우며, 함께 대응하고 종합하였다. 그런데 요즈음 아이들은 주로 혼자 놀이를 많이 한다. 혼자 게임을 하여 함께 놀이에 익숙하지가 않다. 이러니 학교에서도 이기적으로 활동이 잦고 다투어 학교 폭력이 발생한다. 자기중심적으로 생각하니 인간관계에 금이 가는 것이다.

공부는 조사하고 발표하고, 토론하고, 가르치면서 이루어질 수 있다. 그림을 그리는 것도 공부고, 체육 활동에 참가하여 패스를 하고 공을 주고 받는 것이 모두 공부이다. 이 모든 활동들은 전략을 세우게 되고 생각을 하게 만든다. 책상에 혼자 앉아 생각하는 것보다 학생들은 구체적인 현실 상황에서 배움을 접한다. 들을 때, 말할 때, 읽을 때, 쓸 때, 가르칠 때 등등 배움은 여러 경로로 이루어진다.

놀지 말고 공부하라는 말이 얼마나 모순인지를 깨닫게 된다.

이제 놀면서 공부해라, 제발 좀 놀아라가 더 어울릴 것이다.

아이들이 놀고 싶은 것은 정말 놀고 싶은 때이기도 하고, 너무 공부해라 라는 강요에 대한 반발심이기도하다.

자신의 어릴 때를 생각해보라. 공부하라는 잔소리가 좋았나? 아니면 '쉬엄쉬엄 여유를 가지면서 공부를 하렴'이라는 믿음의 충고가 좋았나 생각하면 답은 뻔한 것이다. 어른이 나를 믿고 마음껏 격려해줄 때 아이들은 세상을 아름답고 크게 꿈꿀 수 있는 것이다. **진정으로 아이가 건강하고 잘 자라나길 기대한다면 많이 놀게 해야 한다.** 잘 노는 사람이 행복하게 살고, 리더십도 갖게 되고 인간 관계를 잘해 결국 인생을 잘 살게 되는 것이다.

맘껏 놀게 하는 것이 맘껏 배우게 하는 것이다.

혼자 놀기보다는 함께 놀도록 격려하자!

/// 다 같이 해보고 싶어요!

★ 모든 사람은 놀고 싶어 합니다. 무명교사는 아이들을 잘 놀게 할 수 있습니다.

★ 잘 노는 아이가 진정 인생을 행복하게 삽니다.

수업 시간에 듣기 좋은 소리

교사는 하루에 많은 수업을 하고 있지만, 수업 시간에 이런 저런 소리를 많이 듣는다. 정말이지 듣고 말하다 보면 하루가 어느새 지나간다. 그중에는 교사의 좋은 소리가 있고, 또 학생들의 좋은 소리가 포함되어 있다.

먼저 교사 자신의 소리이다. 촌철살인(寸鐵殺人)의 질문으로 수업을 유도하는 소리이다. 평소의 수업에서 잊지 못할 순간은 바로 이 한마디로 시작한다.

1. "과연 그럴까?"

교사의 질문에 학생들이 뻔한 답을 하며 무시하고 지나가려는 찰나에 "과연 그럴까?"라니. '옳지 않다', 혹은 '물론 그럴 수도 있다'는 식의 판단을 하도록 하며, 학생들은 순간 의심에 혹은 혼란에 빠진다. 이 의심과 혼란은 자신의 생각을 다시 정리하고 돌아보게 하는 반성의 순간이다. 특히 잘난 척하는 '헛똑똑이'를 정신 차리게 하는 말임에 틀림없다.

2. "다른 답은 없을까?"

이 질문은 한 가지 생각만을 갖고 더 생각하기를 접어둔 학생들이 보다 더 창의적으로 생각하고 깊은 사고를 할 수 있는 길목이다. 생각이 그칠 수 있는데, 도약을 할 수 있는 것은 바로 다른 답 찾기이다. '아니 다른 답이 있는 거 아냐?', '여러 가지 답이 나올 수도 있겠는걸'이라며 다른 사람의 말을 경청하게 된다. 잘 훈련된 학급에서는 다양한 답, 유사한 답이 나오며 그러한 순간에 유능한 교사는 공감과 수용으로 이끈다. 한 가지 답을 고집하는 학급은 창의적이지 못하며 소수의 우수한 학생들에게만 집중되는 경향을 보여 결국에는 대다수가 수업에서 소외되고 체념하게 된다. '회장이 손 들었으니 게임 끝'이라는 인식은 소수의 참여-다수의 소외-더 소수의 참여-전체 무관심이라는 악순환으로 남을 수밖에 없다.

3. "다른 사람에게 설명을 해보렴"

수업의 초기에 보여지는 수업의 일상은 바로 선행학습을 한 학생들이 수업에 적극적이고 참여를 주도한다는 것이다. 아는 거 생각나는 거 얘기하며 "저거 배웠어요", "답은 00다"라며 마치 영화의 줄거리와 결말을 말하듯이 김을 다 뺀다. 하지만 과연 알고 하는 말인가 반추해보면 전혀 그렇지 않다. 학원식 선행학습의 폐해가 나타나는 순간이다. 제대로 알지 못한 상태에서 형식적으로 정답을 앵무새처럼 말하는 고착이 일어나고 있는 "하급 학습 방식"을 생산해 내고 있다. 본인이 저지른 우를 아무런 여과 없이 저지르며 마치 배움을 압도하는 분위기는 진정한 배움에 발을 들여놓으려는 다수를 배제시키는 이기주의의 극치다. 남의 생각을 빼앗고 생각할 시간을 갖지 못하는 "여유 도둑"이다. 그럴 때 교사의 한마디 "친구들이 잘 모르니 네가 설명을 해보렴"이라고 할 때 그 아이는 머뭇거린다. "왜 그런지 이유를 말해봐"라고 하면 자신의 내면화된 말이 나오는 것이 아니라 단순 기억 수준으로 나타나거나 혹은 잊어버리고 혼란을 겪는다. 이런 비정상적인 교육이 수많은 순환, 반복으로 이어져 결국 "제대로 된 수업, 배움"에 위배된다. 부모님들이 추상적인 구호로만 외치는 "남을 위하는 마음이나 타인에 대한 배려"는 안중에도 없고 제 혼자 날뛰다가 결국 모두를 망치는 결과를 낳게 된다.

교사가 수업을 하면서 진정 듣고 싶은 소리는 바로 학생의 소리이다. 생각이 깊어지는 소리, 아하~라는 감탄사가 나오는 소리, 눈동자 굴러가는 소리, 머리 굴리는 소리이다.

1. "자기 생각 말하기"

학생들은 교사를 통해 배운다. 교사의 판서를 따라하고, 우스꽝스러운 교사의 말을 그대로 흉내내기도 한다. 그러나 교사의 말과 행동을 똑같이 하면 여기서 배움이 일어났다고 볼 수 없다. 나의 생각, 나의 말, 나의 글, 나의 행동이 나와야 한다. 짧은 글쓰기를 하더라도 나의 생각으로 쓰고, 문제를 풀더라도 나만의 방법으로 풀어야 한다. 한 시간 한 시간 자기 생각을 만들어 나갈 때 어느새 창의성이 자라는 것이다. 왜냐하면, 만일-라면 식의 표현이 자연스럽게 나오게 되면 논리력과 자기 표현력이 크게 신장된다.

2. "듣는 소리"

자기 생각을 만드는 데서 멈추어선 안된다. 자칫 나의 생각만 옳고 다른 사람 것은 그르다는 편견에 빠질 수 있다. 나의 생각을 만든 만큼 다른 사람이 만든 생각을 보고 듣고 비교할 줄 알아야 한다. 저학년이거나 수준이 낮을 경우 남의 이야기 경청이 잘 안된다. 그러나 꾸준히 연습을 하고 듣는 문화를 형성해 나가면 어느새 익숙해지게 된다. 교사가 말할 때, 친구가 발표할 때 듣고 존중하는 풍토 속에서 인성이 자란다. 경청이 되어야 자기의 좁은 소견을 일반화시키고 분석하는 능력이 생기게 된다.

3. "토의하는 소리"

듣고 말하는 것에서 그치면 안된다. 바로 나누는 시간, 상호 토의하는 소리가 들려야 한다. 자신 없는 교사는 토의하기를 꺼리고 애당초 시도조차 하지 않는다. 왜냐하면 토의는 시끄럽고 무질서할 뿐만 아니라 시간을 허비하는 것이라 여기기 때문이다. 그러나 실제로 토의를 해보면 교사가 주도하기보다 학생들의 참여가 활발하고 재미있어 한다. 또 목소리가 크고 자신의 말만 하기도 하지만, 시간이 흐를수록 소곤소곤하게 되고 신중하게 된다. 여기서 중요한 것은 외부적인 자극이나 보상에 의존하지 말고, 토의 주제와 꺼리를 충분히 몰입할 수 있도록 유도하는 것이다. 재미있는 주제에 대해 딴짓하는 학생이 있을까? 하나하나 미션을 수행하다 보면 칭찬이나 보상, 벌에 의해 움직이는 것이 아니라 배움 그 자체에 따라 움직이는 것을 볼 수 있다.

배움은 형식적이거나 공개수업 때 일어나는 것이 아니다. 모든 수업, 만남과 대화에서, 어떠한 활동에서든지 가능한 일이다. "선생님 뺄셈을 알게 되어 참 좋아요!", "오늘 운동장 놀이가 참 재미있었어요." 등의 감탄이 일어날 때 정말 교사로서 보람을 느끼곤 한다.

흔히 바쁜 교사, 심심한 학생이 일상화되어 있는 교실이 있다. 바쁜 것을 싫어하고 심심한 것을 추구하는 교사가 기다리고 연결할 때 학생들은 참여를 한다. 그리고 몰입하고 싶어 하는 학생은 자기 생각을 만들고 경청하고 체험할 때 직접적인 앎의 경지에 도달한다. 생활 속의 소재를 십분 활용하여 자연스러운 삶의 이야기로 소통이 될 때 바로 교사와 학생은 서로 성장할 것이다.

배움의 소리! 거기에 우리 모두의 행복이 있다.

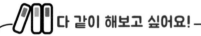
다 같이 해보고 싶어요!

★ 무명교사는 아이들이 스스로 머리를 쓰도록 합니다.
★ 수업의 주인이 되도록 만들어 수업이 활기찹니다.

바보야, 문제는 자신과의 경쟁이야

우리는 공교육이라는 프레임 안에서 우리 스스로를 제대로 보지 못하는 틀에 갇혀 있는 것이 많다. 세상은 빨리 변하고 사회는 많은 것을 요구하지만 교육계가 움직인다 하더라도 학교가 문제다, 교육이 죽었다며 늘 충족되었다고 인정하진 않기 때문이다.

우리 스스로 학교에 대한 신뢰와 교사 자신감을 회복해야 한다. 누군가는 "그거 당연히 알고 있는데 어떻게 합니까?"라고 외칠지 모르겠다. 이제는 많은 부분을 인정하고 있고 체념하기도 한다.

하지만, 교사 자신이 우수아에게 또는 부진아에게 "학원 보내세요"라는 무책임한 말이 있어서야 되겠는가? 그리고 우리가 하고 있는 혁신이니, 좋은 수업이니, 배움중심 수업이 학생의 창의성과 사고력을 신장시킨다는 확신을 좀 더 가져야 한다.

학생들은 많은 시간을 학교에서 보내고, 또 수업에서 승부를 해야 한다.

내가 학창시절을 보낼 때에도 우수아들은-사교육이 있었음에도 -자기 스스로 공부하고 생각하고 토의하는 능력이 뛰어났다. 남이 보내니, 또는 학교 진도보다 선행을 해야 하는 상황이니 어쩔 수 없는 학부모의 "학원 의존증"이 사교육 산업화와 맞물려 오늘날의 결과를 갖고 왔다. 결국 우리 학부모들은 얻는 것도 없이 학생들을 기계로 만들고, 평생 경쟁의 틀에 갇히며 서로서로 패하고 말 것이다. 이런 환경에서 자란 학생은 대학에 가도 학습법을 다시 배워야 하고 스스로 할 수 있는 일이 거의 없는 지경이다.

그렇다. **학원을 경험한 사람은 자식 학원 보내지 않는다.**

왜냐하면 **학원은 학생들은 능동적으로 만들려고 하지 않는다.** 학생들이 모두 자기 주도적으로 공부하게 되면 어떻게 될까? 학원 망한다. 그것은 사람을 인간답게 만드는 게 아니니까. 심지어 공부하는 기계로 만드는 것이다.

만약 학교가 이처럼 되고 있다면 그것은 학원이나 마찬가지일 것이다.

좋은 학원을 자랑삼아, 안다니면 왠지 이상하게 보는 비정상적인 사회를 누구든 결코 원하지 않는다.

수업은 배움은 사람을 살리는 역할을 하는 것이지, 죽이는 것이 아니다.

단순히 성적 올리는 잊혀지는 교육이 아니라, 우리의 아이들이 건전하고 튼튼한 정신과 마음으로 배움의 맛과 멋, 공부하는 재미를 느껴 평생 자신 분야에서 계속 배움을 게을리 하지 않는 게 바로 우리가 꿈꾸는 성공 아닐까?

학생과 학부모, 교사가 경쟁에 파묻혀 자신을 잃어버리고 남 쫓아가다 보면 우리는 모두 실패할 것이다. 저출산 고령화 시대에 하나하나가 소중한 인재가 되어야 한다. 학교는 그 책임을 맡게 되었다. 고출산도 농경사회도 아니며, 어떤 아이 하나라도 실패해선 안되고 그가 갖고 있는 꿈을 키워주어야 한다. 강대국 사이에서 부존자원이 없는 핀란드처럼 우리 모두는 성공할 수 있고 성공해야 한다.

자신의 삶에 당당하게 살고 꿈을 꾸며 시행착오와 실수가 허용되는 여유 있는 교육이 필요하다. 남을 짓밟고 이기는 것이 아니라, 나와 너와 함께 진정한 더 큰 성공도 할 수 있다. 경쟁이 아니라 협력과 나눔, 배려, 상생으로 성공해야 한다.

진정으로 경쟁해야 할 것은 **옆에 있는 친구가 아니라, 어제의 나와 승부해야 하고, 나태한 자신과의 경쟁, 더 나은 우리를 만들기 위한 경쟁**을 해야 하는 건 아닐까?

다 같이 해보고 싶어요!

★ 무명교사는 자신과의 경쟁에서 승리하도록 가르칩니다.

가르치며 배우며

교사는 가르치는 사람이다.

교사는 매일 아이들을 가르치고, 교과를 가르친다.

하루에 주로 4-6시간의 수업을 하면서, 말을 하고 글을 쓴다.

쉽게 가르치려 예시나 시범을 보이기도 하고,

아이들의 말을 골똘히 듣고 친절하게 대답을 한다.

지시나 재촉을 하기도 하지만 신중하게 기다리기도 한다.

칭찬과 격려를 하기도 하고 잘못됨을 따끔하게 훈계하기도 한다.

교사는 아이들에게 삶을 보여준다.

교사의 삶은 바로 가르침인 것이다.

교사는 배우는 사람이다.

배우기를 즐거워하는 사람이다.

새로운 소식을 받아들이고 늘 공부를 한다.

오늘의 교실을 되돌아보며 내일의 이상을 꿈꾼다.

교사는 새로움을 추구하며 매일 낡은 타성과 싸운다.

무지를 거부하며 게으름을 쫓으려 힘껏 투쟁한다.

어린 아이들에게서 기꺼이 배우기도 한다.

교사가 잘못된 것을 인정하는 가운데 아이들은 더 큰 삶을 배운다.

교사의 삶은 바로 배움인 것이다.

교사는 배우면서 가르친다. 교사는 가르치면서 배운다.

사랑을 하며 가르치는 교사

사랑을 하며 가르치는 교사는
생각을 하며 가르치는 교사보다
더 많은 것을 가르칠 수 있다.

사랑을 하며 배우는 학생은
생각을 하며 배우는 학생보다
더 많은 것을 배울 수 있다.

가슴속에 사랑 가득
머릿속에 생각 가득
부지런히 배우며
창의성을 쫓는 교실은
행복한 교실을 이루게 된다.

이 세상 모든 것이 사랑으로 시작하여
사랑으로 완성되니
교실에서 가르침과 배움은
당연히 사랑으로 시작되어야 한다.

믿음과 사랑 없는 교실에서 가르침과 배움이 공존할 수 없기에
교사와 학생은 믿음과 사랑이 있어야 한다.

5부

새로운 시작을 위하여

천지인선 지지인악

天知人善 地知人惡

하늘은 사람의 착함을 알고
땅은 사람의 악함을 알고 있다.

즉 천지는 사람이 착한지,
또 사람이 악한지 다 알고 있다는 뜻으로
늘 착한 일을 하라는 교훈을 담고 있음.

- 곽주철 -

절대 학교에서 눈치 보지 말라!

절대 교장, 교감 눈치보고 학교 다니지 말라. 얼마나 오래되고 잘못된 관습인가?

학교는 아이들이 배우는 곳이요, 교사가 아이들을 가르치는 곳이다. 맞는 말이다. 그러나 이러한 상식적인 말이 누군가에게는 불편하게 들릴 수 있다. 바로 눈치 문화 때문이다.

교장, 교감의 간섭과 견제 때문에 제대로 학생 지도를 못한다면, 교장과 교감 눈치 보느라 정작 중요한 학생을 보지 못한다면 이 어찌 학교에서 더 큰 모순이 있겠는가?

정작 아이들을 바라보고, 교육을 위해 애써야할 우수한 인재들이 눈치 보기에 시간을 뺏긴다니... 정말로 소모적이고 불필요하지 않을 수 없다.

훌륭한 교장, 교감은 교직원들이 눈치 보도록 하지 않는다.

오히려 자기의 직무에 충실하고, 행복하게 직장 생활을 하도록 애쓰며 노력한다. 좋은 직장 분위기는 갑질을 하지도 않고, 오히려 서로가 서로를 존중하며 있는 그대로를 고마워한다.

눈치 본다는 건 불편하다는 것, 그리고 제대로 시스템이 작동되지 않은 일이다. 이건 아랫사람이 무조건 잘못되었다고 할 수 없다. 오히려 리더십을 발휘해야하는 위치에 있는 리더의 책임이 더 중하다고 하겠다. 왜냐하면 리더는 수시로 경청하고 살피고 직장의 분위기를 점검할 위치에 있기 때문이다.

그러니 학교에서 편하고 소신 있게 일하라!

정작 중요한 곳에 애쓰지 않고 시간을 낭비해서는 안된다. 학교를 이야기하고 아이를 중심에 두고 생각할 것이 많다. 그래야 창의적으로 가르치게 되고, 민주적이며 교육적인 분위기가 조성된다. 교사 문화, 직장 문화가 건전하고 민주적이어야 학생들이 그것을 은연중에 보고 배우기에 중요하지 않을 수 없다. 교사가 타율적이고 의존적인데 어찌 아이들이 창의적으로 자라겠는가? 아이들을 마음껏 꿈꾸게 하고 싶은가? 그러면 먼저 교사와 교직원들이 신바람 나는 분위기를 갖고 일하도록 지원해주라!

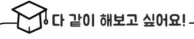

다 같이 해보고 싶어요!

★ 무명교사는 항상 아이들 앞에서 당당합니다.

후배를 두려워하자!

후생가외(後生可畏)란 말이 있다. 후배로 난 사람은 두려워할 만하다는 옛말이다.

나는 이 말에 대구를 넣어 다시 만들어 보고 싶다.

後生可畏 先生可尊
후생가외 선생가존

후배로 난 사람은 두려워할 만하다.
선배로 난 사람은 존경할 만하다.

즉, 후배는 아직은 선배만큼 살지는 않았지만 부지런히 갈고 닦으면 선배를 능가할 수 있다.

아울러 선배는 후배보다 보고 배우고 느낀 바가 많기에 후배들이 분명 따르고 배울 점이 있다.

우리가 살면서 아무리 못난 선배를 보더라도 분명 배울 점 한 가지는 있다. 후배는 선배보다 경험이 많지 않다. 사람을 볼 때는 단편적인 부분만 보면 안 되고 입체적으로 보아야 한다. 그의 생각, 말씨, 행동, 글뿐만 아니라 그가 살아온 길을 알게 되면 선배를 이해하게 된다. 오랜 기간 동안 살아온 경륜을 결코 무시해서는 안 된다.

그리고 선배가 후배를 볼 때는 그 가능성을 우선으로 보아야 한다. 현재를 보면 분명 선배가 낫고 후배가 못할 수 있다. 그러나 우리는 후배의 한걸음을 크게 볼 필요가 있다. 지금은 천천히 가기도 하고 잘못된 길을 갈 수도 있다. 현재의 노력이 미미할 수 있지만, 그것이 쌓이고 쌓이면 실력이 되고 어느새 선배가 가히 두려워 할 만한 존재가 되는 것이다.

그러나 선배는 후배를 두려워하고, 후배는 선배를 따를 만한 것이다. 이 세상 어떤 사람이고 가치 없는 인생은 없다. 하찮게 보는 사람이 있을 뿐이다.

학교에서 교실에서 아이들을 하찮게 보아서는 안된다. 지금 기초가 없고 어리석다 할지라도 한 걸음 한 걸음 나아가도록 이끌어 주고 기다리고 응원해 주어야 한다. 너무 서두르게 가고자 욕심을 부릴 필요도 없으며 당장의 성과에 급급할 필요는 없다. 페스탈로치의 정신을 이어받아 아이의 입장에서 눈높이를 맞추고 생각의 높이를 맞추어 이해해 준다면 교실 속 모든 아이들은 자기 성장을 통해 자기 삶의 주인으로 바로 설 것이다.

그러니 오늘부터 나보다 어린 사람을 인정해 주는 건 어떨까? 그가 아주 크게 보일 것이다.

오늘부터 나보다 선배를 존중해 주는 건 어떨까? 그 역시 좋은 사람으로 보일 것이다.

이 세상에 못난 사람은 없다. 못난 사람으로 보는 사람이 있을 뿐이다.

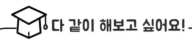

다 같이 해보고 싶어요!

★ 무명교사는 아이들을 무시하지 않고, 가장 소중하게 생각합니다.

젊은 교감이 던지는 출사표(出師表)

교사된 지 20년 6개월 만에 교감이 되어 교사와 다른 직무를 하게 되었다. 그러나 다른 길을 간다고 생각하지는 않는다. 나는 학교에서 가장 중요한 사람이 교사인 선생님이라 생각한다. 학교는 아이들이 선생님을 만나러 오는 곳이요, 교장과 교감은 선생님을 도와주고 지원해 주는 사람이다. 행정실장과 행정실무사, 일반직 공무원, 공무직원 등 모두 선생님을 지원하기 위해 존재한다. 그래서 선생님은 존중받아야 하며, 아이들은 선생님을 존경해야 한다. 선생님과 학생의 관계를 공급자와 수요자라는 경제적 관점으로 보면 곤란하고 많은 문제가 발생한다. 선생님은 아이들을 통해 경제적인 이득이나 성과를 보는 존재가 아니다. 수요자 중심 교육을 옹호하는 사람이 있다면 교사는 학생을 공장의 물건이나 상품처럼 사각형의 틀 속에 가두고 말 것이며, 인간적인 만남과 교류는 기대하기 어려울 것이다. 초야에 묻혀 산다고 하더라도 조정의 일을 알아야 한다는 채근담의 선비 정신처럼 전쟁터에 나가는 심정으로 나의 다짐을 내가 물어 내가 답해 본다.

나의 최대 화두는 학교의 행복이다. 학교의 행복은 바로 교사의 행복, 수업에서의 행복, 교사와 학생 사이의 행복, 교장·교감과 교사 사이의 행복, 모든 교직원의 행복, 학부모의 행복, 지역사회의 행복이다. 학교가 행복하면 가정도 지역도 사회도, 나아가 우리나라도 행복해질 것이다. 이는 아주 새롭고 큰 꿈과 도전이 될 것이다. 학교는 큰 복잡계(複雜系)이며, 상호이해관계가 있는 곳이다. 여러 사람이 근무하며, 커다란 조직이 되었기 때문이다. 그러나 하나하나 쉬운 일부터, 나부터, 오늘부터 시작해보면 좀 더 나은 세상 만들 수 있을 거라 믿는다.

먼저, 교원 업무 경감과 간소화에 힘을 쓸 것이다. 교사는 수업과 연구, 학생 생활지도에 전념해야 한다. 불필요한 일은 없애고 줄여야 한다. 모든 것은 수업에서 승부하고 보여주어야 한다. 수업 중에 회의를 한다거나, 메시지가 오고가

거나, 공문이나 잡무 처리 등으로 교사의 수업을 방해하거나 신경 쓰게 해서는 안 된다.

그 다음은 학교 민주주의이다. 우리는 그동안 악습과 유교적인 전통과 관습으로 찌들고 멍들었다. 싫어도 해왔고 해줬다. 그러한 것은 행복과 거리가 멀다. 좋아서 해야 한다. 그런 것이 어디 있냐고? 그렇게 할 수 있냐고? 물을지 모른다. 우리는 민주주의를 배우고 갈구해 왔다. 합리적이고, 진보적이며, 참교육을 위해 헌신할 사람들에게 좀 더 수평적이고 인간적이며 따뜻하게 대해 줄 수 없을까? 나의 노력이자 우리의 노력이 필요하다. 결과도 민주적이어야 하며, 그 과정도 민주적이어야 한다. 협의를 하고 토론을 할 때도 누구나 참여하고 기꺼이 선택할 수 있도록 길을 열어 주어야 한다. '기껏 토론했더니 교장이 뒤집네!'라는 자괴감이 들게 해서는 두 번 다시 협의에 참여도 기대도 하지 않을 것이다.

경청하고 소통하는 교감이 될 것이다. 지금 교사는 매우 아프다. 스스로 치유가 가능하기도 하겠지만, 교감의 힘이 필요하다. 전달사항이 많은 이곳에서, 진지하게 듣고 작은 것 하나라도 의견을 반영하게 되면 조금씩 달라질 것이다. 내가 낸 의견에 대해 '나의 생각이 옳았어!'라는 자신감과 성취감, 쾌감이 들 것이다. 교사를 믿고 인격적으로 대하며, 교사 입장에서 이해하면 교사로서의 자존감은 전보다 훨씬 높아질 것이다. 사람을 믿고 맡길 때 신기하게도 결과는 더 좋아지며, 인간관계는 더 공고해진다. 이렇게 믿음은 중요한 것이다. 학교에 시켜서 하는 일 하러 온 공무원이 아니라, 나의 교육적인 신조를 지키며 원칙을 실천하는 보람을 가지게 되면 학교생활은 즐거운 삶터가 될 것이다. 이런 서번트 리더십을 가질 때 교사의 행복은 가까워지고, 나아가 학생들의 학교생활 만족도는 나아질 것이다. 선한 영향력은 긍정의 바이러스가 될 것이며, 긍지와 자부심이 넘치는 교사상을 확립할 것이다.

교무실에 가기 부담스러워하는 마음이 있다면 얼마나 안타까운 일인가? 만나기 싫은 사람이 하나라도 있다면 얼마나 고통스럽고 불행한 일인가? 그리고 그것이 교장이나 교감이며 그가 그것을 모른다면 참 생각하고도 싶지 않을 것이다. 충성이나 무조건적인 '열심'을 기대하지 않는다. 그저 학교에 오고 싶고 아이들을 만나고 싶고, '우리 학교 사람이 참 좋다'는 마음이 있다면 여건 조성은 충분하다. 학교 외벽을 페인트로 칠해 새롭게 단장하는 것과는 비교도 안 되는 마음의 색칠이 필요하다. 인간관계에서 속앓이를 하는 사람이 없도록 노력해야 한다. 학교일을 집에 가서 걱정하는 게 아닌, 즐거운 학교 일을 온 세상에 소문낼 수 있도록 힘써야 한다.

　이상을 간단하게 요약해 보면 다음과 같다.

> ### 〈 교육 10대 실천과 사명 〉
>
> 1. 나는 학교 민주화를 위해 힘쓰겠다.
> 2. 나는 학교 교육 정상화를 위해 교원업무 경감에 힘쓰겠다.
> 3. 나는 학교 일상의 학습화를 위해 늘 배움에 힘쓰겠다.
> 4. 나는 행복한 학교생활을 위해 앞장서고 서포트하는 데 힘쓰겠다.
> 5. 나는 미소짓고 인사하고 대화하고 칭찬하고, 비판이나 비난이나 불평을
> 　하지 않겠다.
> 6. 나는 오늘을 반성하며 내일을 준비하는 반성적 사고를 가지겠다.
> 7. 나는 학습지와 대회, 잦은 평가로 학생을 불편하게 하는 일이 없도록 하겠다.
> 8. 나는 점수와 서열을 없애고 모두가 자기 삶의 주인이 되도록 노력하겠다.
> 9. 나는 학생을 중심에 둔 학생 맞춤형 강점기반 교육을 열어가겠다.
> 10. 나는 학생들이 초등학교에서 마음껏 놀고 마음껏 꿈꾸도록 지원하겠다.

　선생님의 일을 줄여주고, 고충을 듣고 이해하며, 민주적인 학교를 만들어 몸 편히 마음 편히 가고 싶은 학교를 만드는 일은 행복한 동행을 하고 싶다. 이 위대한 여정에 한 걸음 한 걸음 걸어갈 것이다. 그리고 반드시 열매를 맺을 것이요, 그 과정은 행복할 것이다.

　이름 없는 젊은 교감의 출사표는 이루어지는 날이 있을 것이다.

작은 외침은 반드시 메아리 되어 돌아올 것이다.

나에게서 시작된 것은 반드시 나에게도 돌아온다.

서두르지 않고 늦추지 않을 것이다.

나의 담대한 여정은 이제부터 출발이다.

이순신 역시 이 같은 심정이었으리라!

전군~ 출정하라!

 다 같이 해보고 싶어요!

★ 무명교사는 가르침을 사명으로 여기고, 하늘이 부여한 일을 스스로 찾아 실천합니다.

교감 한 달을 해보니

매년 3월은 교사로서 아이들과의 만남과 각종 업무를 추진하느라 바쁘다. 아이들 하나하나 이름 외기부터 기본적인 학급 생활 약속과 수업을 새롭게 전개하느라 새 출발을 한다.

새로운 학교에서 교감으로 발령받아 한 달을 지내보니 선생님들에 대한 지원과 업무 파악, 그리고 각종 협의회로 많은 시간을 보냈다. 50학급에 100명의 교직원과 1400명의 아이들, 그리고 여러 학부모회 임원을 만나보고 얼굴 익히려고 하였으나 워낙 인원이 많아 예상처럼 잘 되지 않는다. 작은 학교에 발령받으면 전교생 이름 외워 보겠다는 야심찬 계획을 갖고 있었지만 여기서는 출발부터 무리였다. 허나 아침 등굣길에 교통을 서는 녹색 어머니를 격려하고 아이들과 "사랑합니다"라는 인사로 아침맞이를 하다보면 입가엔 미소가 가득해지고 큰 에너지를 주고받는 듯하다. 아이들이 참 예쁘고 집에서는 더 귀염둥이일 것이라는 생각에 『모두가 가고 싶어 하는 행복한 학교』를 만들어 나가야겠다는 다짐을 하곤 한다.

지인들의 축전과 축하를 받으며 기쁨의 시간을 보냈다. 가족들이 많은 축하를 해주었고, 특히 사위도 아들로 생각하시는 장인어른과 장모님께서는 축하 떡을 학교에 보내 주시며 자랑스러워 하셨다. 내 어릴 적 친구는 벗이 교감 되었다고 난 화분을 보냈는데, 내가 그걸 들다가 양복바지가 쫙 찢어지는 해프닝도 있었다. 얼른 반짇고리를 구해다 조용한 공간에서 홀로 바느질을 하기도 하였다. 작년 함께 했던 동학년 선생님들은 나의 승진을 마치 자신의 일처럼 여기며 축하와 격려를 아끼지 않으셨다. 그리고 작년 학부모의 제보로 신문사에 '선생님, 선생님, 우리 선생님!'이라는 코너에 미담 사례가 실리기도 하는 행운을 얻었다. 아무쪼록 교사로서 마무리를 좋은 아이들과 학부모, 동학년 선생님들과 함께 하게 되어 큰 영광이었다. 아이들과 함께 한 마지막 수업의 아쉬움과 뜨거운 눈물은 앞으로 결코 잊지 못할 것이다. 나는 아이들을 계속 응원할 것이고 그들이 언제 어디서 어떤 일을 하더라도 믿고 기도할 것이다.

'인사(人事)가 만사(萬事)다!'라는 말이 있듯이 올해 새로운 일터에서 좋은 교장선생님과 선임 교감선생님을 만났고 여러 선생님을 만났다. 좋은 학교 분위기를 형성하는데 만장일치하였고, 내 교육철학과 일치하는 부분에서는 이곳은 기대되는 곳, 새로운 희망과 도전이 있을 것이라는 확신이 든다. 난 늘 '선생하길 참 잘 했다'라는 생각으로 살고 있는데 교감하기도 잘 했다고 실감이 난다.

지난 수요일에 있었던 전문적 학습공동체는 특별한 날이었다. 연구부장의 간곡한 부탁에 교감인 내가 "따뜻한 학교혁신, 우리 함께!"라는 주제로 함께 생각하는 시간을 갖게 되었다. 전체 선생님들이 모인 가운데 교장선생님의 교육 혁신, 학교 비전, 교육과정과 수업에 대한 이야기를 나누었다. 요약하자면 학교 업무는 줄여나가려는 학교업무 정상화, 권위주의 문화를 벗어나 민주적인 학교 운영, 몸과 마음이 건강한 학교 분위기 조성, 선생님과 아이들이 행복한 학교 만들기 등등이다. 교장과 교감의 철학이 많은 선생님들에게 영향을 미치는 것은 주지의 사실이다. 그러나 더 중요한 것은 바로 학교는 선생님들이 아이들을 만나 대화하고 수업하며 꿈을 꾸고 삶을 만들어가는 자리라는 것이다. 나는 그 과정이 새로운 발견의 시간이 되어야 하며, 교실 수업 과정은 왜?라는 물음과 고민의 연속이 되어야 한다고 강조하였다. 지식 주입식 교육은 아이들의 성장에 큰 도움이 되지 않고 오히려 역효과가 나며 시간이 지나면 사라지는 교육이기에, 아이들 각자의 의견을 존중하며 토론하며 자기의 생각을 만들어가는 시간이 되어야 한다. 아이들이 참여하며 만들어가니 더 재미있고, 선생님은 덜 힘들면서 더 많은 교육적인 효과를 얻게 된다. 아이들이 민주적인 학습 경험을 가질 때 이 다음에 민주적인 시민으로 성장한다고 믿는다. 수업이 민주적이고 학교가 따뜻하고 꿈을 키우게 될 때 우리는 태평성대를 꿈꿀 수 있게 된다. **학교는 사람과 사람이 모여 있는 곳**이다. 선생님과 아이와의 관계, 선생님과 선생님의 관계, 아이와 아이의 관계, 선생님과 학부모의 관계가 원만하고 유기적일 때 좋은 결과를 가져온다. 그 관계는 따뜻하고 교육적이어야 하며, 사랑과 믿음이 가득한 곳이어야 한다. 공부로 줄을 세우면 한 줄로 서지만, 각자의 꿈으로 줄을 세우면 모두가 1등이 되고 최고가 된다. 나는 이런 따뜻한 관계 속에서 아이들의 자기의 꿈을 꾸며 행복하게 배우는 학교를 원한다. 때론 재미있고 때론 진지하게, 비전을 공유하며 대화와 참여가 있다 보니 1시간 남짓한 시간이 어느새 흘러갔다. 처음 학습공동체를 시작할 때 긴장과 부담이 없지 않았지만, 해 놓고 보니 하길 참 잘 했다는 생각이 든다. 그리고 다음에도 내년에도 변화하고 고민하는 이런 시간을 지속적으로 가지는 게 필요하다고 생각하였다. 즐거운 학교를 만들고자 했던 노력은 그 누군가에게 작은 기대와 희망이 되길 바랄 뿐이다.

여전히 나에게 3월은 초심(初心)이다. 새로 마음을 다지고 겸손해지며 사람을 만나고 대화하는 것에 감사하게 된다. 교감의 한마디 말이 여러 사람들에게 영향을 미쳐 큰 길과 방향이 되기에 살얼음판을 걷듯이 신중히 하면서도, 선생님들을 격려하고 믿고 있다는 따뜻한 길이 되도록 해야겠다는 다짐이다. 시작이 반이요, 초심인 3월에 좋은 사람들을 만나 얼마나 고마운지 모르며, 학교의 중심은 바로 선생님과 아이들의 만남과 수업이라는 점을 잊지 않고 지원하며 살펴보며 진정한 삶과 배움의 보금자리가 되도록 가꾸어 가야겠다고 다시 다짐해 본다.

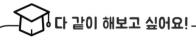다 같이 해보고 싶어요!

★ 무명교사는 늘 초심으로 사람을 대합니다.

교감 참회록

세상에서 가장 하기 어려운 일 중 하나는
스스로의 잘못을 살피는 일이다.

- 혜민 스님 "고요할수록 밝아지는 것들"중에서

지금까지 학교에서 많은 교감을 만났다.
무명교사가 훌륭한 교감이 되어
후배교사에게 성장의 기회를 주고
공동체를 이루며 선한 영향을 미친 많은 선배를 만났다.

일부 언론에서 들리는
상사의 갑질과 권위적인 언행으로 갖은 상처를 주어
단 하나의 교사라도 좌절하고 심리적 불편과 고통을 당하여
그로 인해 학교에서 가장 중대한 수업과 학생지도에
부정적인 영향을 미친 일이 사실이라면
정말 사죄하고 또 용서를 구할 일이다.

이는 학교와 관리자 본래의 기능과 역할을 망각하고
구시대 군대나 일제의 잔재, 그리고 봉건사회에서나 찾아볼 수 있는
수명을 다하고도 낡은 위계적인 체제와 존재로 군림을 하여
버리지 못한 관습에 얽매어 일상화된 권위주의에 매몰된 것으로
사람을 저버리고 사소한 과업에 몰두한 결과
큰 것을 보지 못하는 우물 안 개구리에 불과한
어리석은 꼴이라 여길 수밖에 없으리라!

학교는 사람과 사람이 만나는 곳이요,

미성숙한 아이가 성숙한 어른을 만나는 공간이요,

성장하고 미래를 지향하는 바르고 건전한 터전일진대,

어찌 배움터에서 지위고하가 있을 수 있고

어찌 교실 속 가슴앓이가 있을 수 있을쏘냐?

교사는 따뜻한 마음과 맑은 정신으로

무지를 깨치고 몽매함과 무질서를 기다림으로 극복하여

스스로가 거울이 되어 리더가 되기에

따뜻한 사랑과 큰 교육으로 승화시키며

거룩한 과업을 수행하는 나라의 근간이거늘,

우리 한민족의 방향을 잡아 기초 교육으로 힘차게 나아갈 길이요

목숨과도 같은 최고의 생명줄이기에

마땅히 존중받고 보호받고 우대해주어야 할 위치에 있음이 익히 자명하리라.

이에 교감은 학교에서 그 직위의 중대함을 인식하여

교사에게 더 베풀고 학교를 더 민주적이고 따뜻한 곳으로

매일을 하루같이 만들어야 함은 물론이요,

그 스스로 낮은 자세를 취하여

경청하며 소통하는 열린 귀와 입을 소유해야 할 것이다.

그동안의 교직 경험을 바탕으로

때론 배려의 아이콘이므로

때론 희망의 불꽃을 지피는 등대 같은 삶을 살아야 하리라!

상식이 통하는 학교를 만들고

교사 각자가 성장하도록 이끌며

공동체로서 집단지성을 발휘하여

세상 그 어떤 나라보다도 더 우수하고 자랑스러운

대한민족의 스승이 되도록

스스로 빛을 발해야 할 것이리라!

그가 가는 길이 학교의 길이 될 것이요,

그를 따라 가는 자 세계 속의 리더로 성장할 것이니,

우리가 크게 만들 미래, 세계가 갈망하며 꿈꾸는 학교의 모델,

바로 오늘도 고민하고 성찰하며

학교를 묵묵히 지키는 교육자의 땀방울이라는 것을

미래의 선지자는 목 놓아 외칠 것을

열 번을 생각해봐도 백 번을 생각해봐도

확신하고 또 확신하는 바이다.

다 같이 해보고 싶어요!

★ 무명교사 가는 곳이 길이 됩니다.

★ 거만, 오만, 자만은 무명교사가 경계하는 세 가지입니다.

작은 책 나눔 축제(Book Sharing) 어때요?

전국 초등학교 최초로 작은 책 나눔 축제를 간소하게 가졌다. 일명 Book Sharing(북 쉐어링)이다. 학교생활을 하며 틈틈이 써 둔 글을 한 편 두 편 모아 "무명 부장교사 이야기"란 제목으로 책자로 엮었다. 특별히 20년 교사 생활을 되돌아보며 정리를 한번 하고 싶었고, 그것을 동료교사들과 나누는 게 조금이나마 소통의 의미가 있지 않을까 해서였다. 마침 내가 근무하는 학교의 선생님들은 아이들에 대한 사랑과 소신, 교육철학을 함께 나누고 공유하고 있으며, 몇 년 동안 책을 함께 읽어 토론을 자유롭게 하고 있다. 전문적 학습공동체가 틀에 매이지 않고 우리의 문제와 고민을 허심탄회하게 나누고 있는 중이었다. 1부는 아동 교육론으로 풀꽃도 꽃이 되는 교육으로 주로 아이 교육에 관한 내용, 질문을 하는 교육, 모든 아이가 소중하다, 진정성 있는 칭찬의 효과, 작은 학교로서의 행복 등으로 소재를 구성하였다. 2부는 사론으로 무명교사로 살아가기, 좋은 교감 되기, 내가 희망하는 3월, 최고의 가르침, 학습하는 학교 등으로 구성해 보았다.

나는 이를 매개로 선생님들과 소통을 해보고 싶었다. 그냥 "아이에 대해 이야기 합시다" 하면 얼마 가지 않아 소재가 떨어지지만, 이렇게 평소 생각을 글로 표현해보니 얘깃거리가 많아진 거 같아 잘 했다는 생각이 들었다.

우리 옛 선비들은 자신의 생각을 글로 엮어 문집이란 이름으로 남겨 서로 나누고 공유하는 풍습이 있었다. 유명한 사람뿐만 아니라 마을에서 평생 글공부를 한 사람이라면 그렇게 책으로 엮는 게 당연한 순리였다.

한 선생님이 우스갯소리로 "교육장 나가셔도 되겠네요" 하는데, 이에 대해 나는 머리말에 밝힌 것처럼 웃으며 내 뜻을 소개하였다.

걱정스러운 것은 무명교사가 이것으로 유명해지려는 작은 의혹일 것일진대 애초에 그런 것은 털끝만큼도 없음을 머리말에서 밝힌다. 다만 대한민국의 무명교사는 언제나 아이들과 함께 하며 작은 풀꽃도 꽃이 되어 저마다 자기의 수레를 힘차게 끌도록 염원하고 있음을 말하고 싶을 뿐이다.

대한민국의 한 무명교사가 어찌 유명해지는 게 목표가 될 수 있겠는가? 무명교사가 풀꽃 같은 아이들을 위해 마음껏 꿈꾸고 청춘을 불사르며 가르침에 열정을 다하는 것이 욕심이라면 욕심일 것이다. 무명교사보다 더 이름 없는 아이의 이름을 부르는 순간 아이의 웃음은 커지고 아이는 꿈을 꾸기 시작하는 것이 바로 아름다운 교육 아닐까? 우리 주변에서 흔히 말 잘 하는 사람을 '저 분 국회로 보내야겠네'등 쉽게 말하는 경향이 있다. 그런 선상에서 본다고 여기고 그저 흘려 보낸다.

교사가 말하고 싶은 것은 그런 유명이나 부귀영화가 아니다. 오히려 우리끼리 공감대를 갖고 서로 배우고 공감하며 아이들에게 달려가고 우리 학교 문화를 더 나은 방향으로 만들어가는 것이다.

어느 직장이든 어떤 일을 하든 살다 보면 희로애락(喜怒哀樂)이 있다. 그 애환을 만져주고 이심전심, 역지사지 소통하다 보면 우리 학교사회는 조금 더 건강해지고 튼실해지지 않을까 기대해본다. 내가 겪고 있는 삶의 문제와 고민이 남과 어울려 함께 하다 보면 더 나은 방법과 해결점을 찾게 되니 이 어찌 가벼이 여겨서야 될 일인가? 젊은 교사들의 말을 경청하고 함께 해법을 찾아가는 길은 선후배가 상상하는 지극히 훈훈한 모습이 아닐 수 없다. 미리 걸어가 본 사람이 역할을 맡아야 한다. 많이 느끼고 고민하는 사람이 책임 있는 역할을 해야 새로운 역사가 이루어진다고 믿는다. 이것도 큰 용기이다. '혹시 잘난 척 한다고 오해나 비웃지 않을까?'라고 염려하기보다는 솔직하게 대화하고 만남을 가지는 게 훨씬 더 인간적이다. 지금 청춘은 아파하고 있다. 답답한 현실에, 캄캄한 미래에 불안해하고 있다. 선배가 된 자로서 경험을 이야기하며, 현실을 토론하고, 미래를 함께 설계하고 꿈꾸는 것은 멋진 학교의 모습이다.

흔히 교육청에서 말하는 교사론, 교감론, 교장론이 아니라, 우리가 경험하고 보고 느낀 지도자상을 그려보는 것은 우리 교육을 더욱 주도적으로 만들어 갈 희망을 가지게 한다. 우리가 원하는 미래, 우리가 바라는 리더를 우리가 한번 해 보는 것이다. 미래는 주어지는 것이 아니라, 우리가 스스로 가꾸어 나가는 것이다. 그래서 학교 내에서 티타임을 갖고 학습공동체도 열고 협의회와 워크숍을 열고 반성하며 개선하는 게 답이다.

함께 근무하고 있는 학교의 열한 명의 교사가 모여 작은 책을 나누고 우리의 교육 이야기를 할 수 있게 되어 기뻤다. 그리고 나는 앞으로 멋진 후배가 제2, 제3의 작은 책 나눔 축제(Book Sharing)를 하기를 기대해 본다. 우리나라 곳곳의 학교 교실에서 선생님이 저자가 되어 아이를 자유롭게 주도적으로 가르치는 날을 상상해보라. 문화 선진국은 결코 멀리 있는 것이 아니다. 무명교사와 무명교사가 모여 멋진 꿈을 꾸면서 우리의 미래를 함께 노래하고 싶다.

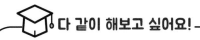

다 같이 해보고 싶어요!

★ 전국의 무명교사 책 나눔 축제가 활발하게 일어나길 기대해 봅니다.

초심으로 나아갈 뿐

지난 2월 19일 오후 1시 화성 오산 교육지원청 4층 회의실, 초등교육지원과장님으로부터 새 학교 발령장을 받고 기념촬영을 했다.

과장님께서는

"교감 원해서 되었죠? 이제 힘든 일 시작입니다. 예전보다 학생들에게 잘 해주는데도 불구하고 늘 불만이고, 학부모들의 기대는 점점 높아집니다. 특히 우리 지역은 아주 학부모들의 기대수준이 센 곳입니다. 동탄맘 카페도 있고요. 교감 생활 훌륭히 하시길 빕니다."

라고 말씀을 해주셨다.

그래, 나는 진실로 교사 생활 열심히 달려와서 여기를 지나가고 있다. 늘 아이들 생각이었고 학교생활을 즐겁게 했다. 그 속에서 배움이 있었고 성장이 있었다. 항상 동료들과 함께여서 해낼 수 있었다. 이제 선생님들을 지원하고 새로운 직무를 수행하게 된다. 단지 교감의 일, 교감계(係)가 되는 게 아니다. 학교의 장리(掌理) 역할을 하는 것이다. **장리는 사무와 행정을 지휘하고 조정한다**는 뜻이다. 교감의 한 마디 한 마디가 일파만파 될 수 있기에 말을 줄이고 조심해야 한다. 교감의 행동이 모범되어야 함에는 여기에 있다. 자리에 연연하지 않고 사람이 있는 곳임을 기억해야 한다. 마음이 아픈 사람도 있고 몸이 아픈 사람도 있다. 학교는 남녀노소가 공존하는 사람 사는 곳이다. 그래서 늘 잘 관찰해야 한다. 말 잘할 뿐만 아니라, 행동거지를 바르게 해야 하는 일이다. 나의 철학이 많은 선생님들의 방향이 될 수 있기에, 마치 살얼음 걷듯이 해야 하리라!

발령장 받은 동료들과 담소를 나누다 나온 걸음은 무겁기도 가볍기도 하였다. 우리 교육을 함께하는 동료가 있어 헤쳐 나갈 수 있고, 또 새로운 곳에서 중책을 맡은 역할은 결코 가벼이 여겨서는 안 되기 때문이다.

하지만 나는 또 초심(初心)으로 돌아간다.

나의 앞길을 가본 사람은 이 세상 아무도 없다. 누구나 자기의 미래를 가본 적은 없다.

새로운 직무이자 초심으로 한 걸음씩 나아갈 뿐이다.

다 같이 해보고 싶어요!

★ 무명교사는 늘 초심을 생각합니다.

★ 초심은 내가 누구인지, 내가 무엇을 해야 할지를 알려줍니다.

내가 생각하는 장학회

생생히 꾸는 작은 선행의 실현

사람은 하루를 살아도 꿈을 꾸며 살아야 한다. 그것도 생생하게 꿈꾸면 이루어진다고 한다. 왜냐하면 꿈이 생생하지 않으면 잊혀지기 때문이다. 가능하면 구체적으로 꾸면 좋고, 매일매일 잘 이루어지고 있는지 확인하며, 크고 새로운 꿈을 다시 꾸는 것이 필요하다. 산 너머 산처럼, 꿈 너머의 꿈을 꾸어야 한다. 이처럼 처음엔 사람이 꿈을 꾸지만, 점차 꿈이 사람을 이끌게 된다.

나는 작년부터 장학회를 꿈꾸며 키워가고 있다. 나름 공문을 만들어 수혜자 명단을 받기로 하니 가슴이 떨릴 정도로 기분이 좋았다. '아 남을 위해 일하는 것이 이렇게 좋은 일이구나!'를 새삼 느끼게 되었다. 그것도 누가 시켜서 하는 일이 아니라, 내가 좋아서 또 나의 사명이라 여기고 하게 되어 아주 기뻤다. 그래서 드디어 장학금 첫 번째 수혜자의 명단을 받기도 했다. 초등학교 졸업생에게 지급하는데, 마침 내가 근무했던 학교의 제자들이다. 2학년이었던 제자가 6학년 졸업을 하게 된다니 반갑기도 하고, 내가 조금이나마 기여를 하게 된다니 더욱 기쁨 가득이다. 이제껏 교무부장을 하며, 혹은 6학년 부장을 하며 외부에서 정해지는 장학금 수여에 대한 공문을 피상적으로 보곤 했다. 나의 업무니까 공문을 처리하고, 외부상이나 장학금 수상자 기준을 정하고, 대상자 목록을 정해 명단을 보내면 졸업식에서 전달해 주는 것이 일련의 과정이다. 특별히 농어촌 지역의 소규모 학교는 역사와 전통이 있어 졸업식에서 장학금 전달이 많이 되면 학교에 대한 소속감과 애착이 깊어진다. 그러나 갈수록 아이들에 대한 지원과 관심이 줄어들어 어떤 해는 장학금이 아주 적을 때가 있어 마음이 편치가 않다. 전년도보다 훨씬 적을 땐 담임으로서 졸업생들에게 아주 미안해지기까지 하니 말이다.

요즘은 졸업식 당일에 외부상이나 장학금을 전달하지 않고 졸업식 전날에 교장실이나 도서관에서 따로 수상자를 불러 전달한다. 위화감 조성이 되기도 하고 졸업생 각자가 졸업식의 주인공이 되어야 할 텐데 박수부대로 전락해서는 안 되기 때문이다.

이제 졸업식 전에 상장을 만들어 학교에 보내야 한다. 물론 내가 학교에 부탁하여 만들어 달라고 할 수도 있지만, 그것은 그리 옳은 방법이 아니라 생각한다. 장학금 문구나 케이스를 멋지게 준비하여 받을 사람을 생각해 세상에서 하나밖에 없는 유일한 상장을 제작한다는 생각에 내가 더 창의적이고 신중하게 만들어야 한다는 생각이 들었다. 누군가에게는 이 상을 계기로 큰 도약의 기회이자 자랑거리가 될 수 있다. 서열을 중시하지 않는 오늘날의 학교 변화를 보면 상은 결코 흔한 것이 아니다. 그래서 수혜자를 생각하며 더욱 근사하게 만들고 싶어진다.

장학회의 이름은 『재순장학회』이다. '재순장학회'는 아버지 성함의 '재'자와 어머니 성함의 '순'자를 합쳐 만든 합성어이다. 부모님께서 우리 5남매를 잘 키우셨고, 올해 부모님의 교육에 대한 사랑과 열망을 생각하면 내가 기꺼이 할 수밖에 없는 상황이다. 만약 아버지께서 장학금이나 보조금을 받아 조금 더 교육을 받으셨으면 아마 그 인생은 크게 달라졌을 것이다. 아버지께서 항상 하신 말씀이다.

"내가 다니던 초등학교만 끝까지 졸업했어도 이렇게 살지는 않았다."

초등학교 교사로 있는 아들에게는 피눈물이 날 일이다. 왜냐하면 아버지의 그 회한은 너무나 명확하기 때문이다. 초등학교를 중단할 수밖에 없었던 그 아버지 시대 상황을 떠올리면 가슴이 아프다. 그래서 나는 교육에 대한 열망이 다른 어떤 사람보다도 크다. 우리 반 아이에게, 내가 만나는 아이에게는 '어린' 아버지의 얼굴이 보인다. 그래서 나는 그 뜻을 잇고자 한다. 혹시 어려운 형편에 학업을 그만 둔다면 얼마나 안타까운 일일까? 이에 나는 그 교육의 기회를 확장하는 일을 일생의 사업으로 나의 꿈이자 우리의 꿈으로 키우고자 한다.

처음으로 5명의 졸업생에게 기회를 주었다. 그리 많은 액수의 자산도 자랑할 만한 일도 아니다. 하지만 나는 더 큰 꿈을 꾼다. 어찌 남을 위하는 일에 액수가 문제될 것인가? 중요한 것은 마음의 문제요, 성의의 문제다. 내가 문제의식을 갖고 해결해 가는 과정은 분명 내가 해야 하는 사명이요, 나의 길인 것이다. 우리 교육을 위하고, 학생들을 위한다면 점차 수혜자의 수를 늘리고 금액을 늘리는 꿈이 필요하다. "더 많은 학생에게, 더 많은 기회를!"을 타이틀로 내걸 수도 있겠다. 어찌 교육이 아이들에게만 해당되는 것일까? 훌륭한 선생님, 장한 부모님에게도 기회가 된다면 재순 장학회 스승 부문, 재순 장학회 부모님 부문으로 선정해도 좋으리라!

그리고 지금도 배를 굶고 학교에 다니지 못하는 지구 저편의 아이들에게도 관심을 갖고 진정한 인류애의 실천을 잊지 말아야 할 일이다. 우리는 원조 받는 국가에서 어느덧 원조하는 국가가 되어 막중한 실천을 해야 하는 시기가 되었다. 그래서 우리 사회와 인류를 좀 더 따뜻하고, 희망찬 곳으로 만들고 싶다.

이웃에게 사랑과 관심 갖는 첫날 되길

내가 가진 장학회 기본 자산과 매월 월급에서 적립하는 일정 기부액은 그리 많은 금액이 아니다. 불씨이자 씨앗이다. 하지만 꿈을 뿌리고 심기에 는 충분한 마음이지 액수가 문제가 되리? 이 책이나 앞으로 나올 책의 약간의 인세가 발생한다면 전액 기부를 하고자 한다. 나에게로 온 것은 나만의 것이 아니며, 내가 성장하고 살아오도록 가르치고 도와준 많은 이들의 도움이었기에 마땅히 원래대로 갚는 일이라 믿는다. 해마다 기부액은 늘려 갈 것이고, 이웃 사랑의 실천을 넓혀갈 것이며, 선행이 알려져 뜻을 같이 하는 사람이 있다면 얼마든지 함께 하는 데 마음을 열 것이다. 지금은 뿌리를 내리고 청사진을 그려보는 시점이다. 튼튼하게 뿌리를 내리면 줄기도 튼튼하게 자라고, 열매도 하나 둘씩 열리게 될 것이다. 이런저런 생각을 하다 보니 밀려오는 보람에 벅차오른다.

'아, 이 작은 선행이 오래도록 이어지길. 그리고 누군가의 희망이 될 수 있다면...'

하고 두 손을 모아 기도해 본다. 그저 누군가에 그 무엇이 되길 바라는 작은 마음이다. 나의 작은 시도와 시작이 그 어딘가에 있을 누군가에게는 희망이 될 수 있다고 믿기에 나는 기꺼이 작은 선행을 쌓아갈 것이다. 어디 멀리서 찾지 않고 동료들과 제자들처럼 주변 이웃들에게 먼저 사랑과 관심을 가질 것이다. 그래서 좋은 사례를 지속적으로 발굴하고 자문을 받고 사회적 기여에 대해 고민할 것이다.

아는가?

작은 사랑이 눈덩이처럼 불어나 지구촌 저편까지 나비 효과가 나타날지. 교사의 작은 관심과 의지가 피겨 스타 김연아를 만들고, 가수 BTS를 만들어낸다. 그 시작이 바로 오늘이라는 것을 깨달으면 먼 훗날 오늘을 나는 작지 않은 위대한 역사의 첫날로 기억할 것이다.

다 같이 해보고 싶어요!

★ 무명교사는 인간에 대한 작은 사랑의 실천을 지향합니다.

★ 작은 등불은 주변을 환하게 비추며, 언젠가 세상을 밝게 비출 것입니다.

내 다음 선생님 전상서

먼저 새로운 학년을 맡으신 선생님께 감사의 말씀드립니다.
작년 내 아이에 대해 말씀드리겠습니다.

그렇습니다.

내 아이는 호기심이 많아서 시끄럽습니다.
많은 것을 물어보아 선생님이 귀찮을 수 있습니다.

내 아이는 말하고 싶어서 견딜 수가 없습니다.
아직 절제가 되지 않을 정도로 말하기를 좋아합니다.

내 아이는 에너지가 많아 가만히 앉아 있기보다 움직이기를 좋아합니다.
선생님은 앉아 있는 것이 차분하게 보이시겠지만
내 아이는 움직이는 것을 더 편안해 합니다.

그리고 내 아이는 잘 하는 것이 많습니다.

아무도 답을 찾지 못하는 정적 속에서
끙끙 궁리를 해서 기발한 답을 찾아냅니다.
조용하기보다는 활달하고 불의 앞에서 용기를 내어 정의를 외칩니다.

지친 분위기 속에서도 언제나 유쾌하며

자신은 망가지면서도 남을 기쁘게 해줍니다.

그리고 선생님을 웃게 하고 학급을 웃음바다로 만드는 재주가 있습니다.

흥이 많아 춤도 잘 추며 노래도 좋아합니다.

정식으로 배운 춤이 아니고 노래도 아닙니다.

그저 음악이 좋아, 사람이 좋아 어깨춤 덩실덩실 추며 막춤도 신나게 춥니다.

내 아이는 특수하지 않고 특별합니다.

내 아이는 크지 않지만 클 겁니다.

내 아이는 작지만 결코 작지 않습니다.

봄날 벚꽃처럼 화려하지도 않고

가을 국화처럼 진한 향기를 갖고 있진 않습니다.

그러나 미운 오리 새끼처럼 언젠가 자신의 인생의 주인공이 되는 날

백조처럼 유유히 자기의 하늘을 날아갈 아이입니다.

올해 그 아이는 당신의 아이가 되었습니다.

그 아이는 나쁜 아이가 아닙니다.

똑같이 존중받고 싶어 하며

더 많지도 덜 하지도 않는

똑같이 관심을 받고 싶어 하며

똑같이 사랑이 필요합니다.

그리고 아직 표현이 서툴러 말하진 않았지만

언젠가 선생님을 가장 사랑하고 존경한다고 돌아올 유일한 아이입니다.

당신의 아이는 당신을 사랑합니다.

당신의 아이는 당신을 존경합니다.

- 작년 담임 곽주철 드림 -

다 같이 해보고 싶어요!

★ 무명교사는 아이를 진심으로 사랑합니다.

★ 아이의 미래를 믿고 그저 뚜벅뚜벅 걸어갑니다.

교사의 아침 기도!

오늘 아침
우리 아이들의 하루를 위해 기도를 합니다.

학교에 오는 아이들의 아침 발걸음 가볍게 해 주소서.
한 시간 한 시간 궁금증을 가지며 배움에 불붙게 하소서.
알아가는 과정 속에서 기쁨을 느끼게 해주시고,
배움 속에서 자만하지 않고 더 큰 배움의 바다로 나아갈 수 있게 해 주소서.

아직 작은 목소리를 갖고
아주 작은 손으로 그림 그리고 있지만,
당당하게 또 자신 있게 말하게 하고,
나아가 세상을 품을 수 있는 큰 꿈 갖게 하소서.

작은 것으로 인해 더 큰 것을 못 보는 어리석음을 거두도록 하고
행여 저지른 실수가 자신의 능력으로 여기지 않게 하고,
실패 뒤에 더 지혜를 갖고 도전하는 사람 되도록 하소서.

서로의 키가 다르듯이 저마다 다른 꿈을 갖고 길을 나서는 아이들 모두에게
사랑이 넘치는 반 되게 하소서.
눈앞 욕심 앞에서 서두르지 않고 능히 이겨낼 인내를 갖고 기다리게 하소서.
지는 것이 결국 이기는 것임을 알게 하시고,
늦더라도 바른 길 가게 하소서.

힘든 일 닥칠 때 차분하게 대처하고
물러서는 사람 아니라 다가가서 함께 품어주며
하나가 아닌 여럿이 있음을 느끼게 하소서.
그 어떤 순간에도 선한 웃음과 미소 잃지 않는
담대한 사람으로 우뚝 세워 주소서.

이 아이들로 하여금
세상은 살 만한 가치가 있음을 알게 해 주시고
늘 맑은 영혼 갖게 하소서.

모든 것은 평안한 마음속에서 이루어지게 하소서.
친구들이 눈물 흘릴 때 함께 어루만지며
못 이겨낼 힘든 고통 있더라도 함께라면 능히 감당해 낼 거란 믿음 주시고,
두 손 모아 기도하며 감사함을 알게 하소서 .

그리고 힘든 하루 보내고서도 보람 느끼게 해주시고,
더 나은 내일이 있음을 기억하게 하소서.

먼 훗날 학교생활 되돌아볼 때
흐뭇하고 행복한 미소 지으며
엄지손가락 치켜세우며 추억 떠올릴 수 있는 된 사람 되게 하소서.

무명교사의 꿈!

- I have a good dream! -

지난 20여 년간 나는 오직 우리 교육만을 위해 달려왔다.
나의 인생은 곧 학교를 다닌 것으로 기록될 것이다.
군대 시절을 빼곤 학창시절, 교직생활 모두 다 학교에서 보냈으며
심지어 교사이면서 대학원 생활을 했으니,
나는 교사이자 또한 학생이었다.

그러기에 배우면서 가르치고, 가르치면서 배우는 것이 일상이다.
가르침의 노고를 알며, 배움의 고통을 잘 알고 있다.

아이들, 동료교사들과 동고동락했으며
살며 배우며 사랑하며 느끼며 살아왔다.

그러면서 나의 모난 성격을 고칠 수 있었으며
부족한 나의 마음과 인격도
반성과 고뇌를 통해
예의와 겸손을 가지면서 살아야 하는 점을 배우게 되었다.

교실에서 가르친 제자들이 크게 성장하고
행복하게 배우면서 꿈을 찾는 동안

나는 그 누구보다 더 박수를 쳐주었다.

아이를 사랑하는 마음에 베갯머리 적시면서 눈물 흘린 적도 있고

때론 학교에 밤늦게까지 남아 내일 일을 준비하기도

때론 주말에도 도서관이며 학교에 가기도 하고

연구회에 연구대회에 보고서에 수업준비에 학교 일을 잊지 못하기도 했다.

많은 크고 작은 일들로 인한 분주한 나날들은

나를 더욱 강하게 그리고 성숙하게 만들었다.

교장과 교감, 행정실과 교무실은

모두 교사와 학생을 위한 것이어야 한다.

학교에서 가장 위대한 사람은 바로 교사이다.

모든 시스템은 이것에 맞추어져야 한다.

교장의 행정도, 행정실의 지원도

교사의 열정과 바람을 위해 작동되어야 한다.

바쁜 교사는 올바르지 않다.

아이들에게는 교사를 돌려주어야 한다.

새로운 학교와 역할에 대한 열망보다는

함께 하는 마음과 동료애를 넓혀가야 한다.

욕심보다는 측은지심이 필요하리라.

자카르타 아시안게임에서 축구 한일전 결승전을 승리로 이끈

대한민국의 에이스 손흥민처럼,

U-20 월드컵 결승전에서 골든볼을 받은 이강인처럼,

혼자서 골을 넣기보다는 동료들이 잘 할 수 있도록 어시스트하며

각자의 성장을 돕고 학교를 하나의 팀인 원팀이라는 공동체로 엮어내는

서번트로서의 역할이 필요하다.
격려와 응원이 필요하고
누군가의 무엇이 될지 모른다는 생각을 늘 지녀야 한다.

사람들의 좋은 점과 선한 점을 발견하도록 노력해야지
당장 눈 앞에 보이는 실수나 흠을 크게 볼 필요가 없다.

지난 날을 보라!
모든 사람들에게는 장점과 특기와 고유의 인격이 있는 법이다.
그것을 끄집어내주고 칭찬하고 키워주는 것이 필요하다.
이러한 일들을 잘 하면 흥하고
업무만 바라보면 사람이 보이지 않아 망한다.
나 역시 미련하고 초라한 시절
누군가의 따뜻한 칭찬과 격려 속에서
묵묵히 자랐으며 그 고마움 속에서 지금껏 살아올 수 있었다.

새로운 세상은 사람들과 함께 만드는 것이다.
어려운 일조차도 함께 넘어가자.
나만의 시원한 에어컨에만 묻혀 살지 말고
사람들 사이로 파고들어 아픔을 함께 느껴야 하리라.

무더운 여름 땀을 흘리자.
추운 겨울 함께 추위를 이겨내자.
더위와 추위를 이겨낸 사람이 강해진다.
함께 결실을 얻게 되고
우리들은 서로 나눌 것이다.

우리가 하는 일은 사람을 움직이며
국가와 세계를 위하는 대업임을 깨닫고
사람을 살리는 일에 동참할 것이다.

우리는 더 단단해지고 우리의 일터는 더욱 따뜻할 것이리라.
웃으면서 영광의 금메달 시상대에 오르리라.

함께 한 결과
사람을 존중해준 결과는
이렇게 위대한 과업을 이루게 될 것이다.
그리하여 다시 지난 날을 되돌아보았을 때
마음의 눈이 따뜻하고 예쁜 무명교사의 길도
참 괜찮은 일이라는 생각을 하며
서산에 지는 해를 웃으며 맞이할 것이다.

지은이 **곽주철**

대한민국의 선생님으로 영원히 불리고 싶어 함. 교사의 꿈은 바로 "학교에서 행복한 추억
거리를 만들어 아이들이 마음껏 꿈꾸도록 하는 것"이라는 것을 발견하고 행복한 학교를
만들기 위해 노력함. 하늘 아래 최고의 일은 그저 아무 대가나 보상 없이 아이들을 위해 주
고 또 주는 교사라 여기고 있음. 교사는 아이들과 함께 행복을 노래하고 희망의 시를 적고
선한 마음을 주고받기에.

우리의 앞선 선비들은 문집을 만들어 서로 돌아가며 읽어보던 풍습이 있었음을 발견하고,
가르치며 글 쓰는 일을 교사의 일로 여기고 있음. 학급 담임을 맡을 때마다 아이들과 함께
'모둠배움일기'를 써왔으며 인터넷 카페를 운영하면서 '교단일기' 공유 활동을 하는 등 글
쓰기에 관심이 많음.

한 때 무명교사 시절, '좋은 선생 노릇' 한 번 제대로 해보는 것을 목표로 살았으며, 다가올
시대는 후배들의 시대이기에 그 길을 열어주는 것을 마땅히 해야 할 의무로 여기고 있음.

ROTC 34기로 전방 소대장 육군 중위 만기 전역하고, 경인교육대학교 학사, 석사 후 아주
대학교 박사과정 중.

아이를 만난 학교는 수원 영덕초와 곡반초, 화성 기산초, 제암초, 화성매송초, 안화초이며,
이곳에서 교사생활을 한 것에 늘 감사하는 마음을 갖고 있음.
현재는 화성반월초등학교 교감으로 재직 중.

공저로 "수업분석, 수업을 꿰뚫어보는 힘"(상상채널,2011)이 있음.

사회적 봉사(Social Service)로 다음카페 "좋은 수업을 실천하는 사람들(http://cafe.
daum.net/besteacher114)" 카페지기이며, 한국스카우트연맹 부교수 봉사를 하고 있으
며, 재순 장학회 사무국장을 맡아 더 나은 세상을 꿈꾸고 가꾸어 나가고 있음.

E-mail : jc921231@hanmail.net

강호의 고수를 꿈꾸는 무명교사에게

지 은 이 곽주철

1판 1쇄 발행 2019년 07월 15일

저작권자 곽주철

발 행 처 하움출판사
발 행 인 문현광
편　　집 홍새솔
주　　소 전라북도 군산시 축동안3길 20, 2층 하움출판사 (본사)
　　　　　서울특별시 강동구 둔촌동 436-3 5층 504호 (서울지사)
I S B N 979-11-6440-044-7

홈페이지 http://haum.kr/
이 메 일 haum1000@naver.com
전　　화 070-7617-7779
F A X 062-716-8533

좋은 책을 만들겠습니다.
하움출판사는 독자 여러분의 의견에 항상 귀 기울이고 있습니다.

이 도서의 국립중앙도서관 출판예정도서목록(CIP)은 서지정보유통지원시스템 홈페이지(http://seoji.nl.go.kr)와 국가자료종합목록
구축시스템(http://kolis-net.nl.go.kr)에서 이용하실 수 있습니다. (CIP제어번호 : CIP2019026231)